臺灣新詩
色彩美學六家論

李桂媚、王文仁　著

尋色入詩的新詩美學新論

向陽

（國立臺北教育大學臺文所名譽教授）

　　臺灣新詩發展已有百年歷史，百年來臺灣詩人在不同年代創作詩篇，打造各自的風格與美學，從對現實社會的具體回應，到對內在世界的深沉挖掘，各有所見也各有所長，他們嘔心瀝血寫出的詩篇，部分已成為名篇典構，被傳誦也被討論。論者與史家或從美學主張論述詩人的作品內蘊，或從語言意象分析詩人作品的獨到技巧，或從書寫題材究判詩人的創意與匠心，尋波探源，也都能彰顯詩人創作的苦心孤詣，為讀者撥開迷霧、指點迷津。

　　唯在累積眾多的新詩論述中，從色彩美學的向度切入詩作文本，探討詩人詩作文本的色彩運用及其符碼意涵的論述並不多見，李桂媚和王文仁兩位詩人、學者合作完成的這部《臺灣新詩色彩美學六家論》，因此也就更見可貴。以色彩美學檢視不同詩人創作文本的偏好色彩，尋「色」入詩，抽「詩」剝繭，透過色彩作為符號（符徵和符旨）的作用，分析詩人作品中的色彩運作，並指出不同色彩在不同詩人創作文本中的美學意義，正是這部《臺灣新詩色彩美學六家論》對臺灣新詩研究具有開拓性的貢獻之一。

　　學者黃永武在《詩與美》一書中曾討論古典詩中的色彩應用，指出「詩中的色彩字，對意象的視覺效果，有著強烈的顯示

功能」，又說：「詩人對色彩的偏愛，以及詩人生活的時代環境等等，都影響到詩中明麗或黯淡的色澤，這就從色彩字中自然流露出個人的性情與時代的風尚。」新詩何嘗不是如此，詩人創作之際，語言和意象的運用無非都是為了有效傳達詩作的主旨，筆下的色彩也是其中的一個路徑、一個環節。色彩作為語言，在詩中是「色彩字」（如紅藍黑）；色彩作為意象，在詩中是「色彩意象」（如青山翠林、藍天白雲），兩者都是視覺符號，檢視詩人詩作文本中常用的、偏愛的色彩字或色彩意象，分析其符號意涵、論述其文本內蘊，在研究方法上自屬可行。《臺灣新詩色彩美學六家論》以現代色彩學、色彩心理學為基礎，分就賴和、王白淵、楊熾昌、向陽、須文蔚以及嚴忠政等六位詩人的色彩運用，進行分析與論述，也為新詩文本分析方法開出嶄新的路徑。

　　本書的作者之一李桂媚是詩人，也是學者，北教大臺文所碩士，碩論研究臺灣新詩的標點符號運用，2018年出版《色彩‧符號‧圖象的詩重奏》，其中第一卷「臺灣新詩色彩美學初探」就已展開新詩色彩美學的探究，分別論析瘂弦詩作的色彩美學、錦連詩作的白色美學、康原臺語詩的青色美學，以及孟樊詩作的藍色美學，已然展現了她以色彩美學分析新詩文本的論述功力，本書因此也可以說是她色彩美學研究系列的延續性成果。另一作者王文仁同樣是詩人、學者，東華大學中文系博士，學術論著豐碩，累計已有《現代與後現代的游移者：林燿德詩論》、《啟蒙與迷魅：近現代視野下的中國文學進化史觀》、《日治時期臺人畫家與作家的文藝合盟：以《臺灣文藝》（1934-36）為中心的考察》、《想像、凝視與追尋：1960世代臺灣詩人研究集》等多部，是臺灣新詩研究領域中論述不懈、著有成果的學者之一。

　　合兩人之力完成的這部《臺灣新詩色彩美學六家論》，相

較於習見的單一學者論述，因此也展現了單一學者較難跨越的雙重領域知識和分析視野。李桂媚在〈自序：並肩走過黃樹林的小徑〉一文中透露兩人的合作方式：

> 基本上我們是用接力的方式進行論文寫作，通常我會先蒐集詩人的相關資料、製作詩作的色彩統計表，然後我們其中一個人會先寫，寫到一個段落把檔案傳給對方，另一個人寫一寫再回傳，論文就在這樣的循環下誕生。

換句話說，兩人合作撰論的方式是由李桂媚先進行研究的基礎資料蒐集與詩作色彩統計，再由王文仁（或李桂媚）先撰寫部分初稿，交由另一人審閱後續寫，如是一來一往，最後完篇——這樣的「接力撰寫」模式，顯然與兩人在專業領域的專長分工有關：一方長於蒐集資料、一方善於論述；一方擁有色彩美學專業、一方擅長新詩文本分析。兩人分工、互補，在研究過程中相互切磋、損益，最終完成的論述因而也就不止於「一家之言」，而是人文學術研究難見也難能可貴的「雙人對話」，展示在本書論述成果上，文本的質化與量化分析兼長、理論運用與資料整理並見，論述的廣度和深度也相對擴增不少。這種合作模式，或許可供當前跨領域學術研究者參酌。

我很高興能在本書出版前先睹為快，這是一本具有論述魅力的新詩美學新論，兩位詩人學者以他們的新詩創作經驗為基礎、學術專長為背景，合力寫出的這部《臺灣新詩色彩美學六家論》，開拓了臺灣新詩研究之林的新路。他們尋色入詩，也尋色撰論，兩人互補，毫不遜色！

聽詩句與研究碰撞多彩的響聲

陳政彥

（國立嘉義大學中文系主任）

　　很難具體形容讀完《臺灣新詩色彩美學六家論》的感受，兩位當代重要的現代詩研究者以極其堅實的苦工夫，試圖捕捉十分抽象朦朧的現代詩中色彩之美，極實與極虛之間，碰撞出奇異而美妙的響聲，令人敬佩也令人深思。

　　先言其虛，說來現代詩本身就是一種想像的跳躍，需要讀者詩句在不同的邏輯之間的轉換，自行補足連結。讀者要認真去感受，或者說去享受，詩人精心挑選出的詞彙，互相碰撞又互相補充時所產生的瞬間。不用說，這分體會難以與外人說。或者說，想要說清楚的這件事，就與詩的本質是抵觸的。

　　其次，分析詩中的色彩也是相當因人而異，雖然色彩可分冷、暖色調，給人的感受大致趨同，但是詳細的感受，又會因每個人的生命經驗而有微妙差異，也不是能夠非黑即白，有標準答案的研究課題。

　　最終，本書採取了在人文研究領域當中，很罕見的兩人合作的模式，相對於自然科學需要多人齊心協力完成實驗數據與分析，人文學科的研究講究個人學識見識，完成的成就也歸屬於個人。而人文學科的合作研究還需要研究者的見解與默契能夠高度契合才能完成，彼此對詩、對色彩的看法不同，就難合作撰寫成

果。因此人文學科極少有合作研究的例子，卻也就減少了透過多人合作完成高品質研究成果的可能性。這些難以捉摸的因素，乃這本論著需要面對的困難之處。

但面對這種虛無飄渺的難題，兩位研究者卻以無比扎實的研究來敲擊。首先，兩位研究者的學識背景豐盈充實，正適合於現代詩的色彩美學研究。王文仁從國立東華大學中國語文學系取得博士之後，至今已有《現代與後現代的游移者：林燿德詩論》、《啟蒙與迷魅：近現代視野下的中國文學進化史觀》、《日治時期臺人畫家與作家的文藝合盟：以《臺灣文藝》（1934-36）為中心的考察》、《想像、凝視與追尋：1960世代臺灣詩人研究集》，在中生代詩人評論家中偉岸特立。李桂媚除了《色彩‧符號‧圖象的詩重奏》，還有兩本《詩人本事》研究，她一貫重視詩人的特質，回歸文學史實的考察研究，也有不凡成果。兼以李桂媚出身自印傳系，擅長繪畫，對色彩特別敏銳，也有異於一般當代現代詩研究者在色彩學上不同的造詣，加上二位從碩士班、博士班即認識，多年切磋琢磨而趨近的現代詩期待視閾，終能成就這本難能可貴的現代詩色彩美學研究。

即使學識背景充實，更無法忽視的是兩位所下的扎實苦功，細看全書我們可以發現，研究者詳實統計出每位詩人偏好的色彩字，再從色彩字衍伸出相關的讀者情緒感受，終能以確實的統計數字告訴讀者，詩人的風格由此而來。過去只能抽象主觀描述的詩人風格，至此可得一個具有論據的分析證明，這是用扎實的苦功捕捉住主觀描述的風格感受，給予一個可供檢驗的研究，這對後人進一步研究都是很好的佐證。其刻苦研究還能從註腳來看，每位詩人的生平、風格、後人評價皆有大量豐富的補充，由此可見集二人之力用心考察，完成這本明確踏實的研究成果。

以充實的學養、扎實之苦功克服難以捕捉的研究課題，碰撞出令人欣賞的研究成果，在當前現代詩研究當中，標舉出極其獨特的旗幟。若詩論也有聲音，這將是一首高超的二重奏，各自展技又彼此配合。若詩論也有色彩，這本論著必定散發著七彩的光芒，昂然於詩論述的領域當中。

【自序】
並肩走過黃樹林的小徑

李桂媚

　　從事現代詩研究常常有一種感覺，就好像——好不容易打開包裝紙了，裡頭還有一層塑膠袋要拆，拆下塑膠袋之後，又有盒子要開……但是正因為還沒有看到內容物是什麼，因此就算一路坎坷，依舊對結果充滿期待，期待自己能有新發現。撥開紙盒之內的黑色塑膠袋，或許是俄羅斯娃娃，娃娃裡面還有娃娃，等待我們挖掘與再探，也或許，盒子裡面裝的是種子，每一個研究者都可以透過不同方式，讓它長成屬於自己的樣子，而這就是我書寫論文的信念。

　　文仁常常說「人生有太多非常偶然之必然」，我們的認識及合作正是一連串的偶然與必然。攻讀國北教大臺文所的時候，我在準備日治新詩課程報告過程，讀到文仁的論文，偶然注意到他在註腳表示這是他第二篇風車詩社相關研究，我嘗試尋找註腳所提及的那篇論文，卻因為該文發表於研討會，各圖書館均無館藏，當時文仁還是東華的博士生，對詩充滿熱情的我，索性拜託在東華念碩班的學妹替我詢問文仁的連絡方式，後來我寫了電子郵件給他，說明來龍去脈，希望文仁提供該篇論文供我參考，很快地得到他熱心的回應。

　　之後隨著網路社群興起，不知是偶然或者必然，我們在網路上重逢，時常一起談詩、評詩，我曾經擔任文仁的計畫助理，

他出詩集時，也都會找我幫忙畫插畫、寫推薦文。論文的合作則從2014年開始，當時文仁在網路上傳訊息跟我說，他收到創世紀詩社60週年研討會邀稿，可是不知道要寫什麼題目才好，我就提議，須文蔚老師是他的恩師、也是他的偶像，不妨選擇須文蔚老師當研究對象。後來大會表示希望可以做兩個以上詩人的比較研究，文仁又繼續跟我討論題目，我談到創世紀詩社的中生代詩人還有李進文、嚴忠政等，更年輕的則有楊寒，可以考慮一下誰跟誰的同質性比較高，有沒有類似的風格或是特徵可以並列討論……

鼓吹別人寫論文往往比自己寫更容易，只要提供各式各樣的意見就好了，至於寫不寫的出來，就交給作者本人去苦惱，但是我沒想到，後來蕭蕭老師也邀請我為創世紀研討會寫論文。我生平發表的第一篇期刊論文是〈瘂弦詩作的色彩美學〉，即使現在距離我第一次閱讀《瘂弦詩集》，已經十幾年了，但大學時代接觸新詩的那份感動，始終記憶猶新，所以我雖然掙扎了很久，很擔心自己寫不出來，最後還是決定要寫。那天晚上我跟文仁繼續在網路上討論論文方向，文仁想要研究中生代詩人，但他不知道做什麼主題好，我想要寫色彩美學，可是我對中生代詩人其實很陌生，於是我們決定結盟，一起進入論文海裡，打撈詩的寶藏。

這本集子的六篇論文，最早一篇發表於創世紀詩社60週年研討會，以須文蔚與嚴忠政為論述對象，賴和、王白淵這兩篇論文也都發表於研討會，前幾篇論文合作的基礎，讓我們興起合作一本書的念頭，文仁與我的相識導因於風車詩社，因此《臺灣新詩色彩美學六家論》其中一位研究對象選擇了楊熾昌。另一方面，向陽老師是華岡詩社「傳說中的學長」，大學時期在報刊發表作品，大四出版第一本詩集《銀杏的仰望》，大學本科是日文，職

場卻走向編輯，研究所選擇新聞，最後成為文學教授，對於大學不是念文學系的我而言，向陽老師用他的人生揭示了文學研究的多元可能，大學讀到向陽老師的《書寫與拼圖：臺灣文學傳播現象研究》，讓我相信自己讀印傳系的背景，可以在文學領域有所發揮，因而選擇報考臺文所，投入臺灣新詩研究，向陽老師就像是我詩路上的光，《臺灣新詩色彩美學六家論》自然不能少了向陽之論。

　　很多人問我，兩個人怎麼寫論文，基本上我們是用接力的方式進行論文寫作，通常我會先蒐集詩人的相關資料、製作詩作的色彩統計表，然後我們其中一個人會先寫，寫到一個段落把檔案傳給對方，另一個人寫一寫再回傳，論文就在這樣的循環下誕生。在日治新詩的長廊追尋風車詩社的身影，是我們緣份的起點，研討會則為我們帶來並肩走過現代詩黃樹林的契機，從2014年到2020年，我們總計完成六篇論文，分別論述了賴和、王白淵、楊熾昌、向陽、須文蔚以及嚴忠政六位詩人，集結成為《臺灣新詩色彩美學六家論》。

【自序】
以詩為證的友誼與歲月

王文仁

　　我和桂媚相識於在東華中文系就讀博士班時，那時候她還是臺北教育大學臺文所的碩士生。因為楊熾昌的新詩研究，我們結下最初的緣分。博士畢業後，我的研究興趣一度轉向日治時期的知識份子，她也大力的協助我完成研究計畫，出版論著《日治時期臺人畫家與作家的文化合盟：以《臺灣文藝》（1934-36）為中心的考察》（2012）。後來，我又重新回到現代詩研究的道路上，桂媚則是在學校的行政事務之餘，接連出版詩集與現代詩的研究和報導論著，成為一個始終如一的現代詩信徒。

　　我們會開始合作書寫這一系列的論文，始於2014年。當時適逢《創世紀》60周年，蕭蕭老師邀請我撰寫研討會論文，大會希望能夠寫作詩人比較的論文，後來我決定找桂媚合作，以我的恩師須文蔚教授和嚴忠政兄作為討論的對象，比較這兩個人現代詩書寫色彩美學運用上的同與不同。〈旅人的當代抒情——須文蔚與嚴忠政詩作色彩美學析論〉這篇論文發表後，得到不少佳評。我們也發現彼此很能夠運用各自的所長，在論文寫作上合作。於是，我也就在專注於1960世代詩人研究之餘，由桂媚擔任主攻手，我負責助攻，又陸續完成了〈賴和新詩的紅色美學〉、〈黑暗有光——論王白淵新詩的黑白美學〉、〈青之所寄與色之所調——試論楊熾昌詩作的青色美學〉、〈向陽現代詩的黑

色意象〉、〈向陽現代詩的青色意象〉這幾篇臺灣新詩色彩美學的論文。

這六篇論文，除了上述的須文蔚與嚴忠政這兩位1960世代的詩人之外，還包括了日治時期的賴和、王白淵、楊熾昌，以及1950世代的向陽等六位詩人。其中，楊熾昌是我們相識的開始，也是共同的研究興趣，相關論著的完成是理所當然。賴和與王白淵的兩篇論文，都來自研討會的邀約與參與。王白淵在我的日治時期的相關研究中，也據有一席之地，因此也成為我們有意選擇的對象。至於向陽老師，既是我們共同孺慕的長輩，也是桂媚詩學的啟蒙者，很自然的也在這本集子裏頭佔據了較高的比例。

這些論文的完成，跨越了整整六年，也跨越了我從副教授到教授的階段，我的恩師須文蔚教授也在2020年從東華大學轉至國立臺灣師範大學擔任全球華文寫作中心主任。這次將這些文章集結為《臺灣新詩色彩美學六家論》，既是一種階段性的完成，也在紀念我和桂媚深厚的友誼，與共同在臺灣現代詩學道路上奮鬥的歷程。

目次

卷一

日治新詩色彩美學三家論

賴和新詩的紅色美學

壹、前言

　　被譽為「臺灣新文學之父」的賴和（1894-1943），一直走在臺灣新文學創作的前端。早在1936年，王詩琅在〈賴懶雲論：臺灣文壇人物論（四）〉一文中，就指出臺灣文學之所以能有彼時的盛況，可說是賴和一手培育出來的。此外，從1934年串連全臺文藝家的「臺灣文藝聯盟」成立，馬上推選賴和擔任委員長一事，也可明白賴和當年在臺灣文學界的重要性[1]。1942年，黃得時在〈輓近臺灣文學運動史〉中，則是把賴和稱為「臺灣的魯迅[2]」。晚近，學者如施淑曾經評價，賴和的白話文作品讓他「在文學史上具有不可抹滅的意義和地位[3]」。詩人學者蕭蕭認為，從新詩發展的角度來看，賴和「可尊之為臺灣『史詩』之祖[4]」。用畢生之力研究賴和的林瑞明則指出：「研究日據時代的臺灣新文學，必須先通過賴和，方能掌握臺灣新文學運動的內

---

[1]　王錦江，〈賴懶雲論：臺灣文壇人物論（四）〉，原載於《臺灣時報》，第201號（1936年8月），收入陳建忠編選，《臺灣現當代作家研究資料彙編01賴和》（臺南：國立臺灣文學館，2011），頁117。

[2]　黃得時，〈輓近臺灣文學運動史〉，原刊於《臺灣文學》，第2卷第4期（1942年10月），收入黃英哲主編，《日治時期臺灣文藝評論集（雜誌篇）第三冊》（臺南：國立臺灣文學館籌備處，2006），頁396。

[3]　施淑，〈賴和小說的思想性質〉，《賴和小說集》（臺北：洪範書店有限公司，1994），頁2。

[4]　蕭蕭，〈八卦山：蘊藏多元的新詩能量──以賴和、翁鬧、曹開、王白淵透視新詩地理學〉，《土地哲學與彰化詩學》（臺中：晨星出版有限公司，2007），頁91。

涵與精神[5]」。綜合上述意見，我們確實可以發現，賴和之於日治時期臺灣文學，乃是扮演著領航者的關鍵角色。

作為當時臺灣最高學府臺灣總督府醫學院的畢業生，在日本教育成長下的賴和，其一生的創作卻都是以漢文寫成的。在臺灣新文學的發展歷程中，他被陳芳明推崇為「使小說、散文、詩邁向成熟境界的第一人[6]」。此外，賴和發表於1931年、描寫霧社事件的長詩〈南國哀歌〉，陳芳明也將其視為是將臺灣新詩推入另一個階段的代表作[7]，並讚道：「賴和憑一首〈南國哀歌〉，便足以傳世[8]」。事實上，過去談到「臺灣新詩第一人」時，論者多半認為追風1923年5月以日文書寫的〈詩的模仿〉是較早完成的一首，而施文杞刊登於1923年12月的中文新詩〈送林耕餘君隨江校長渡南洋〉是最早發表的新詩作品[9]。然則，翻讀賴和的作品可以發現，《賴和全集：新詩散文卷》所收錄的第一首詩作〈祝南社十五週年〉，根據林瑞明的推論，由於紀念南社十五週年的時間點為1922年8月，此詩可能創作於1922年[10]。若是這樣的推論成立，那麼賴和的新詩寫作恐怕比追風和施文杞都來得早，或許賴和才是真正的「臺灣新詩第一人[11]」。另一方面，翻

---

[5] 林瑞明，《臺灣文學與時代精神——賴和研究論集》（臺北：允晨文化實業股份有限公司，1993），頁6。

[6] 陳芳明，〈現代性與日據臺灣第一世代作家〉，《殖民地摩登：現代性與臺灣史觀》（臺北：麥田出版，2004），頁42。

[7] 陳芳明，〈現代性與日據臺灣第一世代作家〉，《殖民地摩登：現代性與臺灣史觀》（臺北：麥田出版，2004），頁45。

[8] 陳芳明，〈日據時期臺灣新詩遺產的重估〉，《左翼臺灣：殖民地文學運動史論》（臺北：麥田出版，1998），頁153。

[9] 向陽，〈歷史論述與史料文獻的落差：回應〈誰是臺灣新詩第一位作者〉〉，原載於《聯合報》（2004年6月30日），副刊版，轉引自向陽文苑，http://tns.ndhu.edu.tw/~xiangyang/cric_13.htm，2014年10月5日瀏覽。

[10] 賴和著，林瑞明編，〈祝南社十五週年〉，《賴和全集：新詩散文卷》（臺北：前衛出版社，2000），頁4。

[11] 林瑞明在〈臺灣與新文學運動〉一文就指出：「如果單於寫作時間而論，賴和是最

閱《賴和全集：新詩散文卷》，其中〈相思歌〉幾乎全詩都採用齊足不齊頭的形式，如能證實賴和〈相思歌〉原作即以齊尾的面貌呈現[12]，那麼句尾對齊的形式創新，便可向前推至日治時代。

　　賴和在新詩寫作上的開創性雖多，但縱觀目前已超過一千筆的賴和相關研究評論資料[13]，有人聚焦於賴和的文化運動參與、作品主題意識或是臺灣話文書寫，也有論者從賴和的醫生身分切入，探討賴和的人文與社會關懷，或將臺灣的賴和與中國的魯迅並列而論，但相較起介紹賴和生平、論述賴和小說或漢詩的篇章，以賴和新詩為主題的論述不免顯得匱乏。詩人吳晟就曾感嘆：「對賴和先生的研究以往都是偏重在小說，最近又有漢詩，也就是舊詩的研究，但對他的新詩，還很少人注意。[14]」翻讀現有的賴和新詩相關評述，不難發現，雖然陸續有研究者選擇賴和

早起步的一人。」參見林瑞明，〈賴和與臺灣新文學運動〉，《臺灣文學與時代精神——賴和研究論集》（臺北：允晨文化實業股份有限公司，1993），頁49。

[12] 檢視刊載於《臺灣新民報》上的〈相思歌〉，偶數句都比奇數句低三格，形式上並非齊尾，《賴和新詩手稿集》中無此詩手稿可供比對，仍待日後史料出土方能辨明原貌。賴和著，林瑞明編，〈相思歌〉，《賴和全集：新詩散文卷》（臺北：前衛出版社，2000），頁160-161；懶雲，〈相思歌〉，《臺灣新民報》，第396號（1932年1月1日）；林瑞明編，《賴和手稿集新文學卷》（彰化：財團法人賴和文教基金會、南投：臺灣省文獻委員會，2000）。

[13] 2011年3月出版的《臺灣現當代作家研究資料彙編01賴和》，所收錄之賴和研究評論資料目錄多達1043筆，其後又有《賴和白話小說的臺灣話文研究》、《日治時期臺灣新文學中的民俗議題與文化論述：以小說為中心(1920~1937)》、《賴和飲酒詩研究》、《再現賴和——戰後臺灣各級詩獎的賴和書寫》等學位論文發表，賴和相關研究可說是方興未艾。陳建忠編選，《臺灣現當代作家研究資料彙編01賴和》（臺南：國立臺灣文學館，2011）；陳綠華，《賴和白話小說的臺灣話文研究》（高雄：高雄師範大學臺灣文化及語言研究所碩士論文，2011）；陳婉嫈，《日治時期臺灣新文學中的民俗議題與文化論述：以小說為中心(1920~1937)》（新竹：國立清華大學臺灣文學研究所碩士論文，2011）；張昭瑩，《賴和飲酒詩研究》（彰化：國立彰化師範大學臺灣文學研究所碩士論文，2012）；黃淑華，《再現賴和——戰後臺灣各級詩獎的賴和書寫》（嘉義縣：國立中正大學臺灣文學研究所碩士論文，2012）。

[14] 吳晟主講，劉原君記錄，〈從賴和新詩談社會現實〉，收入康原編，《種子落地》（臺中：晨星出版社，1996），頁169。

新詩作為研究對象，但被提出討論的作品卻明顯僅集中在〈覺悟下的犧牲（寄二林的同志）〉[15]、〈流離曲〉、〈南國哀歌〉、〈低氣壓的山頂〉等事件詩（或稱敘事詩）[16]，因此對於賴和整體新詩創作的探討，仍有許多待開發的研究空間。

　　值得注意的是，賴和自1922年寫下〈祝南社十五週年〉，一直到逝去為止，總共累積了60首的新詩作品，這些作品中使用色彩字的詩作計有33首[17]。換言之，在賴和的新詩中，約有半數詩作可以窺見色彩的印記，以比例來看，不可不謂之多。從整體色彩的運用來看，在賴和的新詩中，白、黑、紅／赤、黃、綠、藍、青、碧[18]、蒼[19]、灰、金、銀、銅等色澤都出現過，其中，

---

[15] 〈覺悟下的犧牲（寄二林的同志）〉是賴和第一篇發表的新詩，1925年12月20日刊登於《臺灣民報》時，題名為〈覺悟的犧牲（寄二林的同志）〉，《賴和全集：新詩散文卷》收錄版本寫作〈覺悟下的犧牲（寄二林的同志）〉，推測應是搭配首句詩句「覺悟下的犧牲」做的修正，《賴和手稿集新文學卷》雖然收錄有此詩手稿，但手稿上並未寫下詩名，本文選用《賴和全集：新詩散文卷》為研究對象，引用詩例皆以《賴和全集：新詩散文卷》為準。懶雲，〈覺悟的犧牲（寄二林的同志）〉，《臺灣民報》，第84號（1925年12月20日）；賴和著，林瑞明編，〈覺悟下的犧牲（寄二林的同志）〉，《賴和全集：新詩散文卷》（臺北：前衛出版社，2000），頁76；林瑞明編，《賴和手稿集新文學卷》（彰化：財團法人賴和文教基金會、南投：臺灣省文獻委員會，2000），頁341。

[16] 根據陳明台的定義，「事件詩」乃是選用當時深受關注的事件為題材的詩作。陳明台，〈日據時代臺灣民眾詩之研究〉，收入封德屏主編，《臺灣現代詩史論》（臺北：文訊雜誌社，1996），頁5。

[17] 賴和使用色彩字的詩作包含：〈祝南社十五週年〉、〈飼狗領下的銅牌〉、〈寂寞的人生〉、〈寂寞的人生(歌仔曲新哭調仔)〉、〈譯番歌二曲〉、〈送盧谷君之大陸〉、〈感詩〉、〈生活〉、〈現代生活的片影〉、〈奉獻〉、〈壓迫反逆〉、〈瘋人的叫聲〉、〈黃昏的海濱(在通宵水浴場)〉、〈日傘〉、〈祝吳海水君結婚〉、〈晚了〉、〈七星墜地歌〉、〈秋晚的公園〉、〈流離曲〉、〈新樂府〉、〈農民謠〉、〈南國哀歌〉、〈低氣壓的山頂(八卦山)〉、〈是時候了〉、〈祝曉鐘的發刊〉、〈相思〉、〈相思歌〉、〈月光〉、〈農民嘆〉、〈日光下的旗幟〉、〈不是〉、〈未命名(冰冷冷的風)〉、〈未命名(你們真是頑冥)〉，計33首。

[18] 「碧」是玉石的顏色，介於綠色和青色之間，用於描述大自然時，則「碧海」是綠色，「碧空」藍色，「碧」可解讀為綠色、藍色、藍綠色，無法含括於綠色或其他顏色底下，因此單獨視為一色進行統計。

[19] 「蒼」所代表的顏色很多，包含草的深綠色、天空的深藍色，海水的藍綠色，以

色彩字「紅／赤」在賴和新詩裡合計運用過15次，頻率最高（請參見表1）。[20]另一方面，論者如解昆樺曾經指出，賴和有多首詩作頻繁使用日輪意象，表現人民被迫前進的無能為力[21]。其實，賴和新詩中不僅常見「日頭」、「日輪」、「太陽」等紅色意象，同樣象徵紅色的「血」意象，使用的次數也多達29次，顯見「紅色」之於賴和的新詩有其特殊性。在前述的基礎上，本文嘗試從色彩學的角度出發，以賴和新詩的紅色意象為研究對象，希冀通過詩作色彩字「紅／赤」，以及紅色意象「血」與「日」的討論，探索賴和新詩的色彩經營與意涵，為賴和的新詩研究開闢一條新的進路。

表1　賴和新詩色彩詞使用頻率統計[22]

顏色	紅／赤	白	黑	金	青	蒼	銅	綠	黃	碧	藍	銀	灰
總計	15	14	9	9	8	4	3	3	3	2	1	1	1

※統計範圍：《賴和全集：新詩散文卷》收錄之60首新詩

貳、紅色的情感世界與紅色意象的開展

關於色彩的象徵，曾啟雄認為：「一般語言具有多重意義的性格，色彩也是一樣。色彩的象徵意義會在不同民族與文化、區域的背景中，產生不同的詮釋方式。[23]」西方喜宴偏好穿著白

及頭髮斑白的灰黑色或灰白色，因此同樣單獨視為一個顏色來統計。

[20]　「白」字雖然也使用有14次之多，但檢視作品內文可以發現，部分運用色彩字「白」的語彙為「李白」、「明白」等，實際上並非顏色的標示。

[21]　解昆樺，〈離構新詩文體語言——賴和新詩手稿中的意象經營與修辭意識〉，《臺灣文學研究學報》，第11期（2010年10月），頁21、34。

[22]　考慮新詩詮釋的歧異性，本文進行色彩字統計時，採用最寬廣的統計方法，凡是出現色彩字都算一次。

[23]　曾啟雄，《色彩的科學與文化》（臺北縣板橋市：耶魯國際文化事業有限公司，

色婚紗，臺灣則喜歡用大量的紅色來傳達喜氣，逢年過節也常見紅色元素的運用，在臺灣的傳統文化中，紅色是喜慶的顏色，也是吉利的顏色。然而，每個顏色都同時存在正反兩面意涵，紅色一方面象徵喜氣、好兆頭，另一方面也意味著革命、抗爭所流下的血。《色彩的世界地圖》一書便曾論及，許多國旗都用紅色來象徵建國烈士的鮮血，如將精神或形式上的犧牲此意涵進一步延伸，則紅色還可以解讀為「努力、愛國熱忱、活力」等[24]。美學藝術學學者貝蒂‧愛德華（Betty Edwards）也在她的論著中提及：「紅色是最猛烈、最富侵略性，也最讓人興奮的顏色[25]」。由此可見，紅色所蘊含的色彩意涵是相當多元的（請參見表2）[26]。

表2　紅色的色彩意涵

顏色	情感	色彩象徵與聯想	屬性
紅／赤	熱情、快樂、焦躁、憤怒	熱烈、奔放、興奮、激情、富貴、吉利、喜慶、愛情、感動、激烈、炎熱、革命、戰鬥、血、危險、禁止、緊張、忌妒、怒、生氣、爆發、燃燒、火、太陽、夕陽、蘋果、生命、南方、女性	暖色調、興奮色[27]

2002），頁157-158。

[24] 廿一世紀研究會編著，張明敏譯，《色彩的世界地圖》（臺北：時報文化出版企業股份有限公司，2005），頁36。

[25] 貝蒂‧愛德華（Betty Edwards）著，朱民譯，《像藝術家一樣彩色思考》（臺北：時報文化出版企業股份有限公司，2006），頁171。

[26] 以下表列涵意取樣，參見何耀宗，《色彩基礎》（臺北：東大圖書有限公司，1984），頁69-71；李銘龍編著，《應用色彩學》（臺北：藝風堂出版社，1994），頁18；谷欣伍編，《色彩理論與設計表現》（臺北：武陵出版有限公司，1992），頁182；林昆範，《色彩原論》（臺北縣：全華圖書股份有限公司，2008），頁95-96；林書堯，《色彩認識論》（臺北：三民書局股份有限公司，1986），頁159-160；林磐聳、鄭國裕編著，《色彩計劃》（臺北：藝風堂出版社，1999），頁66。

[27] 紅色屬於「暖色調」，能給人溫暖、激勵的感覺，也被歸類為「興奮色」。

色彩會讓人聯想到具象的事物，也會引發人抽象的情感，林昆範指出：「色彩除了固有、特定的意象之外，更擁有無邊無境的聯想性，而且還富含著引發某種觀念、思想的力量[28]」。文學作品中的色彩亦是如此，雖然讀者沒有親眼看見色彩，但透過文字的誘發，讀者將能產生想像，進而感受到作者所建構的色彩世界，誠如蕭蕭所言，詩中的色彩「從聯想中影響了感情的產生與轉化，創造了詩的美感[29]」。

　　在賴和的新詩作品中，使用「紅色」的詩例可分為兩個部分：一是直接使用「紅」來作為紅色意象或配色的使用，這個部分所佔的比例較高，共有13例；二是用「赤」來作為「紅」的代換字，這個部分在賴和的詩作中計有2例（請參見表3）。值得注意的是，黃仁達在《中國顏色》中曾經提醒我們，「赤」字意指大火，或是被火烤得通紅的色澤，也可用來代表暗紅的血色、橘紅色的烈日等等[30]。而「血」及「太陽」，實際上是賴和從紅色延伸出來、具特別象徵意義的重要意象，此一部分將在下節進一步討論，本節則針對「紅」（包括代稱「紅」的「赤」）的運用進行剖析。

表3　賴和新詩使用「紅色」之詩例

編號	題目	詩句	色彩字	頁數
1	〈飼狗頷下的銅牌〉	一塊赤銅青綬的丸章	赤	7
2	〈寂寞的人生〉	火鉢的炭在紅烘烘	紅	10
3	〈奉獻〉	剖開我鮮紅的敬心討個歡悅	紅	51
4	〈日傘〉	多數的人赤條條	赤	66
5	〈日傘〉	紅赫赫高懸頭上	紅	66

[28]　林昆範，《色彩原論》（臺北縣：全華圖書股份有限公司，2008），頁95。
[29]　蕭蕭，《青紅皂白》（臺北：新自然主義股份有限公司，2000），頁35。
[30]　黃仁達編撰，《中國顏色》（臺北：聯經出版事業股份有限公司，2011），頁12。

編號	題目	詩句	色彩字	頁數
6	〈祝吳海水君結婚〉	特地裏美綠嬌紅	紅	68
7	〈晚了〉	紅灼灼鐵丸似的太陽	紅	70
8	〈秋曉的公園〉	紅綠多麼娟秀	紅	88
9	〈秋曉的公園〉	葉上也抹著了微紅	紅	89
10	〈南國哀歌〉	看見著鮮紅紅的血	紅	137
11	〈祝曉鐘的發刊〉	雲彩鮮紅	紅	156
12	〈日光下的旗幟〉	是不是人類的血染紅？	紅	171
13	〈日光下的旗幟〉	使牠再加一層地鮮紅	紅	172
14	〈日光下的旗幟〉	染在旗面的紅的血色	紅	172
15	〈未命名（冰冷冷的風）〉	吹得分外紅餤暖烘	紅	181

　　檢視賴和的詩作可以發現，在15個紅色運用的詩例中，紅色既常單獨出現，也常與綠（青）色搭配，形成鮮明的畫面與寓意。然則，不論是單獨使用或與綠色搭配使用，都呈現出兩種指涉方向：一是常與臺灣島嶼的地方風光相互連結，描繪中下階層人民的生活；二是意味著生命與生活的波瀾。底下將聚焦於這兩大特徵進行論述：

一、臺灣風土的紅色印象

　　有關臺灣「地方色彩」的詮釋，是日治時期臺灣新文學與新美術發展最具代表性的議題。根據賴明珠的研究，這個觀念實際上多層次的含括了「現代化」、「殖民統制」、「在地化」與「主體自覺」等蘊涵[31]。「地方色彩」的描繪，包括了南國炎熱的特有色彩，也包含臺灣特有的自然景色與動植物及臺灣街

---

[31] 賴明珠，〈日治時期的「地方色彩」理念——以鹽月桃甫及石川欽一郎對「地方色彩」的詮釋與影響為例〉，《視覺藝術》，第3期（2000年5月），頁44-45、72-73。

景[32]。對殖民者來說，發展「地方色彩」原是為了安撫與箝制殖民地的藝術取向，具有濃厚的殖民主義色彩。然則，「帝國之眼」本身亦具有雙面性：當殖民母國意欲透過「地方色彩」形塑其視覺文化櫥窗，被殖民的一端也會相應的形成一種非被動性的回應。尤其，當被殖民者的藝術家透過現代化的追求，經歷了「異地」（日本內地、歐洲、中國大陸等）以現代化為名的文化洗禮，當其再度踏上自己的土地時，對在地文化的思考與認同，也會讓部分的藝術家開始將具有邊陲、非中心的凝視，轉為具備主體思考的「在地性」（localization），並賦予「地方色彩」本土意識的凝視[33]。

對1919年曾經到廈門博愛醫院行醫，深受五四新文化思維衝擊的賴和來說，臺灣新文學的發展不能忽略倡導「平民文學[34]」，對「當時民眾的真實底思想和感情」的捕捉，在他的眼中也正是讓新文學的藝術價值愈見其偉大之處[35]。賴和在其新詩中形塑普羅大眾眼中的臺灣風土時，相當樂於透過紅色的塗佈來展現南國風貌，以及殖民體制下臺灣社會的蛻變。在〈秋曉的公園〉中，詩人先後以「瞧啊！紅綠多麼娟秀，／我不信已到是到了深秋？[36]」以及「那一邊三兩株楓樹，／葉上也抹著了微紅，

---

[32] 王秀雄，〈日據時代臺灣官展的發展與風格探釋——兼論其背後的大眾傳播與藝術批評〉，《藝術家》，第199期（1991年12月），頁226。

[33] 王文仁，《日治時期臺人畫家與作家的文藝合盟：以《臺灣文藝》（1934-36）為中心的考察》（臺北：博揚文化事業有限公司，2012），頁226-229。

[34] 賴和，〈開頭我們要明瞭地聲明著〉，原發表於《現代生活》，創刊號（1930年10月），收入《臺灣現當代作家研究資料彙編01賴和》（臺南：國立臺灣文學館，2011），頁103。

[35] 賴和著，林瑞明編，〈《臺灣民間文學集》序〉，收入《臺灣現當代作家研究資料彙編01賴和》（臺南：國立臺灣文學館，2011），頁105。

[36] 賴和著，林瑞明編，〈秋曉的公園〉，《賴和全集：新詩散文卷》（臺北：前衛出版社，2000），頁88。

／現出快樂的酡顏，／似在歡祝秋的成功。[37]」來描寫故鄉八卦山上轉入深秋的風景。楓紅初露，微紅點綴在綠葉、黃葉之間，這一幅秋的圖畫令人嚮往之，也讓人在感覺秋之淒涼的同時，依然心懷無限的歡樂與憧憬。

在祝福醫學校後期同學吳海水結婚的祝賀詩〈祝吳海水君結婚〉裡，詩人同樣透過紅與綠的搭配，描寫鮮花滿佈的婚禮場景：「在充滿了喜氣的寺堂中／一束束的鮮花／特地裏美綠嬌紅／至愛之神監臨著[38]」。寺堂中喜氣洋洋的婚禮，是在堅決的毅力下，「始獲從舊慣的範圍裏／　解脫出來[39]」的自由戀愛結果。美綠嬌紅的不只是鮮花，紅與綠的搭配，也是中式婚禮中新娘與新郎的衣著色彩搭配，詩人巧妙經營色彩，描摹人間相愛、相知、相惜兌現的一刻。

當然，臺灣這片土地上的風景並非都是恬靜美好的，也存在著醜惡的一面。傾訴自我生命志向的〈寂寞的人生〉第四段寫道：

火鉢的炭在紅烘烘

炭火上架個茶瑞

時有三個五個人

圍著一盞風燈傍

一人臥吸阿芙蓉

[37] 賴和著，林瑞明編，〈秋晚的公園〉，《賴和全集：新詩散文卷》（臺北：前衛出版社，2000），頁89。

[38] 賴和著，林瑞明編，〈祝吳海水君結婚〉，《賴和全集：新詩散文卷》（臺北：前衛出版社，2000），頁68。

[39] 賴和著，林瑞明編，〈祝吳海水君結婚〉，《賴和全集：新詩散文卷》（臺北：前衛出版社，2000），頁68。

不斷飄來芙蓉香

知否眾人各成癮

這時影像長不忘[40]

　　詩人先聚焦於火鉢中點燃的火，再接鏡頭移到炭火上方的器物，接著拉遠，描寫眾人吸食鴉片的場景。紅通通的炭火，不只是實際上的爐火，更是生命漸漸燃燒殆盡的隱喻。再看〈晚了〉一詩：

恍惚地驚開雙眼

猶似枕上聞雞

紅灼灼鐵丸似的太陽

已急促促就要沈西

遂催動了竹圍外水螺

晚霧迷濛

填塞了空間一切

群動暫得安歇

各爭向快樂的睡鄉

尋覓那理想中的夢境

藉他來將息片晌[41]

　　在這首詩裡，最具形象化的意象無疑就是「紅灼灼鐵丸似

---

40 賴和著，林瑞明編，〈寂寞的人生〉，《賴和全集：新詩散文卷》（臺北：前衛出版社，2000），頁10。

41 賴和著，林瑞明編，〈晚了〉，《賴和全集：新詩散文卷》（臺北：前衛出版社，2000），頁70-71。

的太陽」。火紅的大自然規律似乎暗示著鄉間生活的無憂無慮，事實上這首詩所寫的，卻是自然時間與人為時間的對立。詩中的「水螺」，指的其實是臺語的汽笛，這種汽笛是日治時期製糖公司通知佃農上下工時間的信號。根據呂紹理的研究，「水螺響起」代表了農村生產活動的規律，不再是「日出而作，日入而息」了，而是「螺響而作，螺響而息」，是依靠一種人為制定的制度，這種制度是近代社會的「時間紀律」，也是日治時期臺灣社會現代化的轉變[42]。詩人透過通紅的太陽即將要西落這樣看似簡單平常的意象，刻劃下鄉野生活所面臨的衝擊與改變。

二、生命波濤的紅色意象

　　色彩學專家賴瓊琦是這麼形容紅色的：「紅色是生命的顏色。鮮豔的紅色，強烈、熱情且活力充沛。[43]」紅色的色彩寓意中，本有意指生命的一環，以紅色來形塑生命，自然有熱烈、危險、考驗與戰鬥等意涵。這個部分進一步的轉化，也就成了下節所要談的「日」的壓迫與「血」的抗爭，在這裡我們先就幾首寫到「紅／赤」的作品進行討論。

　　在一首未命名的詩作（今標名為〈冰冷冷的風〉）中，賴和讓紅焰的火用來指稱不同的生命境遇：「冰冷冷的風，／吹得人血凝肌縮，／一吹到高樓大廈中去，／只會把暖爐的炭火，／吹得分外紅燄暖烘，[44]」冰冷的風代表外在的考驗，對每日要在田

---

[42] 呂紹理，《水螺響起：日治時期臺灣社會的生活作息》（臺北：遠流出版事業股份有限公司，1998），頁120-122。

[43] 賴瓊琦，《設計的色彩心理：色彩的意象與色彩文化》（臺北縣：視傳文化事業有限公司，1997），頁130。

[44] 賴和著，林瑞明編，〈未命名（冰冷冷的風）〉，《賴和全集：新詩散文卷》（臺北：前衛出版社，2000），頁180-181。

中工作無衣無笠的中下階層來說，自然是苦痛的考驗；但是對住在高樓大廈、坐擁許多資產的上層階級而言，總會有暖爐可以取暖。當天氣愈發寒冷，火爐也就燒得愈加旺盛，冰冷的風與暖爐的火焰形成鮮明的對比，凸顯出詩人對社會不平等的批判之心。與此類似的還有〈祝曉鐘的發刊〉一詩中所寫：

> 空空空空！
> 日頭欲起，雲彩鮮紅，
> 農人們早走到田中，
> 犁頭掛在耕牛肩上。
> 戰戰兢兢！
> 官廳要稅，頭家要粟，
> 那顧得帶霜的風冷，
> 還計到凍裂的土硬。[45]

　　賴和的這首作品，以筆名「甫三」發表於1931年12月發行的白話文學雜誌《曉鐘》上。這份雜誌由虎尾郡曉鐘社創辦，吳仁義為編輯兼發行人，為白話文之綜合雜誌，帶有現代啟蒙色彩與社會主義思想。這首詩作一樣寫到「水螺」（汽笛），並且藉由連續五個小節以「空空空空！」開頭，描繪日治時代農民艱困的生活。數不盡的徭役、繳不完的稅，對照起天空初升的太陽、美麗鮮紅的雲彩，農人感受不到絲毫喜悅，徒留夢醒時分的感嘆與哀愁。

　　作為一位具濃厚抗議精神的詩人，賴和的詩作相當善於在

[45] 賴和著，林瑞明編，〈祝曉鐘的發刊〉，《賴和全集：新詩散文卷》（臺北：前衛出版社，2000），頁156。

生活周遭尋找生動的譬喻，在〈飼狗頷下的銅牌〉一詩中，就是以戴上狗牌來形容屈從於殖民者的狐假虎威者，他說：「雖說是死得應該／　珍瑯瑯珍瑯瑯／亦為著他的衣襟上／沒有我許他佩帶　珍瑯／一塊赤銅青綬的丸章／　珍瑯瑯　珍瑯瑯／嫉妒地辯駁起來[46]」。根據李南衡的註解，這首詩應該是作於1922年11月13日，因為該年4月，日本皇太子裕仁來臺巡遊，授臺灣仕紳勳章，賴和可能是有感而發，方寫下這首詩[47]。「赤銅青綬」的獎牌，紅色配上綠色，在整體畫面上顯得格外鮮明；此外，對日人來說，這個獎牌代表的是榮譽的勳章，可是對海島內做牛做馬的臺灣老百姓而言，非但不是光彩的榮譽，反而成了與殖民者鬥爭的暗示。

賴和透過鮮紅的形象更加直接控訴殖民體制的詩作，當推〈奉獻〉一首：

> 絞盡了汗和血
>
> 削盡零星骨節，到如今
>
> 多大義務說不須氣盡力竭，只應該
>
> 頗開我鮮紅的敬心討個歡悅
>
> 誰知道轉添了不安煩悶
>
> 天上的福音全然絕滅
>
> 唉！這段慘情卻教我何處去說[48]

---

[46] 賴和著，林瑞明編，〈飼狗頷下的銅牌〉，《賴和全集：新詩散文卷》（臺北：前衛出版社，2000），頁7。

[47] 賴和著，林瑞明編，〈飼狗頷下的銅牌〉，《賴和全集：新詩散文卷》（臺北：前衛出版社，2000），頁7。

[48] 賴和著，林瑞明編，〈奉獻〉，《賴和全集：新詩散文卷》（臺北：前衛出版社，2000），頁51。

什麼是奉獻的極致？詩人告訴我們，當所有義務讓人氣盡力竭後，一切仍未結束，最終必須剖開鮮紅的心，察看其中是否確有敬意。換言之，在行為的檢視之外，還有意識型態的試煉，倘若不是真正徹底的服從，則一切殖民主所賜的「福音」，都將會在瞬間煙消灰滅，其中的諷刺之意不言可喻。

參、紅色意象的轉化：「日」的壓迫與「血」的抗爭

延續著賴和新詩中「紅／赤」的蹤跡，我們可以發現，更頻繁被使用的是從紅色所轉化出來的「太陽」和「血」這兩個意象群組（請參見表4、表5）。「太陽」或曰「日」、「日輪」，既是日常可見的具體之物，也經常與歲月、烈日等詮釋連結在一起。至於「血」是人之精魂，流血是苦難的象徵，往往也代表著生命力的昂揚或消逝，論者如曾啟雄即曾指出：「紅色最直接的聯想就是血，血也是生命的泉源或代表[49]」。值得注意的是，「日」與「血」的意象在賴和諸多詩作中，經常是一起出現，扮演著相輔相成的角色。

表4　賴和新詩使用太陽意象之詩例

編號	題目	詩句	紅色意象	頁數
1	〈寂寞的人生（歌仔曲新哭調仔）〉	無事只恨日頭長	太陽	15
2	〈歡迎蔡陳王三先生的筵間〉	唉！太陽高起來了	太陽	24

---

[49] 曾啟雄，《色彩的科學與文化》（臺北縣板橋市：耶魯國際文化事業有限公司，2002），頁241。

編號	題目	詩句	紅色意象	頁數
3	〈生活〉	怎奈日輪的運行	太陽	43
4	〈現代生活的片影〉	怎奈日輪的運行	太陽	49
5	〈藝者〉	可是堂堂旭日的光輝	太陽	59
6	〈黃昏的海濱（在通霄水浴場）〉	銅盤大的日輪	太陽	64
7	〈黃昏的海濱（在通霄水浴場）〉	殘霞一抹射入層雲裏	太陽	64
8	〈日傘〉	把日傘高高擎起	太陽	66
9	〈日傘〉	可是火熱的日輪	太陽	66
10	〈晚了〉	紅灼灼鐵丸似的太陽	太陽	70
11	〈秋曉的公園〉	朝曦初上的八卦山	太陽	87
12	〈流離曲〉	只任牠砂灼日煎	太陽	104
13	〈流離曲〉	失了熱焰的日頭	太陽	105
14	〈農民謠〉	水浸日曝	太陽	120
15	〈農民謠〉	也被日曝爛	太陽	122
16	〈低氣壓的山頂（八卦山）〉	日頭已失盡威光	太陽	148
17	〈祝曉鐘的發刊〉	日頭欲起	太陽	156
18	〈祝曉鐘的發刊〉	響破雲幕，放出陽光	太陽	156
19	〈相思歌〉	等到黃昏	太陽	161
20	〈日光下的旗幟〉	天上赫赫地輝耀著日光	太陽	171
21	〈日光下的旗幟〉	日光喲！多謝你、多謝你	太陽	171
22	〈日光下的旗幟〉	我愛惜那輝耀的日光	太陽	172
23	〈日光下的旗幟〉	在日光照耀之下	太陽	172
24	〈日光下的旗幟〉	這天上赫赫的日光	太陽	173
25	〈日光下的旗幟〉	極地已看到了日光	太陽	173
26	〈日光下的旗幟〉	天上赫赫地揮耀的日光	太陽	174
27	〈溪水漲〉	那顧得風吹日煎	太陽	174
28	〈未命名（冰冷冷的風）〉	熱烘烘的日	太陽	180
29	〈未命名（冰冷冷的風）〉	熱烘烘的日	太陽	181
30	〈未命名（冰冷冷的風）〉	這熱烘烘的日	太陽	181

表5　賴和新詩使用血意象之詩例

編號	題目	詩句	紅色意象	頁數
1	〈祝南社十五週年〉	南都文化精血盡傾注在這裡	血	4
2	〈歡迎蔡陳王三先生的筵間〉	那一個不是熱血男兒	血	24
3	〈送虛谷君之大陸〉	為同胞灑幾點熱血	血	27
4	〈代諸同志贈林呈祿先生〉	專待我們熱血來	血	36
5	〈生活〉	用盡氣力流盡血汗	血	41
6	〈生活〉	把那些血汗所得	血	42
7	〈現代生活的片影〉	流盡血汗	血	46
8	〈現代生活的片影〉	把那些血汗所得	血	48
9	〈奉獻〉	絞盡了汗和血	血	51
10	〈覺悟下的犧牲（寄二林的同志）〉	使我們血有處滴	血	77
11	〈流離曲〉	敢愛惜流汗流血？	血	104
12	〈流離曲〉	手上的血經已拭淨	血	107
13	〈流離曲〉	正對著喫骨飲血之筵	血	110
14	〈流離曲〉	流盡我一身血汗	血	112
15	〈生與死〉	血性的男兒	血	130
16	〈生與死〉	血性的男兒	血	130
17	〈生與死〉	血性的男兒	血	130
18	〈生與死〉	血性的男兒	血	131
19	〈南國哀歌〉	看見著鮮紅紅的血	血	137
20	〈南國哀歌〉	在這次血祭壇上	血	137
21	〈日光下的旗幟〉	是不是人類的血染紅	血	171
22	〈日光下的旗幟〉	迸出沸騰在心脇的血	血	172
23	〈日光下的旗幟〉	染在旗面的紅的血色	血	172
24	〈日光下的旗幟〉	我們已到了血盡力窮	血	173
25	〈日光下的旗幟〉	看不見血痕的遺留	血	174
26	〈溪水漲〉	流來多少血汗	血	176
27	〈未命名（冰冷冷的風）〉	吹得人血凝肌縮	血	180
28	〈未命名（冰冷冷的風）〉	吹得人血凝肌縮	血	181
29	〈未命名（臺灣）〉	流血想也成川	血	185

以下我們將分成兩個部分來加以討論：第一個部分先討論分別運用「日」與「血」的意象的詩作，觀看賴和對這兩個意象使用上的重疊與歧異之處；第二個部分則是觀看兩種意象並用的情況，揭示賴和紅色意象運用更深入、更完整的想法。

一、「日」或「血」的獨步舞

　　在描繪落日風景的〈黃昏的海濱（在通霄水浴場）〉[50]中，首句詩人就以「銅盤大的日輪」帶出紅銅色的太陽意象，次句「殘霞一抹射入層雲裏」畫面轉為漸漸消逝的橘紅色彩霞，到了第三句「夜之神快就昏暗──」畫面頓時轉為黑色。第二段還可見到青山的綠、霧的白，第三段則是白沙與深藍海水，可說是賴和運用最多色彩的詩作。賴和新詩中出現「日」意象運用的共有30例（如表4），在這些詩例裡，像〈黃昏的海濱（在通霄水浴場）〉一樣，「日」意象單純描繪大自然或指涉時間變化的作品，僅占少數，「日」在詩中幾乎都另有暗示，更經常被詩人用來強化不平之鳴。其原因之一正是因為，日本國旗是以白色為底，中間畫著象徵「東昇的旭日[51]」的紅色圓圈，是以在賴和的筆下，太陽常是日本政府的隱喻。在〈藝者〉一詩中，我們可以看到詩人對「旭日」這樣有意的詮釋：

> 彩雲似的舞袖，
>
> 霞綺似的裙裾，
>
> 海外奇葩饒豔質，

---

50 賴和著，林瑞明編，〈黃昏的海濱(在通霄水浴場)〉，《賴和全集：新詩散文卷》（臺北：前衛出版社，2000），頁64-65。

51 廿一世紀研究會編著，張明敏譯，《色彩的世界地圖》（臺北：時報文化出版企業股份有限公司，2005），頁36。

蓬萊仙子本多姿，

　美說櫻花，

　勇稱武士，

可是堂堂旭日的光輝，

也隨著豔幟的飄揚，

照耀到海外去。[52]

　　這首詩表面上在寫日本藝者，也確實將其寫得豔麗卓倫；但是詩的後半段，卻明顯轉向描寫日本國旗。堂堂旭日的光輝與照耀到海外飄揚的旗幟，乍看之下似乎是對殖民政府的讚揚，實際上卻是對帝國主義侵略的另類反諷。如果說，這樣的一首詩在表現上還太過婉曲，那麼直接以「日傘」作為詩題的作品裡，詩人則是乾脆拿起日頭控訴，他在詩中的第二段如此寫道：

　　在生的長途上

　　多數的人們赤條條

　　略無遮庇

　　可是火熱的日輪

　　紅赫赫高懸頭上

　　要有什麼去處能容我暫避[53]

　　全詩以直白的語言傳達內心之徬徨，「紅赫赫高懸頭上」的日輪，是自然界的太陽、是不斷前進的時間，更是日本政府的

[52] 賴和著，林瑞明編，〈藝者〉，《賴和全集：新詩散文卷》（臺北：前衛出版社，2000），頁59。
[53] 賴和著，林瑞明編，〈日傘〉，《賴和全集：新詩散文卷》（臺北：前衛出版社，2000），頁66。

統治，對於沒有傘、沒有屏障或依靠的普通人而言，連人生的路上都無法昂首闊步，只求生命中能有片刻遮蔽，然而，正如林政華所言：「『火熱的日輪』，是指日本太陽旗，也象徵日人高壓的統治，它自然無法讓臺人『暫避』。[54]」林瑞明論及詩作〈日傘〉一詩時，則指出：「詩中以炎日比喻日本政府的酷政，也正是他經常在傳統詩中使用的諷諭的代名詞，炎日當頭，無所逃又無可避的百姓心聲躍然紙上。[55]」

與〈日輪〉中的「日」形象恰好相反的，是賴和發表於1931年10月31日《臺灣新民報》上的〈低氣壓的山頂（八卦山）〉，林瑞明強調此詩「是臺灣殖民地的吶喊，也是詩人賴和的痛苦和希望。[56]」詩中賴和意欲透過「日頭已失盡威光[57]」的景況，描繪當時臺灣文化、政治運動所陷入的困境。1930年代初期，臺灣的民族運動在「新文協」的分裂後逐漸走向衰微，發生在1931年9月18日的「918事變」，又對臺灣的整體社會帶來巨大的衝擊，從此，臺灣的政治鬥爭運動開始由盛轉衰。日人為遂行軍國主義的擴張，開始對臺灣的抗日團體大規模圍捕與鎮壓，一時之間「臺灣社會運動要往何處去」的問題，成為眾人關注的焦點，「苦悶青年」的形象也成為那個時代最顯明的註解[58]。賴和的這首詩作透過描寫彰化八卦山的景色，實則怒吼著當時臺灣知識份

[54] 林政華，〈賴和新近出土的新詩〉，《臺灣文學汲探》（臺北：文史哲出版社，2002），頁66。

[55] 林瑞明選編，《現代詩卷I》（臺北：玉山社出版事業股份有限公司，2005），頁41。

[56] 林瑞明，《臺灣文學與時代精神——賴和研究論集》（臺北：允晨文化實業股份有限公司，1993），頁343。

[57] 賴和著，林瑞明編，〈低氣壓的山頂（八卦山）〉，《賴和全集：新詩散文卷》（臺北：前衛出版社，2000），頁148。

[58] 王文仁，《日治時期臺人畫家與作家的文藝合盟：以《臺灣文藝》（1934-36）為中心的考察》（臺北：博揚文化事業有限公司，2012），頁67-68。

子面臨的困境，已然如日光遮蔽，天地之間只剩一片漆黑，因此詩人在悲憤至極下吶喊：「我不為這破毀哀悼，／我不為這滅亡悲傷。[59]」「我獨立在狂飆之中，／張開喉嚨竭盡力量，／大著呼聲為這毀滅頌揚，／併且為那未來的不可知的／人類世界祝福。[60]」換個角度來看，「日頭已失盡威光」何嘗不是對日本政權退出的期待！？曾任賴和紀念館館長的康原，即認為：「『日頭已失盡威光』表示日本人已失去人民的支持[61]」，利玉芳評述此詩時也說，〈低氣壓的山頂（八卦山）〉同時傳達了對現實社會的痛心，以及對未來社會的期盼[62]。

與「日」經常籠罩著強大的陰影相比，數量上可相比擬的「血」意象，在賴和的筆下，則經常針對特定的人物或事件，透過詩史的筆法形塑出一種熱烈的生命狀態。可能是賴和最早新詩作品的〈祝南社十五週年〉一詩，詩人就以懇切的口吻，寄望當時已在南部發展15年的古典詩社「南社」，能夠讓「南都文化精血盡傾／注在這裡，[63]」賴和的想法是，詩表面上看來雖然無用，對於民生問題也無法提供解答，但它卻是一切精神發端之所在，因此，「文化精血」既表明了其擁戴詩的熱切心情，也是呼喚同伴們共同以文化啟蒙大眾的想像。同樣的，在〈送虛谷君之大陸〉這首詩的末段，我們也可以看到詩人對即將遠行的好友，

[59] 賴和著，林瑞明編，〈低氣壓的山頂（八卦山）〉，《賴和全集：新詩散文卷》（臺北：前衛出版社，2000），頁150。

[60] 賴和著，林瑞明編，〈低氣壓的山頂（八卦山）〉，《賴和全集：新詩散文卷》（臺北：前衛出版社，2000），頁150-151。

[61] 康原，〈賴和筆下的八卦山〉，《追蹤彰化平原》（臺中：晨星出版有限公司，2008），頁105。

[62] 利玉芳，〈讀賴和先生詩作──低氣壓的山頂〉，收入李篤恭編，《磺溪一完人》（臺北：前衛出版社，1994），頁102。

[63] 賴和著，林瑞明編，〈低氣壓的山頂（八卦山）〉，《賴和全集：新詩散文卷》（臺北：前衛出版社，2000），頁4。

這樣直截、熱切的寄望：

> 但我很盼望——
>
> ——汝——早日歸來，
>
> 為同胞灑幾點熱血，
>
> 替鄉里出一臂氣力。
>
> 這饒算——是
>
> 吾們莫大的事業，正當的理由。[64]

　　詩中的盧谷，所指當然是日治時期重要漢詩詩人陳盧谷（1891-1965）。陳盧谷與賴和同是彰化人，也都是臺灣文化協會的重要成員，可說是一路相互扶持的伙伴。賴和在詩中企盼陳盧谷能夠更加關懷現實、啟發文化，在遠渡神州開闊視野後，也要早日回來替臺灣的文學、文化界盡一分心力，「灑幾點熱血」。類似的情節，也見於其他送行或讚頌詩作，例如〈代諸同志贈林呈祿先生〉中，賴和也免不一番熱血的企盼。在這首詩的第五小節中，我們可以看到詩人對一個即將到來美好國度的想像：「美麗島上經／　散播了無限種子／自由的花、平等的樹／專待我們熱血來／　培養起[65]」。詩中的林呈祿（1886-1968），號慈舟，桃園大園人，明治大學法律科高等研究所畢業，是「新民會」的創設者之一，當時任《臺灣民報》的總編輯。賴和在詩中敬佩林呈祿身為新文化、社會運動的先鋒，自然也希望他能帶領同志們，一起用熱血澆灌這塊土地。

---

[64] 賴和著，林瑞明編，〈未命名（冰冷冷的風）〉，《賴和全集：新詩散文卷》（臺北：前衛出版社，2000），頁27。

[65] 賴和著，林瑞明編，〈代諸同志贈林呈祿先生〉，《賴和全集：新詩散文卷》（臺北：前衛出版社，2000），頁36。

同樣對「血」的凝視，也可見於經常被關注、提及的〈覺悟下的犧牲（寄二林的同志）〉一詩。這首作品是賴和生平第一首發表的新詩，寫的是發生於1925年，蔗農飽受剝削、憤而反抗的彰化「二林事件」。這首作品一如葉笛（1931-2006）所言：「短簡的詩句中蘊含著深厚的滿腔悲楚，痛苦、憤怒和戰鬥的呼喚！[66]」在詩的第三小節裡頭，賴和寫到：「使我們汗有得流，／使我們血有處滴，／這就是說——強者們！／慈善同情的發露，／憐憫惠賜的恩澤！[67]」汗有得流，血有處滴，象徵著大家對犧牲的覺悟，其揭示的，正是賴和一向對不公、不義的剝奪行為，所表現出的左翼抵抗精神。他既呼喚廣大的「弱者」能夠有所為覺醒、為理想而赴義，也以人道的精神表現出意念的執著與堅定[68]。

　　經常被拿來和〈覺悟下的犧牲（寄二林的同志）〉放在一起談的〈南國哀歌〉，同樣可以看到熱血發散的印跡。這首發表於1931年4月的詩作，寫的是1930年10月27日所發生的「霧社事件」。在詩的第三段中，我們可以讀到：「雖說他們野蠻無知？／看著鮮紅紅的血，／　便忘卻一切歡躍狂喜，／但是這一番啊！／明明和往日出草有異。[69]」詩裡頭的「他們」，指的是事件中起來反抗日人的馬赫坡社原住民們，詩人以鮮紅的血描繪夾雜著狂喜的殺戮景況，卻又強調這次並非單純的出草，藉此作為

---

[66] 葉寄民，〈不死的野草——臺灣新文學的奶母賴和〉，收入賴和紀念館編，《賴和研究資料彙編（下）》（彰化：彰化縣立文化中心，1994），頁352。

[67] 賴和著，林瑞明編，〈覺悟下的犧牲（寄二林的同志）〉，《賴和全集：新詩散文卷》（臺北：前衛出版社，2000），頁77。

[68] 李魁賢，〈賴和詩中的反抗精神〉，收入賴和紀念館編，《賴和研究資料彙編（下）》（彰化：彰化縣立文化中心，1994），頁322-323。

[69] 賴和著，林瑞明編，〈南國哀歌〉，《賴和全集：新詩散文卷》（臺北：前衛出版社，2000），頁137。

對比，並帶出下面的這一段：

在和他們同一境遇，

一樣呻吟於不幸的人們；

那些怕死偷生的一群，

在這次血祭壇上，

意外地竟得生存，

便說這卑怯的生命，

神所厭棄本無價值，

但誰敢信這事實裡面，

就尋不出別的原因？[70]

「血祭壇」一詞在詩中可做兩個方面解釋：一是這次的行動是原住民們追隨祖靈的召喚，反抗壓迫的一次祭血的儀式；二是意指這次的過程中，日人出動飛機、大砲以及生化武器，在兩個月中屠殺了七、八百位的原住民同胞，用以宣揚其殖民主的強大。不論所指為何，都是為了提醒在日人壓迫下噤聲的普羅大眾們，死有輕如鴻毛、重於泰山，詩人疾呼：「　只是偷生有什麼路用，／　眼前的幸福雖享不到，／　也須為著子孫鬥爭。[71]」另一首作品〈生與死〉，同樣通過四次「血性的男兒[72]」的生命意義召喚，試圖喚醒大眾的正義。不論是〈覺悟下的犧牲（寄二

70　賴和著，林瑞明編，〈南國哀歌〉，《賴和全集：新詩散文卷》（臺北：前衛出版社，2000），頁137-138。

71　賴和著，林瑞明編，〈南國哀歌〉，《賴和全集：新詩散文卷》（臺北：前衛出版社，2000），頁141。

72　賴和著，林瑞明編，〈生與死〉，《賴和全集：新詩散文卷》（臺北：前衛出版社，2000），頁128-131。

林的同志）〉、〈南國哀歌〉，還是〈生與死〉，「血」意象的意識揭露，都呈現出賴和一貫熱血、激憤的抗爭精神。

二、「日」與「血」的雙聲道

　　作為紅色意象群中重要的「日」與「血」，在賴和的詩中既有各自表現的天地，也有不少同時出現的狀態。統計其全部詩作，詩中同時出現這兩個紅色意象者，共有〈歡迎蔡陳王三先生的筵間〉、〈生活〉、〈現代生活的片影〉、〈流離曲〉、〈日光下的旗幟〉、〈溪水漲〉、〈未命名（冰冷冷的風）〉等7首作品。整體來看，「日」與「血」同時出現既有相互強化的效果，也經常讓詩作顯現出悲愴與強烈的抗議精神。試看〈歡迎蔡陳王三先生的筵間〉一詩，賴和先是寫道：

> 唉！太陽高起來了，
>
> 氣壓變動了，物質膨脹了，
>
> 真空的瓶兒微微的破裂了，
>
> 新鮮的氣流透進來了，
>
> 快快醒罷，不可貪眠了。[73]

　　透過「太陽」的升起，表示時代的變動與新氣象的出現，同時呼喚人們快快覺醒、別再無動於衷。而後在詩的末段，詩人又如此呼籲著：「『生不自由勿寧死』，／那一個不是熱血男兒。／奮起！奮起！須奮起！／傍有人笑我哩。[74]」當「熱血男兒」

---

[73] 賴和著，林瑞明編，〈歡迎蔡陳王三先生的筵間〉，《賴和全集：新詩散文卷》（臺北：前衛出版社，2000），頁24。

[74] 賴和著，林瑞明編，〈歡迎蔡陳王三先生的筵間〉，《賴和全集：新詩散文卷》（臺北：前衛出版社，2000），頁24。

遇上旭日東昇的新時代，確實是應當要力圖振作，梁明雄便曾形容此詩是「呼籲臺灣民眾要在二十世紀的新時代來臨中乘時奮起[75]」。

「日輪」與「血」的意象，同樣見於似乎是同一首作品的〈生活〉和〈現代生活的片影〉[76]中。這兩首詩的文字內容有很多類似的地方，兩首皆未曾發表於報刊，推測賴和應是先寫了一個版本，後又改作為另一首。在詩作中間段落，有著這樣的詩句：

〈生活〉	〈現代生活的片影〉
只可憐勞動者們 用盡氣力流盡血汗 過他困苦的日子 僅能得不充分的睡眠 　糊亂的三餐[77]	只可憐勞働的農工們， 用盡氣力，流盡血汗， 過他困苦的日子， 僅能得不充分的睡眠， 　胡亂粗惡的三餐[78]

相較於〈生活〉的文字，〈現代生活的片影〉將文字改得更為堅定、明確，在這裡「血」與「汗」結合，用來強調殖民體制下一般中下階層生活困頓的景況。然則，這樣辛勞的血汗付出，卻連最基本的生活溫飽都難以滿足，至於那些權威的橫逆與無所事事，血汗的所得最終還要用來增長他們的惡勢力，對詩人來說，這是再悲哀不過的臺灣現實。在施懿琳、楊翠所編寫的《彰

---

[75] 梁明雄，〈文學的賴和‧賴和的文學〉，《臺灣文學與文化論集》（屏東：屏東縣政府文化局，2002），頁247。

[76] 此詩收錄於《賴和全集：新詩散文卷》時，題名為〈現代生活的片影〉，但對照《賴和手稿集新文學卷》所收錄手稿，應為〈現代生活的影片〉。賴和著，林瑞明編，〈現代生活的片影〉，《賴和全集：新詩散文卷》（臺北：前衛出版社，2000），頁44；林瑞明編，《賴和手稿集新文學卷》（彰化：財團法人賴和文教基金會、南投：臺灣省文獻委員會，2000），頁470。

[77] 賴和著，林瑞明編，〈生活〉，《賴和全集：新詩散文卷》（臺北：前衛出版社，2000），頁41。

[78] 賴和著，林瑞明編，〈現代生活的片影〉，《賴和全集：新詩散文卷》（臺北：前衛出版社，2000），頁46-47。

化縣文學發展史》中，便曾以「弱者的悲哀無奈溢於行間，而賴和一貫的人道主義精神，在此詩中更是淋漓盡致地流露出來[79]」來評價此詩。在〈生活〉、〈現代生活的片影〉這兩首作品最後，有著同樣的這幾行詩句：

> 怎奈日輪的運行，
> 不為我少緩一步，
> 賜我無須工作的片刻，
> 得從事於生存外的勞力。[80]

「日輪的運行」在這裡當然不能夠直接的解釋為大自然裡太陽的運行，對照前面所寫可憐勞動的農工們，「日輪的運行」代表在上位者的權力與壓榨，這少緩一步而企望著無需工作的片刻，顯然是對著高高在上、兇惡、嚴厲、威風如烈日的殖民者說的。

同樣讓「日」與「血」具有著強烈暗示效果者當推〈未命名（冰冷冷的風）〉一詩。這首詩中，可以窺見賴和常用重複句子的特色，及所創造的歌詩效果。詩行中，「冰冷冷的風」和「熱烘烘的日」各出現三次[81]。在這裡，這兩者的反覆登場，都刻劃

---

[79] 施懿琳、楊翠，〈第四章　成熟時期彰化新文學的花實（一九二五～一九三七）第一節　哺育臺灣新文學的奶母——賴和〉，《彰化縣文學發展史》（彰化：彰化縣立文化中心，1997），頁159。

[80] 〈生活〉與〈現代生活的片影〉最末四行詩句文字相同，差別僅在於〈生活〉句末沒有標點符號，〈現代生活的片影〉句尾使用標點符號。賴和著，林瑞明編，〈生活〉，《賴和全集：新詩散文卷》（臺北：前衛出版社，2000），頁43；賴和著，林瑞明編，〈現代生活的片影〉，《賴和全集：新詩散文卷》（臺北：前衛出版社，2000），頁49。

[81] 賴和著，林瑞明編，〈未命名（冰冷冷的風）〉，《賴和全集：新詩散文卷》（臺北：前衛出版社，2000），頁180-181。

環境越是惡劣，窮人與富人／殖民者與被殖民者的生活差距越是明顯。這也是為何，詩人會在裡頭藉由大自然的風與日控訴：

> 冰冷冷的風，
> 吹得人血凝肌縮，
> 一吹到高樓大廈中去，
> 只會把暖爐的炭火，
> 吹得分外紅燄暖烘，
>
> 熱烘烘的日，
> 曝得人骨焦皮腫，
> 一射到高樓大廈中去，
> 只會把電扇旋轉催動，
> 使送出涼爽的清風。[82]

「血凝肌縮」所描繪的，不是躲在高樓大廈中的人們，而是沒有外衣或斗笠能夠避寒遮陽、每天都必須在寒冷或炎熱的天氣中辛苦工作的人們。這無法抵抗的大自然，其實指的也是嚴峻的殖民情狀，誠如陳建忠所言：「生／死，強／弱，尊嚴／侮辱，殖民／被殖民，這幾乎是賴和新詩中不斷出現的對比意象，這種意象的呈現，一方面是殖民地現實給予作者的物質基礎，另一方面又是作者思想與美學的展現。[83]」〈未命名（冰冷冷的風）〉一詩，正可窺見賴和運用冷／熱、窮／富二元對立來強化詩作意

---

[82] 賴和著，林瑞明編，〈未命名（冰冷冷的風）〉，《賴和全集：新詩散文卷》（臺北：前衛出版社，2000），頁181。

[83] 陳建忠，〈吶喊與獨白：論賴和的新詩與散文〉，《書寫臺灣・臺灣書寫：賴和的文學與思想研究》（高雄：春暉出版社，2004），頁278。

象的特色。

在這些「日」與「血」相互強化的作品裡，最具有代表性的當推〈日光下的旗幟〉一首。這首作品發表在1935年7月的《臺灣文藝》第2卷第7號上，作者署名為「孔乙己」。事實上，孔乙己乃是魯迅（1881-1936）小說〈孔乙己〉中的關鍵人物，在小說裡頭，魯迅塑造這個落魄窮困、至死不悟的舊式讀書人形象，透過他不幸遭遇，對腐朽的科舉制度與社會問題，進行了強而有力的批判。賴和選擇以此作為筆名，顯然也大有學魯迅的批判之意。這首詩的一開頭，詩人如此讚頌著殷勤照亮天際的太陽：

　　天上赫赫地輝耀著日光
　　空際展轉地旗幟在飄揚
　　　　日光喲！多謝你、多謝你。
　　　　給了光明於這世界之上。
　　　　雖然尚有夜的黑暗，
　　　　有了這些時代的光明。
　　　　已夠為著生去從事勞働，[84]

在對自然界太陽抱持著感恩的同時，詩人筆鋒一轉，詢問著旗幟上鮮麗的色彩，是否是由人類的血所染紅。在這詩行裡頭，所謂的旗幟一開頭意指的其實是中華民國的國旗。詩人說：「我仰望著旗幟的飄揚，／　　啊！我願意，我願意，／　　迸出沸騰在心脇的血，／　　去染遍那旗的全面，／　　使牠再加

84　賴和著，林瑞明編，〈日光下的旗幟〉，《賴和全集：新詩散文卷》（臺北：前衛出版社，2000），頁171。

一層地鮮紅。[85]」但是，這樣的一面旗卻逐漸為塵沙所埋沒，逐漸的辨認不出面貌。從詩作中段開始，出現了「他們」與「我們」的對立，「我們」的旗幟日漸破裂，在冰雪之中，默默支撐旗子的無數雙手堆成了白骨；而「他們」的國旗卻高揚在日光之下，飄揚在高空之中。其中的「他們」顯然就是指日本政府，而其掛上旭日的旗幟也在這塊殖民地上繼續展轉。詩行最後，詩人再一次寫到開頭的詩句：「天上赫赫地輝耀的日光／空際展轉的旗幟在飄揚。[86]」這裡頭已經可以讓我們清楚地看到，賴和強烈的民族之心，以及希望臺灣人終究可以脫離殖民的熱血精神。

肆、結語

1919年，年輕的賴和前往廈門行醫，適逢當時正在昂揚的五四運動高潮，讓他的內心產生強烈的悸動。新文化運動的衝擊引領他從早期漢文教育的侷限走出，並且開始嘗試用當時新興的白話文練習寫作。傳統詩的寫作，是賴和行醫時重要的心靈寄託；而白話詩的寫作卻更符合「歌詩合為事而作」的詩史精神，莫渝即曾以「歷史事件見證的紀錄者」來形容賴和新詩的歷史地位[87]。賴和的新詩寫作幾乎是在一開始，便取得了不錯的成績，雖然文白夾雜、讀起來不免拗口，但是他藉由民間歌謠來吸取

---

[85] 賴和著，林瑞明編，〈日光下的旗幟〉，《賴和全集：新詩散文卷》（臺北：前衛出版社，2000），頁172。

[86] 賴和著，林瑞明編，〈日光下的旗幟〉，《賴和全集：新詩散文卷》（臺北：前衛出版社，2000），頁174。

[87] 莫渝，〈獨立在狂飆之中——談賴和四首敘事詩〉，收入李篤恭編，《磺溪一完人》（臺北：前衛出版社，1994），頁120。

經驗，也創造了嶄新的嘗試[88]。賴和的白話詩寫作約略始自1922年，比他更為知名的小說要來得早，1924年後，他的新詩創作數量漸增，並在1925年開始刊載於報刊上。由此可見，賴和最早其實是運用新詩，來學習與練習白話文，這也跟胡適（1891-1962）最早是從新詩，開啟白話文運動的想法是一致的。賴和的新詩基本上用的是中國白話文的語調，但也雜入臺灣白話的口語和色彩，這種不可或缺的臺灣特色，以及透過文學對臺灣土地的關懷，一直都是賴和創作上最重要的特色。

賴和新詩創作的型態，跟現實的反應與對殖民體制的批判，是有絕對關係的，尤其在1930年代後，臺灣的現實景況愈加進入低潮，他的批判與熱血也就更為顯明。在研究者經常提起的〈低氣壓的山頂（八卦山）〉一詩裡，賴和首句就以「天色是陰沉而且灰白[89]」，傳達臺灣被殖民、受壓迫至極的苦悶。然則，我們細探賴和新詩呈顯的色彩美學，卻非蒼白淒涼的灰白色調，而是以慷慨激昂的紅色為主軸。羊子喬曾經評價，在臺灣新詩奠基期，賴和是「反映被壓迫者的反抗心聲」之代表[90]。張雙英也說，理直氣壯的抗日意識是賴和新詩最重要的特質[91]。賴和新詩呈顯的紅色美學，一方面與「勇士當為義鬥爭」的反抗精神密不可分；另一方面也表現在〈祝吳海水君結婚〉、〈祝曉鐘的發刊〉、〈送盧谷君之大陸〉等讚頌或送行詩作，以及〈寂寞的人

88 林瑞明，〈賴和與臺灣新文學運動〉，《臺灣文學與時代精神——賴和研究論集》（臺北：允晨文化實業股份有限公司，1993），頁63-69。

89 賴和著，林瑞明編，〈低氣壓的山頂（八卦山）〉，《賴和全集：新詩散文卷》（臺北：前衛出版社，2000），頁144。

90 羊子喬，〈光復前臺灣新詩論〉，《蓬萊文章臺灣詩》（臺北：遠景出版事業公司，1983），頁73。

91 張雙英，〈貳、創新、寫實與超現實（1923-1945）二、賴和〉，《二十世紀臺灣新詩史》（臺北：五南圖書出版股份有限公司，2006），頁42。

生〉、〈秋曉的公園〉、〈晚了〉等生活感懷或景物書寫的作中，顯見賴和的紅色美學並不全然是抗爭性的。大抵而言，賴和對「紅／赤」色彩的使用，展現出對臺灣風土的描繪記載，同時也是生命波濤的湧動與紀錄。他既懷記人間相知、相愛、美好的一瞬，也感謝上天恩賜我們這塊美好的土地。

當紅色的意象延伸轉化成為「日」與「血」時，我們可以看到，賴和對「日」的運用，更多是作為對殖民體制的批判而存在，其所籠罩的強大的陰影，恰恰讓人無法睜開雙眼、甚至忽視。至於數量上可相比擬的「血」，在賴和的筆下，則常是帶有熱烈生命狀態的召喚。從時常被討論到的〈覺悟下的犧牲（寄二林的同志）〉、〈流離曲〉、〈南國哀歌〉、〈低氣壓的山頂〉四首詩，幾乎都運用了「日」或「血」意象這點來看，就可以知道，「日」或「血」在賴和的新詩創作中，扮演了多麼重要的角色。「日」與「血」的結合，其實是臺灣1920-30年代殖民景況的如實反應，當臺灣的民族運動走到了碰壁的時刻，階級對立與剝削的情況也走向極端，一股蓄勢待發的全面翻轉也正在醞釀著。可惜的是，賴和終究未能等待臺灣走出殖民的彼刻，但他以鮮血、氣力所留下的這些作品，卻帶著紅色的印記為我們留下了永恆，同時見證了當時的歷史。

引用書目

專書

廿一世紀研究會編著，張明敏譯，《色彩的世界地圖》（臺北：時報文化出版企業股份有限公司，2005）。

王文仁，《日治時期臺人畫家與作家的文藝合盟：以《臺灣文藝》（1934-36）為中心的考察》（臺北：博揚文化事業有限公司，2012）。

羊子喬，〈光復前臺灣新詩論〉，《蓬萊文章臺灣詩》（臺北：遠景出版事業公司，1983），頁59-97。

何耀宗，《色彩基礎》（臺北：東大圖書有限公司，1984）。

吳晟主講，劉原君記錄，〈從賴和新詩談社會現實〉，收入康原編，《種子落地》（臺中：晨星出版社，1996），頁139-170。

呂紹理，《水螺響起：日治時期臺灣社會的生活作息》（臺北：遠流出版事業股份有限公司，1998）。

李銘龍編著，《應用色彩學》（臺北：藝風堂出版社，1994）。

李篤恭編，《磺溪一完人》（臺北：前衛出版社，1994）。

谷欣伍編，《色彩理論與設計表現》（臺北：武陵出版有限公司，1992）。

貝蒂‧愛德華（Betty Edwards）著，朱民譯，《像藝術家一樣彩色思考》（臺北：時報文化出版企業股份有限公司，2006）。

林昆範，《色彩原論》（臺北縣：全華圖書股份有限公司，2008）。

林政華，〈賴和新近出土的新詩〉，《臺灣文學汲探》（臺北：文史哲出版社，2002），頁63-67。

林書堯，《色彩認識論》（臺北：三民書局股份有限公司，1986）。

林瑞明，《臺灣文學與時代精神——賴和研究論集》（臺北：允晨文化實業股份有限公司，1993）。

林瑞明編，《賴和手稿集新文學卷》（彰化：財團法人賴和文教基金會、南投：臺灣省文獻委員會，2000）。

林瑞明選編，〈賴和‧南國哀歌／日傘〉，《現代詩卷I》（臺北：玉山社出版事業股份有限公司，2005），頁33-41。

林磐聳、鄭國裕編著，《色彩計劃》（臺北：藝風堂出版社，1999）。

施淑，〈賴和小說的思想性質〉，《賴和小說集》（臺北：洪範書店有限公司，1994），頁1-12。

施懿琳、楊翠，〈第四章　成熟時期彰化新文學的花實（一九二五～一九三七）第一節　哺育臺灣新文學的奶母——賴和〉，《彰化縣文學發展史》（彰化：彰化縣立文化中心，1997），頁156-175。

康原，〈賴和筆下的八卦山〉，《追蹤彰化平原》（臺中：晨星出版有限公司，2008），頁94-108。

張雙英，〈貳、創新、寫實與超現實（1923-1945）二、賴和〉，《二十世紀臺灣新詩史》（臺北：五南圖書出版股份有限公司，2006），頁37-43。

梁明雄，〈文學的賴和・賴和的文學〉，《臺灣文學與文化論集》（屏東：屏東縣政府文化局，2002），頁228-263。

陳明台，〈日據時代臺灣民眾詩之研究〉，封德屏主編，《臺灣現代詩史論》（臺北：文訊雜誌社，1996），頁3-19。

陳芳明，〈日據時期臺灣新詩遺產的重估〉，《左翼臺灣：殖民地文學運動史論》（臺北：麥田出版，1998），頁141-170。

陳芳明，〈現代性與日據臺灣第一世代作家〉，《殖民地摩登：現代性與臺灣史觀》（臺北：麥田出版，2004），頁27-50。

陳建忠，《書寫臺灣・臺灣書寫：賴和的文學與思想研究》（高雄：春暉出版社，2004）。

陳建忠編選，《臺灣現當代作家研究資料彙編01賴和》（臺南：國立臺灣文學館，2011）。

曾啟雄，《色彩的科學與文化》（臺北縣板橋市：耶魯國際文化事業有限公司，2002）。

黃仁達編撰，《中國顏色》（臺北：聯經出版事業股份有限公司，2011）。

黃得時著，葉石濤譯，〈輓近臺灣文學運動史〉，收入黃英哲主編，《日治時期臺灣文藝評論集（雜誌篇）第三冊》（臺南：國立臺灣文學館籌備處，2006），頁390-402。

蕭蕭，〈八卦山：蘊藏多元的新詩能量——以賴和、翁鬧、曹開、王白淵透視新詩地理學〉，《土地哲學與彰化詩學》（臺中：晨星出版有限公司，2007），頁84-120。

蕭蕭，《青紅皂白》（臺北：新自然主義股份有限公司，2000）。

賴和紀念館編，《賴和研究資料彙編（下）》（彰化：彰化縣立文化中心，1994）。

賴和著，林瑞明編，《賴和全集：新詩散文卷》（臺北：前衛出版社，2000）。

賴瓊琦，《設計的色彩心理：色彩的意象與色彩文化》（臺北縣：視傳文化事業有限公司，1997）。

學位論文

張昭螢，《賴和飲酒詩研究》（彰化：國立彰化師範大學臺灣文學研究所碩士
　　論文，2012）。

陳婉嫈，《日治時期臺灣新文學中的民俗議題與文化論述：以小說為中心
　　（1920~1937）》（新竹：國立清華大學臺灣文學研究所碩士論文，
　　2011）。

陳綠華，《賴和白話小說的臺灣話文研究》（高雄：高雄師範大學臺灣文化及
　　語言研究所碩士論文，2011）。

黃淑華，《再現賴和——戰後臺灣各級詩獎的賴和書寫》（嘉義縣：國立中正
　　大學臺灣文學研究所碩士論文，2012）。

期刊

王秀雄，〈日據時代臺灣官展的發展與風格探釋——兼論其背後的大眾傳播與
　　藝術批評〉，《藝術家》，第199期（1991年12月），頁218-245。

解昆樺，〈雛構新詩文體語言——賴和新詩手稿中的意象經營與修辭意識〉，
　　《臺灣文學研究學報》，第11期（2010年10月），頁7-43。

賴明珠，〈日治時期的「地方色彩」理念——以鹽月桃甫及石川欽一郎對「地
　　方色彩」的詮釋與影響為例〉，《視覺藝術》，第3期（2000年5月），頁
　　43-74。

報紙

懶雲，〈相思歌〉，《臺灣新民報》，第396號（1932年1月1日）。

懶雲，〈覺悟的犧牲（寄二林的同志）〉，《臺灣民報》，第84號（1925年12
　　月20日）。

網路資料

向陽，〈歷史論述與史料文獻的落差：回應〈誰是臺灣新詩第一位作者〉〉，
　　（來源：向陽文苑，http://tns.ndhu.edu.tw/~xiangyang/cric_13.htm，2014年
　　10月5日瀏覽）

黑暗有光——論王白淵新詩的黑白美學

壹、前言：黑夜中的前行者

　　前輩作家巫永福在《福爾摩沙》雜誌中，曾以「黑暗之夜，
哭過夜晚，譏笑夜晚」[1]，來形容日治時期堅持於文學與社會改
革之路的王白淵（1902-1965）。在帝國殖民苦悶的時代，在遭
受不平等待遇的社會環境裡，王白淵並未屈於現實，這位黑夜中
的前行者，積極投入文化活動，將人道主義與社會主義的精神推
展得更遠。向陽在〈詩的想像・臺灣的想像〉一文裡，曾經感
嘆：「追風、張我軍、賴和、王白淵、楊華，乃至早在一九三〇
年代就引進超現實主義的水蔭萍（楊熾昌），以及當時的鹽分地
帶詩人群等，都不為臺灣現代詩壇正視」[2]。相對於五、六〇年
代以降的現代派運動，日治時期的新詩長久以來儼然是一個邊緣
的存在，隨著近年來的史料整理與出土，不少日治作家的作品重
見天日，為日治時期臺灣文學做了重要的補白。以王白淵為例，
過去多半認為這位臺灣美術史上重要的先行者，其詩作最早發表
於1927年的《岩手縣女子師範學校校友誌》[3]上，然而查詢《臺

---

[1]　巫永福，〈王白淵を描く〉，《福爾摩沙》，第2號（1933年12月30日），頁57；
吳坤煌，〈臺灣藝術研究會的成立及創刊《福爾摩沙》前後回憶一二〉，收錄於
吳燕和、陳淑容主編，《吳坤煌詩文集》（臺北：臺大出版中心，2013），頁
216。

[2]　向陽，〈詩的想像・臺灣的想像〉，《臺灣現代文選　新詩卷》（臺北：三民，
2006），頁1-2。

[3]　既有研究多半稱此刊為《盛岡女子師範校友會誌》，根據明治大學博士生劉怡臻

灣日日新報》線上資料庫可以發現，早在1926年9月3日，他就在
《臺灣日日新報》發表第一首詩作〈未完成的畫家〉（未完成の
畫家）[4]，開啟了其重要的文學之路。此外，王白淵也在1926年9
月26日、1926年12月3日的《臺灣日日新報》，兩度發表日文新
詩〈落葉〉[5]。

　　1931年，任教於盛岡女子師範學院的王白淵，幾經周折下
出版了其代表作《荊棘之道》（蕀の道），這本臺灣人在日本出
版的第一本日文詩文集，收錄有66首新詩。在這之後，他向過去
自我訣別地走上文化、社會運動的道路，和東京的知識青年們共
同創設了「東京臺灣藝術研究會」，宣揚重新創造「臺灣人的文
藝」之重要，並因多次涉入社會運動而鋃鐺入獄，創作量銳減，
只有散見在《福爾摩沙》、《臺灣文學》、《臺灣新報》等刊物
上的少數詩作，或以本名發表，或用「托微」、「王博遠」、
「洗耳洞主人」等筆名發表[6]，計有10首[7]。若再加上曾刊登於

4　的考證，應為《岩手縣女子師範學校校友誌》。

4　該詩收錄於《荊棘之道》（蕀の道）時，詩名改為〈未完成的畫像〉（未完成の
　畫像）。王白淵，〈未完成的畫家〉，《臺灣日日新報》（1926年9月3日），朝
　刊第6版；王白淵，《蕀の道》，全書收錄於河原功編，《臺灣詩集》（日本：綠
　蔭書房，2003）。

5　1926年12月3日刊登的〈落葉〉，和1926年9月26日為同一首詩，僅有標點符號之
　更動，2處增加破折號、1處刪去問號。詩文集《蕀の道》收錄的是1926年9月26日
　發表的版本。王白淵，〈落葉〉，《臺灣日日新報》（1926年9月26日），朝刊第
　5版；王白淵，〈落葉〉，《臺灣日日新報》（1926年12月3日），朝刊第5版；
　王白淵，《蕀の道》，全書收錄於河原功編，《臺灣詩集》（日本：綠蔭書房，
　2003）。

6　根據研究者柳書琴的考證，「王博遠」、「洗耳洞主人」等皆為王白淵筆名，
　「托微」可能也是王白淵。柳書琴，《荊棘之道：旅日青年的文學活動與文化抗
　爭》（臺北：聯經，2009）。

7　王白淵，〈行路難〉，《福爾摩沙》，第1號（1933年7月15日），頁32-33；王白
　淵，〈上海を詠める〉，《福爾摩沙》，第2號（1933年12月30日），頁1-4；王
　白淵，〈愛しきK子に〉，《福爾摩沙》，第3號（1934年6月15日），頁20-21；
　托微，〈紫金山下〉，《福爾摩沙》，第3號（1934年6月15日），頁31；托微，
　〈看『フォルモサ』有感〉，《福爾摩沙》，第3號（1934年6月15日），頁32；

《岩手縣女子師範學校校友誌》，未收錄於《荆棘之道》的〈消失在你裡的我〉（貴方の中に失れたる私）與〈悼詩（致中川教諭）〉（故中川教諭哀悼の詩歌）2首作品[8]，目前可尋獲的王白淵詩作共有78首（詳參附錄1）。

縱觀目前對於王白淵詩作的評論，主要有以下幾種路向：一是如莫渝以象牙塔裡「嗜美的詩人」來評價王白淵詩作，認為其儘管具有左傾的思想意念，但始終缺乏行動上的付諸實踐，反倒是唯美的探索與藝術的美夢，成為其生命中最重要的主調[9]。相似者如趙天儀指出，王白淵的詩作是抽象的抒情詩，他專注於詩創作、藝術與自然世界的探索，因而在意識型態上走向「非現實主義」的取向，與傾向於現實關懷的張我軍，是臺灣新詩出發時的兩種基本風貌[10]。第二種路向，是陳芳明從左翼文學的角度出發，指出王白淵的詩深受日本左翼文壇的高度評價，而他也是臺灣左翼文學的重要開創者，儘管其詩是暗喻的、高度迂迴的，依舊無損於其左翼詩人的樣貌[11]。延續此一看法者，有柳書琴[12]與

王博遠，〈太平洋の嵐〉，《臺灣文學》，第3卷第3號（1943年7月31日），頁36-37；王博遠，〈シンガポールは斯くて亡びぬ〉，《臺灣文學》，第3卷第3號（1943年7月31日），頁37-38；王白淵，〈恨みは深しアツツの島守〉，《臺灣文學》，第4卷第1號（1943年12月25日），頁4-5；洗耳洞主人，〈濠洲と印度〉，《臺灣文學》，第4卷第1號（1943年12月25日），頁6-9；王白淵，〈光復〉，原發表於《臺灣新報》（1945年10月11日），後收錄於曾健民編著，《一九四五·光復新聲——臺灣光復詩文集》（臺北縣中和市：INK印刻，2005），頁49。

8 此2首作品可參見毛燦英、板谷榮城著，黃毓婷譯，〈盛岡時代的王白淵（下）〉，《文學臺灣》，第35期（2000年7月），頁236-239。

9 莫渝，〈嗜美的詩人——王白淵論〉，《螢光與花束》（臺北縣：北縣文化，2004），頁10-25。

10 趙天儀，〈臺灣新詩的出發——試論張我軍與王白淵的詩及其風格〉，收錄於封德屏主編：《臺灣現代詩史論》（臺北：文訊，1996），頁67-77。

11 陳芳明，〈日據時期臺灣新詩遺產的重估〉，《左翼臺灣：殖民地文學運動史論》（臺北：麥田，1998），頁141-170。

12 柳書琴，《荆棘之道：旅日青年的文學活動與文化抗爭》（臺北：聯經，

郭誌光[13]等人，從抵殖民、反抗的角度切入，評價王白淵的詩作立足於殖民地現實，具有正面抵抗的意義。

第三種路向是卓美華、蘇雅楨等人，嘗試從詩美學的角度切入，了解王白淵被評價於唯美與左翼兩極間的關鍵之因，以及在詩作中所呈現的奮力、琢磨於文學的文人樣貌[14]。第四種路向是嘗試離脫單純的文學文本，從跨藝術視野來看待王白淵所開創的新詩美學與文化象徵。具代表性者如楊雅惠從詩畫互動的角度，評價王白淵以「東方詩學」和「基督精神」象徵系統隱喻形上境界，拉開空間距離，以藝術的變形肯定理想永恆之境[15]。王文仁則從《荊棘之道》中的跨藝術再現，探討王白淵在其中所呈顯的個人生命與文化徵象。肯定其詩作顯現了那個時代的知識份子，對文藝之路與現實情景、小我與大我、幸福與苦難的辯證思考，顯現其對生命與現實的真正洞見[16]。

本文的出發點，主要是奠基於第四種路向的前人研究，嘗試以王白淵78首新詩作為研究的對象，從色彩學的角度切入，透過黑白意象運用的觀察，爬梳從美術轉向文學的王白淵，如何藉由色彩的塗佈與表述，在詩中追尋光明與黑暗，展現其藝術觀與哲學觀，開展出有別於社會寫實與現代性兩條路線的荊棘之道。此一文藝道路的摸索，無法被單純的以反殖抗爭意識與耽溺、唯

2009），頁35-226。

[13] 郭誌光，〈「真誠的純真」與「原魔」──王白淵反殖意識探微〉，《中外文學》，第389期（2004年10月），頁129-158。

[14] 卓美華，〈現實的破繭與蝶舞的耽溺──王白淵其詩其人的矛盾與調和之美〉，《文學前瞻》，第6期（2005年7月），頁89-107。蘇雅楨，〈論王白淵《蕀の道》的美學探索〉，《臺灣文學評論》，第10卷第6期（2010年10月），頁40-66。

[15] 楊雅惠，〈詩畫互動的異境──從王白淵、水蔭萍詩看日治時期臺灣新詩美學與文化象徵的拓展〉，《臺灣詩學學刊》，第1號（2003年5月），頁27-84。

[16] 王文仁，〈詩畫互動下的個人生命與文化徵象──王白淵及其《荊棘之道》的跨藝術再現〉，《東華漢學》，第12期（2010年12月），頁245-276。

美的藝術觀所籠罩，實際上也牽引著在臺與留日的知識份子，走上一條結合各領域文藝人士，以擴大其啟蒙影響力的文藝合盟之路[17]。

貳、「荊棘」的文學之路與《荊棘之道》的出版

1923年4月，臺人王白淵經由臺灣總督府的推薦，赴日就讀東京美術師範科，這是他生命中一次重要且關鍵的轉折。1922年，從臺北師範學校畢業的他，回到故鄉二水公學校任教。這段短暫的在公學校教學的歲月，有歡樂卻也有悲痛。歡樂的是繼承了母親美術氣質的王白淵，總是能夠以漫畫的表現手法，活潑課堂上的教學並深受學生的喜愛；悲痛是身為臺籍教師，不管如何總會受到日人的排擠與差別待遇[18]。在一次偶然的機遇下，他讀到了工藤直太郎（1898-1992）所寫《人間文化的出發》一書[19]。這本著作，是有關文藝復興時期浪漫主義詩人華特・佩特（Walter Pater，1839-1894）的研究，其對彼時王白淵所造成的影響，無疑是相當震撼且深遠的。其中的幾篇文章，讓他強烈地感受到精神與物質、永生與死滅，基督教思想和希臘思想的對立，與人生二元的相剋；尤其是〈密列禮讚〉一篇，更促成了他生命中的重大轉向[20]，使他毅然決然地放棄公學校的工作，前往

---

[17] 王文仁，《日治時期臺人畫家與作家的文藝合盟：以《臺灣文藝》（1934-36）為中心的考察》（臺北：博陽文化，2012），頁101-163。

[18] 陳才崑編，〈王白淵生平・著作簡表〉，《王白淵・荊棘的道路》下冊（彰化：彰化縣立文化中心，1995），頁419。

[19] 王白淵在〈我的回憶錄〉中，將《人間文化的出發》的作者，誤植為工藤好美，實際上該書的作者應為工藤直太郎。此一考訂參見柳書琴，《荊棘之道：旅日青年的文學活動與文化抗爭》（臺北：聯經，2009），頁52。

[20] 王白淵，〈我的回憶錄〉，《王白淵・荊棘的道路》下冊（彰化：彰化縣立文化中心，1995），頁259-260。

東京追尋美術之路。

　　上述的「密列」，指的是十九世紀法國寫實主義田園畫大師米勒（Jean-François Millet，1814-1875）。富宗教與人道關懷的米勒，在其所生活的時代，大量透過鄉村的題材表達對生活的觀察，其繪畫不但具有深刻的思想性，也強調在畫中真誠地表達人生的苦悶，以及超越時代的不朽精神。這一點對當時以及後來王白淵的人生和文學藝術的看法，帶來了深刻的影響，讓他企盼能夠成為「臺灣的密列」，在藝術的象牙塔中過著一生[21]。但是，王白淵這樣的美夢，卻在到達東京後很快就被澆熄。原因是他發覺當時以東京美術學校為中心的日本藝術，過度偏向上層階級而與民眾生活相隔離，這與他的藝術理念顯然有不小的落差。事實上，當時的日本畫壇是以保守的「外光派」為主導，儘管許多前衛藝術潮流已開始出現，但王白淵依舊難以找到米勒風格的知音，因此憤而擲下畫筆、放棄器濫許久的畫家之路[22]。就在這時，印度詩人泰戈爾（Rabindranath Tagore，1861-1941）的詩作與生命哲學，成了催化王白淵走上詩人之路的關鍵因素。

　　在泰戈爾訪日的1924年間，醉心於泰戈爾詩學的王白淵開始「研究詩多於作畫，於寄宿寮的二樓徹夜談論臺灣人的命運」[23]，並和同班同學廣降軍一與佐藤重義合作發行同人雜誌《恙》（GON）[24]。從米勒到泰戈爾，從繪畫走向詩歌，促成王

---

[21] 王白淵，〈我的回憶錄〉，《王白淵・荊棘的道路》下冊（彰化：彰化縣立文化中心，1995），頁260。

[22] 王白淵，〈我的回憶錄〉，《王白淵・荊棘的道路》下冊（彰化：彰化縣立文化中心，1995），頁263；羅秀芝，《王白淵卷──臺灣美術評論全集》（臺北：藝術家，1999），頁35-36。

[23] 謝春木，〈序〉，王白淵著・陳才崑譯：《王白淵・荊棘的道路》上冊（彰化：彰化縣立文化中心，1995），無頁碼。

[24] 毛燦英、板谷榮城著，黃毓婷譯，〈盛岡時代的王白淵（下）〉，《文學臺灣》，第35期（2000年7月），頁277。

白淵重要轉變的因素，是他在泰戈爾身上看見了立居於「東方主義」的詩人，如何消解西方二元對立、矛盾的世界觀，藉由深邃的直觀以及與自然的調和，發展出東方式無常與永恆合一的詮釋方式，並且透過詩歌來傳遞這樣的普羅情感與藝術真理。由此，王白淵所形塑出的美學觀，自然也就相當重視對真理與藝術崇高價值的追尋，宇宙自然與個人的和諧與心靈寄託，以及透過詩作營造一美妙新境地的企盼[25]。此外，文學的創作與發展，在當時顯然比美術更為接近普羅大眾，且更易於傳播；而詩作為文學之一環，又是最具先鋒性，也是最能追求藝術層次者。此等，都讓王白淵堅毅地選擇走上這一條荊棘之路。

　　王白淵《荊棘之道》中的詩作，幾乎都完成於任教岩手師範女子學校的盛岡時期（1926-1932），在《岩手縣女子師範學校校友誌》第5-9號裡，他便登載了其中的26首詩作[26]。這本詩集，1931年由盛岡肴町久保庄書局出版，發行人掛的是王白淵本人，相當有可能是由作者自費出版[27]。這本集子何以取名為「荊棘之道」？由於詩人本人未有相關的證言，因此只能用旁敲側擊的方

25　王文仁，〈詩畫互動下的個人生命與文化徵象——王白淵及其《荊棘之道》的跨藝術再現〉，《東華漢學》，第12期（2010年12月），頁258-259。

26　〈魂の故鄉〉、〈蝶よ！〉、〈失題〉、〈貴方の中に失れたる私〉、〈乙女よ！〉、〈秋の夜〉、〈時は過ぎ行く〉、〈生命の家路〉刊登於《岩手縣女子師範學校校友誌》第5號，〈晚春の朝〉、〈薄暮〉、〈標介柱〉、〈花と詩人〉、〈落葉〉刊登於《岩手縣女子師範學校校友誌》第6號，〈もぐら〉、〈未完成の畫像〉、〈真理の里〉、〈キリストを慕ふて〉刊登於《岩手縣女子師範學校校友誌》第7號，〈椿よ！〉、〈表現なき家路〉、〈四季〉、〈時の永遠なる沉默〉、〈秋に與ふ〉、〈春に與ふ〉、〈印度人に與ふ〉、〈揚子江に立ちて〉刊登於《岩手縣女子師範學校校友誌》第8號，〈故中川教諭哀悼の詩歌〉刊登於《岩手縣女子師範學校校友誌》第9號。毛燦英、板谷榮城著，黃毓婷譯，〈盛岡時代的王白淵（下）〉，《文學臺灣》，第35期（2000年7月），頁245-247。

27　陳才崑，〈『王白淵·荊棘的道路』導讀〉，《王白淵·荊棘的道路》上冊（彰化：彰化縣立文化中心，1995），無頁數。

黑暗有光——論王白淵新詩的黑白美學

059

式加以推論。根據王建國的研究，《荊棘之道》中的「荊棘」，約有以下幾種闡釋的進路：一、以本身詩作及《聖經》脈絡來理解，指的是追索形上生命之道的艱辛；二、謝春木為這本詩集所寫的〈序〉，則導引往殖民地現實性的指涉，以荊棘之路來形容殖民地的壓迫；三、從日治時期新詩脈絡來看，「荊棘」可以指向「故鄉」或「現實人生」；四、在戰前小說家張文環、鍾肇政、葉石濤等人的眼中，則指涉為「文學之路」[28]。上述這些進路的歸結，既有哲學層次上的論定，文學藝術之路的追尋之意，當然也指向臺灣及這塊土地在當時的命運。這樣多元的闡釋，也說明了此本詩集的豐富度及其在彼時出版的標竿性。

　　《荊棘之道》中的詩作，在日治時期曾有吳坤煌轉介〈行路難〉、〈上海雜詠〉兩首，1934年發表在日本刊物《詩精神》1卷5號上[29]。戰後，王白淵曾在1945-46年間，中譯（或改寫）了〈地鼠〉、〈我的詩〉、〈蝶啊！〉、〈佇立在楊子江邊〉四首作品，登載在《政經報》與《臺灣文化》上[30]。此後，一直要到1982年，羊子喬、陳千武主編日治新詩選集《亂都之戀》時，方才收錄九首由陳千武或是月中泉翻譯的王白淵詩作[31]。大規模王白淵新詩的譯筆，則有待於1988年，前輩作家巫永福所進行整

28　王建國，〈王白淵的荊棘之道及其《荊棘的道路》〉，收錄於鄭南三編：《第八屆府城文學獎作品專集》（臺南：臺南市立圖書館，2002），頁454-455。
29　柳書琴，〈臺灣文學的邊緣戰鬥：跨域左翼文學運動中的旅日作家〉，《臺灣文學研究集刊》，第3期（2007年5月），頁67。
30　王白淵，〈地鼠〉，《政經報》，第1卷第5期（1945年12月25日），頁19；王白淵，〈我的詩〉、〈蝶啊！〉，《臺灣文化》，第1卷第1期（1946年9月15日），頁22；王白淵，〈佇立在楊子江邊〉，《臺灣文化》，第1卷第2期（1946年11月），頁22。
31　楊雲萍等著，〈王白淵作品〉，《亂都之戀》（臺北：遠景，1997三版），頁195-213。

本書的新詩翻譯，並發表在《文學界》雜誌第27期上[32]。目前，《荊棘之道》全書有兩個完整的譯本，其一為1995年彰化縣立文化中心出版的《王白淵‧——荊棘的道路》，由陳才崑編譯；其二是莫渝整理編輯、2008年晨星出版的《王白淵　荊棘之道》，此書除了收錄巫永福的譯本，也納入陳千武、月中泉譯作，以及部分王白淵自譯詩作。透過《王白淵‧——荊棘的道路》、《王白淵　荊棘之道》這二本集子，也有助於我們對王白淵詩作有更全面的認識[33]。

　　當前，有關於王白淵的相關研究，已累積了相當豐碩的成果。不過論者們在觀看王白淵的系列詩作時，經常忽略其中所具有，獨到的色彩呈顯及其相應的詩美學。前輩詩人羊子喬曾經提醒我們，王白淵詩作「文字充滿鮮麗的色彩，頗有畫家寫生的景致」[34]；陳千武也以「詩表現的技巧如繪畫」[35]形容王白淵；前輩學者呂興昌亦認為，「繪畫美術的訓練，更始王白淵對自然觀察入微」[36]。事實上，因為同時兼具畫家與詩人的雙重身分，在王白淵的66首詩作中，可以明顯地看到大量色彩字詞的使用（詳參表1）[37]，這既是美術對其所造成的影響，也是王白淵詩作的獨到之處。在分析詩作中所有色彩字的使用後，我們可以發現，

---

[32] 巫永福，〈王白淵詩集《荊棘之道》〉，《文學界》，第27期（1988年12月），頁39-74。

[33] 關於王白淵詩作的譯筆比較，可參見高梅蘭，《王白淵作品及其譯本研究——以《荊之道》為研究中心》（臺北：國立臺北教育大學語文教育學系碩士班碩士論文，2006）。

[34] 羊子喬，〈以畫筆寫詩的詩人——王白淵〉，《蓬萊文章臺灣詩》（臺北：遠景，1983），頁118。

[35] 陳千武，〈臺灣新詩的演變〉，《臺灣新詩論集》（高雄：春暉，1997），頁12。

[36] 呂興昌，〈走出荊棘之路：王白淵新詩論〉，收錄於康原編：《種子落地‧臺灣文學評論集》（臺中：晨星，1996），頁247。

[37] 考量現代詩的歧義性，本研究統計色彩字時，詩題不列入計算，凡是詩作內文出現色彩字，皆列入計算。

王白淵的詩中以「黑」與「白」兩種色彩出現的頻率最高（詳參表2）。就《荊棘之道》一書來看，在陳才崑的譯本裡，66首詩有19首詩使用「黑」，計30次；巫永福的譯作裡，也有14首詩出現「黑」，共19次。再者，陳才崑和巫永福的譯筆分別有13首詩與14首詩提到「白」，皆為17次。

表1　王白淵《荊棘之道》色彩字使用情況

序號	詩名	陳才崑譯版	巫永福譯版
1	〈序詩〉		
2	〈私の詩は面白くわりません〉	白、黑	白、黑
3	〈もぐら〉	烏黑、黑	黑、黑黑、黑、黑
4	〈生の谷〉	黑、黑	
5	〈水のほとり〉	青翠	綠
6	〈零〉		
7	〈違った存在の獨立〉	白、黑	白、紅、黑
8	〈生の道〉	銀	白
9	〈供子よ！〉	金	金
10	〈性の海〉	黑、碧綠	黑、碧
11	〈野邊の千草〉	青、青	青、青
12	〈藝術〉	黑、黑、白	黑、黑黑、白
13	〈空虛の絕頂に立つて〉		
14	〈蓮花〉	黃、青、白	黃、青、桃、白
15	〈梟〉	灰、白	灰、白
16	〈乙女よ！〉		
17	〈雨後〉	黑、銀、青	黑、銀
18	〈愛戀の小舟〉	灰	灰
19	〈向日葵〉	灰	白、灰
20	〈私の歌〉	赤	赤、黑
21	〈御空の一つ星〉	蒼白、黑	蒼、青白
22	〈太陽〉	白、黑、黑、黑、白、紅、黑、白	白、黑、白、紅、白

序號	詩名	陳才崑譯版	巫永福譯版
23	〈夜〉	白、黑、灰、銀、白、白、黑、黑、黑	白、黑、灰、銀、白、黑
24	〈胡蝶〉		
25	〈風〉	紅	銀、赤紅
26	〈失題〉	青	青
27	〈アンリー・ルソー〉		
28	〈島の乙女〉	青、黑	
29	〈胡蝶が私に唄く〉		
30	〈未完成の畫像〉		
31	〈沉默が破れて〉	黑	
32	〈ゴオギヤソ〉		
33	〈死の樂園〉		
34	〈薔薇〉	青	青
35	〈春に與ふ〉		
36	〈春の野〉	綠、白	綠、白
37	〈何の心ぞ？〉		
38	〈無終の旅路〉		
39	〈見よ！〉	黑	黑
40	〈春の朝〉	白	
41	〈詩人〉	黑	黑
42	〈薄暮〉	黃	黃
43	〈椿よ！〉		紅、紅
44	〈魂の故鄉〉		
45	〈四季〉	銀、白、黃	銀、白、黃
46	〈峯の雷鳥〉	黑、黑	
47	〈時の永遠なる沉默〉	黑、白	白、黑
48	〈時の放浪者〉	黃金	黃金
49	〈秋に與ふ〉	紅、黃、黃	紅、黃、黃
50	〈無題〉		
51	〈蝶よ！〉	綠、黃	綠、黃
52	〈真理の里〉	烏黑	黑
53	〈吾が家は遠いやうで近し〉		
54	〈秋の夜〉		

序號	詩名	陳才崑譯版	巫永福譯版
55	〈表現なき家路〉	黑、黑	
56	〈時は過ぎ行く〉		
57	〈二つの流れ〉		
58	〈春〉	綠	綠綠
59	〈キリストを慕ふて〉	蒼翠	
60	〈花と詩人〉		
61	〈南國の春〉	碧綠、紅	綠、綠綠、紫
62	〈落葉〉		
63	〈晚春〉	綠、黃	綠、黃
64	〈生命の家路〉		
65	〈印度人に與ふ〉	白、黑	黑、白
66	〈揚子江に立ちて〉	黃、黃、青、黃	黃、黃、黃

表2　王白淵《荊棘之道》使用色彩比例

色彩字	陳才崑譯版	巫永福譯版
黑	28.8%	21.2%
白	19.7%	21.2%

　　在未收入集子的12首詩作中，則有3首提及「黑」共3次，有4首提及「白」共8次（詳參表3）。以整體比例來看，78首詩作的黑白意象不可謂之不多，黑與白為何如此頻繁地出現在王白淵的詩作中？這與其為本書定下的「荊棘之道」主題有著怎樣的聯繫？詩人又是如何透過這兩種色彩的塗佈，展現其生命哲學與詩美學？此等議題都值得我們進一步去探索。由於王白淵的詩作在中譯上，呈現了多種版本的樣態，本文在進行色彩學的相關分析時，將採取最大範圍取樣法，也就是只要其中一位譯者翻譯的版本有出現相關的色彩字，便予以採樣分析。若有多種翻譯版本都有這樣的色彩字時，也將適度的進行取樣、比較和討論。

表3　王白淵未收錄《荊棘之道》詩作色彩字使用情況

序號	詩名	譯者	色彩字
1	〈貴方の中に失れたる私〉	黃毓婷譯	白、黑
2	〈故中川教諭哀悼の詩歌〉	黃毓婷譯	紅
3	〈行路難〉		青
4	〈上海を詠める〉	李怡儒譯	黑、藍
5	〈愛しきK子に〉		青、青
6	〈紫金山下〉	中文詩	紫、金、朱紅、灰、白
7	〈看『フォルモサ』有感〉	中文詩	黑
8	〈太平洋の嵐〉	張良澤、高坂嘉玲譯	紅
9	〈シンガポールは斯くて亡びぬ〉		白
10	〈恨みは深しアツツの島守〉	柳書琴譯；李怡儒譯	
11	〈濠洲と印度〉	柳書琴譯	白、白、白、金、白、白
12	〈光復〉	中文詩	

參、以詩作畫：黑白美學的開展

　　「黑」、「白」是天地間最初的色彩，根據日本知名設計師原研哉的研究，在日本上古詩歌集《萬葉集》的時代，日語形容顏色的詞彙僅有「紅的／黑的／白的／青的」，用以象徵「明亮有勁／暗淡無光／光輝璀璨／茫然冷漠」[38]；美國學者柏林和凱伊也指出，黑色和白色是世界上最早出現的顏色名[39]。「黑就是黑暗無光」[40]，因此提到黑色，通常會先想到陰暗、恐怖、死亡等負面象徵；至於白色，「是最明亮的顏色」[41]，代表著光明、

---

[38] 原研哉，《白》，（新北市：木馬文化，2012），頁12。
[39] 貝蒂‧愛德華著，朱民譯，《像藝術家一樣彩色思考》（臺北：時報文化，2006），頁156。
[40] 呂月玉譯，《色彩意象世界》（臺北：漢藝色研，1987），頁134。
[41] 賴瓊琦，《設計的色彩心理：色彩的意象與色彩文化》（臺北縣：視傳文化，

純潔與生命。黑與白常以「黑夜／白晝」、「黑暗／光明」、「陰／陽」等二元對立形象出現，誠如李銘龍所言：「黑色和白色正是兩種相反的顏色，意象非常複雜」[42]。

整體來看，黑與白這兩種顏色之所以成為王白淵詩作中最常出現的顏色，一方面導因於顏色字本身廣泛的意涵，另一方面，日治時期的美術教育重視寫生概念及形體描繪[43]，黑白美學其實正是王白淵由素描基礎開展出的個人風格。我們可以看到他在這些詩作中，所刻意塑造「黑夜→黑暗有光→白晝之夢」的創作邏輯與詩美學。在《荊棘之道》中，「荊棘」是從書名就開始呈顯的重要意象，在這一本集子裡，〈生命之谷〉、〈不同存在的獨立〉這兩首使用「荊棘」意象的詩作，不約而同都出現了「黑暗」。

在〈生命之谷〉[44]一詩中，一開始便以「黑深，深不可測」來描繪「生命之谷」的樣貌。緊接著，詩人描述道：「兩岸荊棘張刺嚴陣以待／屏息窺伺底部，微微可見的底部／驚異瓊漿般的靈泉在竊竊私語／沒有冒險體會不出生命的奧義」。在這幾行詩行中，最重要的關鍵是最後一句裡面的「冒險」與「生命的奧義」。此處「荊棘」顯然有困頓與挑戰之意，換言之，穿越荊棘、突破艱辛的關卡，才得以明瞭生命靈泉的竊竊私語，同時知悉生命所賦予的終極意義。於是，詩人乃邀約朋友、同志們，一起大膽地踏入這幽深的生命之谷。然而，這並不意味著他已在這深谷中找到最終的道路，詩行繼續告訴我們：「我已掉落生命之

1997），頁226。
[42] 李銘龍編著，《應用色彩學》（臺北：藝風堂，1994），頁34。
[43] 羅秀芝，《王白淵卷——臺灣美術評論全集》（臺北：藝術家，1999），頁25。
[44] 王白淵，〈生命之谷〉，《王白淵‧荊棘的道路》上冊（彰化：彰化縣立文化中心，1995），頁6-7。

谷迷了路／仰望上端的荊棘在注視仍在滴血的我身／噢！奇異的生命之谷／你的荊棘固然可懼／但流貫黑暗的你的靈泉令人無限著迷」。在這首詩中，「荊棘」陸續出現了三次，「滴血的我身」代表真實、苦痛的考驗，儘管此刻的詩人仍舊迷惘於眼前黑暗幽深的山谷，卻又不願從這血淚中跳脫出來。

在〈不同存在的獨立〉[45]中，荊棘之路的意象再次出現。這首詩一開頭，以岩石和波濤，來形容思維的碰撞與激烈。接著用「渾然忘我於穿越門縫的光芒／生命的白紙滴落鮮血的剎那我的詩興湧現了」，點出生命若不能以鮮血付諸真實的考驗與實踐，那麼詩將無所觸發、無以觸發。於是，徘徊在荊棘之路上的詩人，奮力「穿過愛的森林／越過生的砂漠／游過生命的大川／到達驚異的村莊」，可是他的詩卻「不可思議地呈現一片黑暗」。在這裡，詩人專研於詩創作的藝術，以「黑暗」告訴我們，寫作者不能單純以客觀之眼觀看外在的事物，而妄想以不具說服力的文字來捕捉它們，若無法投注自己的生命，又何來深刻的交會與凝視。因此，在這首詩的末段，我們可以清楚看到如此的闡述：

> 棹舟不可逆流的水流
>
> 悲喜同化於沈默的熔爐
>
> 失望與勝利讓給啾啾的小鳥
>
> 生死托賦予大地的花草
>
> 不期然我莞爾微笑
>
> 詩卻化做泡沫無影無踪消失了

---

[45] 王白淵，〈不同存在的獨立〉，《王白淵・荊棘的道路》上冊（彰化：彰化縣立文化中心，1995），頁12-13。

詩人的生命哲學頗有中國傳統道家以及泰戈爾自然哲學的意味，也就是萬物靜觀皆自得，好的創作者必須將自我融入外在情景，融入事物內在之生命，所謂「一沙一世界」，縱使是一粒沙也蘊藏著大千世界，「莞爾微笑」即是透曉此一真理。至於詩化作泡沫無影無蹤消失，描繪的並非詩從生命中消失，而是詩真真正正融入了生命，成為生命中緊密相連的一個部分。

由荊棘與黑所開展的，是詩人藉由「黑」的塗佈，來描摹在生命與藝術中所遭遇的困頓，及其難以克服的黑暗與黑夜。在〈無表現的歸途〉[46]中，開頭也是以一個暗夜，搭配雨不斷落下、冷風持續吹拂的場景，帶出詩人對生命的哲思：「坐在無光的燈下閉眼思維／思維溯及數千年的古昔／或徬徨步入永劫未來之鄉」。值得注意的是，此詩首句陳才崑譯作「雨絲靜靜地下——夜漆黑」，巫永福譯為「雨瀟瀟夜暗暗」，前者有「黑」，後者無「黑」，雖然巫永福譯筆未直接點出「黑」，但「夜」本身也是黑色意象，詩中之夜不僅是「黑」，而且「無光」。接著，詩行又帶至曠野，以花草樹鳥點出一自然的理境，那是「無喜無悲無生無死／走在無表現的歸途」。末尾，詩人以「啊！／我是清醒還是在睡眠／或者又……外邊陰暗／雨還在瀟瀟落」，塑造出莊周夢蝶式的生命場景，在昏暗之中，依舊渴望是否有光的存在。

類似的描繪也見於〈真理的家鄉〉[47]一詩，這時考驗詩人的，不再是滿佈於深谷的荊棘，而是闃黑、怒浪的航道：「船一

---

[46] 王白淵，〈無表現的歸途〉，收錄於莫渝：《王白淵　荊棘之道》（臺中：晨星，2008），頁89；王白淵，〈無表現的歸路〉，《王白淵‧荊棘的道路》上冊（彰化：彰化縣立文化中心，1995），頁106-107。
[47] 王白淵，〈真理的家鄉〉，《王白淵‧荊棘的道路》上冊（彰化：彰化縣立文化中心，1995），頁100-101。

入真理的家鄉／船夫叫──／天空看不見星星／狂風夜四面烏黑
／船夫啊！／這木葉扁舟於風浪中／會沈沒吧？」面對狂風夜的
黑暗，船夫告訴詩人，總會有神守護我們到達真理的家鄉，彷彿
「四面烏黑」是重生前必須通過的黑暗。到了〈打破沉默〉[48]一
詩，詩人藉由蝴蝶「摺疊羽翼休憩／於黑暗的樹蔭」，象徵時代
巨輪下的前行者，「打破沉默／鐘聲響起／我的靈魂甦醒／──
從象牙之塔」則揭示了不再沉默、要為大眾奮起的決心。

　　詩人擅於描寫在黑夜／黑暗中前行，探討的不僅是現實的困
頓、生命的哲理，同時也是藝術與寫作的真理。在〈藝術〉[49]這
首詩中，詩人直指藝術在其生命中，所扮演的重要性。儘管，每
日努力塗佈的，「層層疊疊交互塗滿不同的色彩／乍看下／可能
是黑鴉鴉的一片畫面」，但是他卻渴望「朋友們隨興而來／各自
帶著自己有色的眼鏡／從我漆黑的畫面上／找到近似自己眼鏡的
顏色／於是陶醉在我的白日夢裏」。顏料混色屬於減法混合，
加入越多色料，顏色就越趨於黑暗色調[50]，因此畫布上重疊的
色彩才會一片漆黑。這幅生命畫布，之所以呈現出黑鴉鴉的畫
面，不只是顏料層層疊疊的結果，更是作家內心的顯像。詩人
是否期待生命由黑白轉為五彩，我們不得而知，但從詩中朋友
陶醉於他的白日夢這點來看，可以知道，醉心於純粹藝術的王
白淵，渴望作品能有觀看者參與其中，共同來完成精采的生命
之畫。

[48] 王白淵，〈打破沉默〉，《王白淵・荊棘的道路》上冊（彰化：彰化縣立文化中
　　心，1995），頁60。

[49] 王白淵，〈藝術〉，《王白淵・荊棘的道路》上冊（彰化：彰化縣立文化中心，
　　1995年），頁22-23。

[50] 林昆範，《色彩原論》（臺北縣：全華圖書股份有限公司，2008），頁68；林磐
　　聳、鄭國裕編著：《色彩計劃》（臺北市：藝風堂出版社，1999），頁42-43。

另外，在他的經典代表作品〈詩人〉中，我們則可看到，他不畏懼於黑而堅持獨行的勇氣與生命：

> 薔薇花開默默
> 無語凋零
> 詩人生而沒沒無聞
> 啃噬自己的美而死
>
> 秋蟬空中歌詠
> 無顧後果飛逝
> 詩人心中寫詩
> 寫了又復消除
>
> 明月獨行
> 照耀夜的漆黑
> 詩人孤吟
> 訴說萬人的塊壘[51]

或許就是因為這首詩中的部分詩句，王白淵才被加上「嗜美的詩人」[52]的稱號。事實上，這首詩理應值得關注的，是其中對於詩人形象的三階段描繪，誠如向陽所言：「這首詩以薔薇、蟬和明月三種意象，寫出詩人的寂寞、堅持和孤獨之志」[53]。在

[51] 王白淵，〈詩人〉，《王白淵・荊棘的道路》上冊（彰化：彰化縣立文化中心，1995），頁80-81。

[52] 莫渝，〈嗜美的詩人——王白淵論〉，《螢光與花束》（臺北縣：北縣文化，2004），頁10-25。

[53] 向陽，〈蟬聲中的期待〉，《臺灣文學館通訊》，第27期（2010年6月），頁6。

第一段中，我們可以看到，詩人所被形塑的形象是「生而沒沒無聞／啃噬自己的美而死」，這樣的詩人形象無疑是自戀的、耽美的。到了第二段，詩行說：「詩人心中寫詩／寫了又復消除」。詩人為何會在心中寫詩？又或者說為何祇能在心中寫詩？而在心中寫下的詩，又必須加以「消除」？最終的答案，直到第三段才知曉：一如明月總是獨行，卻能照亮夜的漆黑；詩人也企盼藉由他的獨吟，訴說萬人的塊壘，闡述普世的價值與眾人的心聲。明月與漆黑在詩作中形成亮與暗的鮮明對比，此一照亮黑暗之心，不只是個人的耽美，更「為萬人吐出胸中沉埋的鬱卒」[54]。

　　施懿琳、楊翠在《彰化縣文學發展史》中曾經評價：「王白淵在許多詩中呈露出自己在生命道途上，所歷經的選擇、挫痛、振起與鷹揚之過程」[55]，此一特徵也展現在黑色意象詩作中，除了前述作品〈詩人〉寫道：「明月獨行／照耀夜的漆黑」，在〈我的歌〉[56]裡，詩人同樣堅信：「我將從黑暗的思索之路躍出深淵」。這首詩的開頭，詩人即強調，「我的歌是生的讚歌」、「是與自然握手的日底情愛的紀念」，如此正面光明的意象，持續照亮著整首詩作。在這裡，黑暗的深淵不再是無法逃脫的困局，而是黑暗中仍有光明希望的生命思考之路。由此我們也可以觀察到，雖然黑色負載的色彩意涵負面多於正面[57]，但王白淵詩作運用黑色、黑暗等意象時，除了強化黑夜、黑暗的不可抗力性外，也逐漸發展出「黑中有光」的書寫型態。

[54] 向陽，〈詩的想像‧臺灣的想像〉，《臺灣現代文選　新詩卷》（臺北：三民，2006），頁7。

[55] 施懿琳、楊翠，〈走過荊棘的道路——王白淵〉，《彰化縣文學發展史（上）》（彰化：彰縣文化局，1997），頁202。

[56] 王白淵，〈我的歌〉，收錄於莫渝：《王白淵　荊棘之道》（臺中：晨星，2008），頁49。

[57] 李蕭錕，《臺灣色》（臺北：藝術家，2003），頁93。

就像陳才崑所指出的，王白淵「堅信黑洞、黑暗的彼方是大光明」[58]，在他的筆下，黑暗常常伴隨著光明一起出現。其中，最具代表性的無疑是〈地鼠〉一詩：

　　癡癡地撥土的地鼠
　　你的路黑暗而彎曲
　　但是築成在地下的
　　你的天堂使人懷念，
　　地鼠呀！你多麼福氣呀！
　　沒有地上的虛偽
　　亦沒有生的疲倦，
　　為看著無上的光明
　　你的眼睛才這樣細巧
　　為想倒[59]希望的花園
　　你的路才這樣地暗，
　　你，那怪樣的手夠足勞働
　　墨黑的衣裳夠足取暖
　　亦有小孩，亦有愛人
　　在黑暗的地角裡
　　愛的花依樣地開著，
　　地上的兩足動物
　　都討厭你！迫害你！
　　地鼠呀！笑煞他罷！

58　陳才崑，〈『王白淵‧荊棘的道路』導讀〉，《王白淵‧荊棘的道路》上冊（彰化：彰化縣立文化中心，1995），無頁數。

59　「倒」應為「到」的誤植。林瑞明選編，〈王白淵作品〉，《國民文選‧現代詩卷 I》（臺北：玉山社，2005），頁45。

在這樣廣大的世界裡

不能沒有一個人

來讚美你的罷！

沒有懷疑著上帝的國土

從早到晚只默默地

抱著無上的光明

在黑暗裡模[60]索著，

你是多麼可愛，多麼可敬

地鼠呀！

你的小孩吱吱哭起來了

趕快給他一點奶吃罷！[61]

地鼠雖然生活在黑暗的地底下，前方道路不見天日，但地鼠的眼睛依舊注視著「無上的光明」，走過漫長的漆黑之路，只為了抵達希望的花園。詩人透過地鼠來自喻，即便身處幽暗的環境，心中仍懷抱有「無上的光明」，這其實也是多數藝術創作者的寫照，正如王建國所言：「為了能夠建立如神國般的天堂，必須忍耐在彎曲而暗無天日的地底孜孜撥土——這條路無疑是地鼠／創作者的荊棘之路」[62]。

另一方面，在〈夜〉[63]這首詩中，我們可以看到詩人歌詠於夜在深淵中緩緩爬昇，「在自然的黑幕塗寫星星和玉蟾／秋蟲於

60 「模」應為「摸」的誤植。林瑞明選編，〈王白淵作品〉，《國民文選‧現代詩卷Ⅰ》（臺北：玉山社，2005），頁47。
61 王白淵，〈地鼠〉，《政經報》，第1卷第5期（1945年12月25日），頁19。
62 王建國，〈王白淵的荊棘之道及其《荊棘的道路》〉，收錄於鄭南三編：《第八屆府城文學獎作品專集》（臺南：臺南市立圖書館，2002），頁474。
63 王白淵，〈夜〉，《王白淵‧荊棘的道路》上冊（彰化：彰化縣立文化中心，1995），頁44-45。

灰暗的舞臺上歌唱／草木悠游在微風中／流水蕩漾出銀白的漣漪」。「黑」與「白」在這首詩中多次交錯，詩人說：「人醉在無言夢裏／夜實在神祕無比／深化到迎接曙光新郎的來臨／雄雞聲裏東方白／當萬物自夢的國度急急趕上歸途／黑夜裡盛開的天空之花枯萎／今世之星遂放出了光輝」。黑夜之中，仍有星子放出光輝，楊雅惠曾評述此詩「將夜作為出黑暗入光明的轉機」[64]。在此一作品裡，黑暗不再是一面昏茫，詩人高呼：「應該迎接赫赫的朝陽底黑夜在沈默中沈思」。對比於朝陽之下的喧嘩，黑夜更近似於一種靜默的沈思，黑的存在，是為了迎接即將的白與白晝的到來，而「白」正是光明、希望與生命的象徵[65]。這樣的思路在〈太陽〉一詩中亦清晰可見：

> 白晝，光的腳步徘徊在靈魂的個個角落
>
> 夜間的空虛於黑暗中徬徨
>
> 黑暗光明，光明黑暗，永續的旅程
>
> 你高高地君臨於時間與空間之上
>
> 從東到西走著不變的一條道路
>
> 不知倦怠的你
>
> 不是萬物之王會是什麼？
>
> 你是一名不知痛苦的生活者
>
> 生命的白熱化
>
> 無限充實的表徵
>
> 你就是——永遠的光明

[64] 楊雅惠，〈詩畫互動的異境——從王白淵、水蔭萍詩看日治時期臺灣新詩美學與文化象徵的拓展〉，《臺灣詩學學刊》，第1號（2003年5月），頁50。

[65] 曾啟雄，《色彩的科學與文化》（臺北縣板橋市：耶魯國際文化事業有限公司，2002），頁270。

噢！太陽啊！

我要你那通紅的光輝

點燃生命的火炬

燒毀悲傷，化作歡喜的火焰

照亮黑夜，使它成為白日之夢[66]

　　詩中，以「一名不知痛苦的生活者」來形容「太陽」。換言
之，永遠的光明恐怕只是表象，也可能只是忽略某些陰暗存在的
一種表現，是以詩人渴望在夜間徘徊的黑暗的空虛，能夠真正的
被照亮，使其真正的成為「白日之夢」。在〈時光永遠沉默〉[67]
中，我們也可以看到黑與白的對峙和糾纏，及其突破的渴望。詩
人在詩行中所顯露而出的「黑暗有光」，一方面可以意指對生命
真理與藝術真理的追求與蹈踐，另一方面也可以解釋成現實的種
種困境希望能有突破的契機。藝術家謝里法論及王白淵詩作時，
曾言：「表面看來他那『荊棘之道』給人的感覺是孤寂的，事實
上，詩人的心思無時不索掛於外界廣闊的天地；無時不觸及生活
週遭的現實」[68]。正因詩人心繫社會，面對環境的黑暗，始終保
有走向光明的期待，〈看『フォルモサ』有感〉一詩即透露出這
樣的心情：

　　美麗的月兒、

---

[66] 王白淵，〈太陽〉，《王白淵‧荊棘的道路》上冊（彰化：彰化縣立文化中心，
　　1995），頁42-43。

[67] 王白淵，〈時光永遠沉默〉，《王白淵‧荊棘的道路》上冊（彰化：彰化縣立文
　　化中心，1995），頁90-91。

[68] 謝里法，〈王白淵（1902年－1965年）——民主主義的文化鬥士〉，《臺灣出土
　　人物誌》（臺北：前衛，1988），頁150。

不要傷心吧！

終有一天爾能以正義的光輝來排除牠。

在爾向著漂泊道上狂跑的當兒

　　受盡了啞口弄藝、

當洪水般的黑雲襲擊的時候、

　　盡管嘗著人生的痛苦。

但、惟要爾的心兒無點畏縮、

　　那勝利終歸於爾的！

嬌美的月兒、

　　不要畏縮！

冰雪的厲風在叫喊、

　　正是時候了。

快叫醒無數的星兒、

　　同來推進時代的巨輪、

勝利就在前面!!![69]

　　用正義的光輝對抗黑雲，讓無數照亮黑夜的星子去推動時代的巨輪。王白淵的這首詩寫給《福爾摩沙》同仁，勉勵其能為臺灣文學開創新的時代，也是在勉勵所有臺灣智識青年能夠一同奮起，打造屬於臺灣的新未來。在黑暗中尋找光明的過程中，王白淵有不少詩作透過「白」、「白晝」、「白日夢」，一面針砭於甘願臣服於墮落與黑暗中的存在，一面則孵育其內心的烏托邦

---

[69] 托微，〈看『フオルモサ』有感〉，《福爾摩沙》，第3號，頁32。

與文藝的理想國。在詩作〈梟〉[70]裡，我們可以看到「梟」被描繪成是「夜陰出巢的白晝叛逆」，在詩人的眼中：「你是無語無歌的沉默之鳥／春野無法安慰你／嚴冬不能陷害你／無友無家當然也無社會／於沉默的深淵／永遠找尋孤獨」。這樣一種鳥的存在，確實是世界上的一奇，詩人在詩句中雖以「英雄」稱之，實際上卻是直指黑暗中仍須有白晝的存在，完全的離脫於世並非是真正的美善。

　　在〈消失在你裡的我〉[71]一詩中，我們則是看到詩人用「你」來代表宗教以及心靈的真理與寄託。詩中所言讓「我」消失在「你」裡，實際上就是沈浸於心靈之鄉的渴切想望。這首詩的最後，詩人直陳：「一旦失去你的憑依／這顆燒灼的心和蒼白的魂靈／就要如黑暗裡失去重力的飛禽／只算是殘片一件／沈向無底的無底的幽冥」。同樣的，在〈生之路〉[72]中，詩人以「永劫的白光」代表一種真實的照亮以及生命十字路口必經的考驗，他說：「我今在十字路口的當中／向右歡喜之谷／向左悲哀之野／向前即走進永遠之鄉／人生巡禮的自我影像／我一直望著」。象形字「白」是「日光放射之形」[73]，由白光所帶領、照耀的永遠之鄉，既是詩人渴求之處，也是藝術所創造之真實。從這裡我們可以看到，詩人是如何「藉由書寫，期待喚出內心光明的來

---

[70] 王白淵，〈梟〉，《王白淵‧荊棘的道路》上冊（彰化：彰化縣立文化中心，1995），頁28-29。

[71] 原發表於《岩手縣女子師範學校校友誌》，第5號（1927年12月5日），轉引自毛燦英、板谷榮城著，黃毓婷譯，〈盛岡時代的王白淵（下）〉，《文學臺灣》，第35期（2000年7月），頁236-237。

[72] 王白淵，〈生之路〉，收錄於莫渝，《王白淵　荊棘之道》（臺中：晨星，2008），頁36。

[73] 黃仁達編撰，《中國顏色》（臺北：聯經，2011），頁210。

臨」[74]。此外，在〈春晨〉[75]、〈四季〉[76]中，我們都可以看到詩人以「白晝」，描寫一美好的自然景象，這些景象與米勒所刻劃的田園風光，都有其相近的靜謐、甜美之處。蕭蕭曾經評價，王白淵的詩作中「靜謐的鄉村，生機盎然的春意，不完全來自於現實的家鄉實景，而是來自於生命寧靜的體會」[77]。這樣的體會可說是走過「荊棘之路」的考驗後，詩人內心所形塑而成圓融的自在與寬厚。

肆、結語：在黑白的道路上尋光

　　整體來看，王白淵的詩創作歷程顯得集中又短暫，但是《荊棘之道》在當時的出版，不但廣泛地影響了同時代的文化人[78]，也因為其創作的特殊性而保留了多元解讀的可能。謝春木認為，《荊棘之道》是王白淵「廿九歲以前的倒影」，更是他「將往何處去的暗示」[79]。這樣的理解，事實上也最接近王白淵詩創作的原始風貌。《荊棘之道》出版後，王白淵的文學人身分事實上也走向結束，他既踏上革命啟蒙的抗爭之路，爾後留下的也是一個

---

[74] 李怡儒，《王白淵生平及其藝術活動》（嘉義縣：國立中正大學臺灣文學所碩士論文，2009），頁56。

[75] 王白淵，〈春晨〉，《王白淵・荊棘的道路》上冊（彰化：彰化縣立文化中心，1995），頁78-79。

[76] 王白淵，〈四季〉，《王白淵・荊棘的道路》上冊（彰化：彰化縣立文化中心，1995），頁86-87。

[77] 蕭蕭，〈八卦山：蘊藏多元的新詩能量──以賴和、翁鬧、曹開、王白淵透視新詩地理學〉，《土地哲學與彰化詩學》（臺中：晨星，2007），頁112。

[78] 根據柳書琴的研究，王白淵的此書對當時的臺灣青年們帶來不小的影響，林兌、吳坤煌、張文環等人都是其精神的重要支持者。柳書琴，《荊棘之道：旅日青年的文學活動與文化抗爭》（臺北：聯經，2009），頁137-226。

[79] 謝春木，〈序〉，收錄於王白淵著，陳才崑譯，《王白淵・荊棘的道路》上冊（彰化：彰化縣立文化中心，1995），無頁數。

左翼青年悲愴的身影。詩人如此的選擇，顯現的是1920、30年代臺灣知識份子所面對殘缺、挫折與無以發展的時代困境[80]，而民族的熱血終究要取代文藝裡頭的烏托邦，帶領詩人前往現實裡頭光明之路的追求。

在這樣的理解中，本文廣泛收羅了王白淵共78首的詩作，從色彩學的角度切入，透過黑白意象運用的觀察，試圖觀察王白淵在詩作中，如何藉由色彩的塗佈與表述，在詩中突破黑暗而追尋光明。在他所有的詩作中，我們可以看到大量色彩字詞的使用，這除了是美術的訓練對其所造成的影響外，也在於王白淵相當善於利用色彩的加入，強化詩中的氛圍與意象的表現。從黑白色彩的運用中，我們可以看到，王白淵有意地在其詩中，創造出「黑夜→黑暗有光→白晝之夢」的寫作邏輯與詩美學。在「荊棘之道」的考驗中，他透過「黑」的塗佈描摹生命、藝術所遭遇的困頓，及其難以克服的黑暗與漫漫長夜。

醉心於純粹藝術與文學的王白淵，不僅渴望作品能有觀看者參與其中，共同來完成精采的生命之畫；同時他也深刻理解到，在殖民地的景況下，真正的詩人之路或許得像地鼠一般默默前行，並在黑暗中尋找光明的契機。是以，在他的不少作品中，我們可以看到詩人以白晝、白日夢，點出文藝理想國與衝出黑暗之必要。詩中的「白日夢」一詞，事實上並不能單純的指向藝術中的象牙塔，儘管那是詩人曾經在繪畫中，所意欲追求純粹的園地。在《荊棘之道》這個階段的詩人，事實上已明瞭文學所具有的改革力量，他在黑暗的道路上尋光，除了自我的完成也兼具大我的凝視意義。可惜的是，臺灣當時所面臨的殖民處境，並不容

---

[80] 王文仁，〈詩畫互動下的個人生命與文化徵象——王白淵及其《荊棘之道》的跨藝術再現〉，《東華漢學》，第12期（2010年12月），頁275。

許詩人緩慢地前行。最終他仍舊追尋著謝春木的步伐，前進一條更為荊棘的道路，且走入一段更為黑暗的歲月，而幾乎為歷史所淹沒。

引用書目

專書

王文仁，《日治時期臺人畫家與作家的文藝合盟：以《臺灣文藝》（1934-36）為中心的考察》（臺北：博陽文化，2012）。

王白淵，〈光復〉，原發表於《臺灣新報》，1945年10月11日，後收錄於曾健民編著：《一九四五・光復新聲——臺灣光復詩文集》（臺北縣中和市：INK印刻，2005），頁49。

王白淵，《蕀の道》，全書收錄於河原功編，《臺灣詩集》（日本：綠蔭書房），2003。

王白淵著，陳才崑譯，《王白淵・——荊棘的道路》上、下冊（彰化：彰化縣立文化中心），1995。

王建國，〈王白淵的荊棘之道及其《荊棘的道路》〉，收錄於鄭南三編，《第八屆府城文學獎作品專集》（臺南：臺南市立圖書館），2002，頁445-505。

王博遠，〈太平洋暴風〉，收錄於張良澤、高坂嘉玲主編，《日治時期（1895-1945）繪葉書：臺灣風景明信片・全島卷（下）》（新北市：國立臺灣圖書館，2013），頁149。

向陽，〈詩的想像・臺灣的想像〉，《臺灣現代文選　新詩卷》（臺北：三民，2006），頁1-29。

羊子喬，〈以畫筆寫詩的詩人——王白淵〉，《蓬萊文章臺灣詩》（臺北：遠景，1983），頁117-118。

吳坤煌，〈臺灣藝術研究會的成立及創刊《福爾摩沙》前後回憶一二〉，收錄於吳燕和、陳淑容主編，《吳坤煌詩文集》（臺北：臺大出版中心，2013），頁213-217。

呂月玉譯，《色彩意象世界》（臺北：漢藝色研，1987）。

呂興昌，〈走出荊棘之路：王白淵新詩論〉，收錄於康原編，《種子落地‧臺灣文學評論集》（臺中：晨星，1996），頁237-253。

李銘龍編著，《應用色彩學》（臺北：藝風堂，1994）。

李蕭錕，《臺灣色》（臺北：藝術家，2003）。

貝蒂‧愛德華著，朱民譯，《像藝術家一樣彩色思考》（臺北：時報文化，2006）。

林昆範，《色彩原論》（臺北縣：全華圖書股份有限公司，2008）。

林瑞明選編，〈王白淵作品〉，《國民文選‧現代詩卷Ⅰ》（臺北：玉山社，2005），頁43-50。

林磐聳、鄭國裕編著，《色彩計劃》（臺北市：藝風堂出版社，1999）。

施懿琳、楊翠，〈走過荊棘的道路──王白淵〉，《彰化縣文學發展史（上）》（彰化：彰縣文化局，1997），頁199-204。

柳書琴，《荊棘之道：旅日青年的文學活動與文化抗爭》（臺北：聯經，2009）。

原研哉，《白》（新北市：木馬文化，2012）。

莫渝，〈嗜美的詩人──王白淵論〉，《螢光與花束》（臺北縣：北縣文化，2004），頁10-25。

莫渝，《王白淵 荊棘之道》（臺中：晨星，2008）。

陳千武，〈臺灣新詩的演變〉（《臺灣新詩論集》，高雄：春暉，1997），頁7-38。

陳芳明，〈日據時期臺灣新詩遺產的重估〉，《左翼臺灣：殖民地文學運動史論》（臺北：麥田，1998），頁141-170。

曾啟雄，《色彩的科學與文化》（臺北縣板橋市：耶魯國際文化事業有限公司，2002）。

黃仁達編撰，《中國顏色》（臺北：聯經，2011）。

楊雲萍等著，〈王白淵作品〉，《亂都之戀》（臺北：遠景，1997三版），頁195-213。

葉笛，〈王白淵的荊棘之路〉，《臺灣早期現代詩人論》（高雄：春暉，2003），頁25-43。

趙天儀，〈臺灣新詩的出發──試論張我軍與王白淵的詩及其風格〉，收錄於封德屏主編，《臺灣現代詩史論》（臺北：文訊，1996），頁67-77。

蕭蕭，〈八卦山：蘊藏多元的新詩能量——以賴和、翁鬧、曹開、王白淵透視新詩地理學〉，《土地哲學與彰化詩學》（臺中：晨星，2007），頁84-120。

賴瓊琦，《設計的色彩心理：色彩的意象與色彩文化》（臺北縣：視傳文化，1997）。

謝里法，〈王白淵（1902年－1965年）——民主主義的文化鬥士〉，《臺灣出土人物誌》（臺北：前衛，1988），頁133-190。

羅秀芝，《王白淵卷——臺灣美術評論全集》（臺北：藝術家，1999）。

學位論文

李怡儒，《王白淵生平及其藝術活動》，（嘉義縣：國立中正大學臺灣文學所碩士論文，2009）。

高梅蘭，《王白淵作品及其譯本研究——以《蕀之道》為研究中心》，（臺北：國立臺北教育大學語文教育學系碩士班碩士論文，2006）。

期刊報紙

毛燦英、板谷榮城著，黃毓婷譯，〈盛岡時代的王白淵（下）〉，《文學臺灣》，第35號，2000年7月，頁235-262。

王文仁，〈詩畫互動下的個人生命與文化徵象——王白淵及其《荊棘之道》的跨藝術再現〉，《東華漢學》，第12期，2010年12月，頁245-276。

王白淵，〈上海を詠める〉，《福爾摩沙》，第2號，1933年12月30日，頁1-4。

王白淵，〈未完成の畫家〉，《臺灣日日新報》（1926年9月3日），朝刊第6版。

王白淵，〈地鼠〉，《政經報》，第1卷第5期，1945年12月25日，頁19。

王白淵，〈行路難〉，《福爾摩沙》，第1號，1933年7月15日，頁32-33。

王白淵，〈佇立在楊子江邊〉，《臺灣文化》，第1卷第2期，1946年11月，頁22。

王白淵，〈我的詩〉，《臺灣文化》，第1卷第1期，1946年9月15日，頁22。

王白淵，〈恨みは深しアッツの島守〉，《臺灣文學》，第4卷第1號，1943年12月25日，頁4-5。

王白淵，〈愛しきK子に〉，《福爾摩沙》，第3號，1934年6月15日，頁20-21。

王白淵，〈落葉〉，《臺灣日日新報》（1926年12月3日），朝刊第5版。

王白淵，〈落葉〉，《臺灣日日新報》（1926年9月26日），朝刊第5版。

王白淵，〈蝶啊！〉，《臺灣文化》，第1卷第1期，1946年9月15日，頁22。

王博遠，〈シンガポールは斯くて亡びぬ〉，《臺灣文學》，第3卷第3號，1943年7月31日，頁37-38。

王博遠，〈太平洋の嵐〉，《臺灣文學》，第3卷第3號，1943年7月31日，頁36-37。

向陽，〈蟬聲中的期待〉，《臺灣文學館通訊》，第27期，2010年6月，頁6-7。

托微，〈看『フオルモサ』有感〉，《福爾摩沙》，第3號，1934年6月15日，頁32。

托微，〈紫金山下〉，《福爾摩沙》，第3號，1934年6月15日，頁31。

巫永福，〈王白淵を描く〉，《福爾摩沙》，第2號，1933年12月30日，頁57。

巫永福，〈王白淵詩集《荊棘之道》〉，《文學界》，第27期，1988年12月，頁39-74。

卓美華，〈現實的破繭與蝶舞的耽溺——王白淵其詩其人的矛盾與調和之美〉，《文學前瞻》，第6期，2005年7月，頁89-107。

柳書琴，〈臺灣文學的邊緣戰鬥：跨域左翼文學運動中的旅日作家〉，《臺灣文學研究集刊》，第3期，2007年5月，頁51-84。

洗耳洞主人，〈濠洲と印度〉，《臺灣文學》，第4卷第1號，1943年12月25日，頁6-9。

郭誌光，〈「真誠的純真」與「原魔」——王白淵反殖意識探微〉，《中外文學》，第389期，2004年10月，頁129-158。

楊雅惠，〈詩畫互動的異境——從王白淵、水蔭萍詩看日治時期臺灣新詩美學與文化象徵的拓展〉，《臺灣詩學學刊》，第1號，2003年5月，頁27-84。

蘇雅楨，〈論王白淵《蕀の道》的美學探索〉，《臺灣文學評論》，第10卷第6期，2010年10月，頁40-66。

附錄

附錄1　王白淵詩作列表及翻譯概況

序號	首次發表時間	篇名	語言	翻譯版本
1	1926.09.03	〈未完成の畫像〉（首次發表題名〈未完成の畫家〉）	日文	1.陳千武譯 2.陳才崑譯 3.巫永福譯
2	1926.09.26	〈落葉〉	日文	1.陳才崑譯 2.巫永福譯
3	1927.12.05	〈乙女よ！〉	日文	1.陳才崑譯 2.巫永福譯
4	1927.12.05	〈失題〉	日文	1.陳才崑譯 2.巫永福譯
5	1927.12.05	〈魂の故鄉〉	日文	1.陳才崑譯 2.巫永福譯
6	1927.12.05	〈蝶よ！〉	日文	1.王白淵自譯 2.陳才崑譯 3.巫永福譯
7	1927.12.05	〈秋の夜〉	日文	1.陳才崑譯 2.巫永福譯
8	1927.12.05	〈時は過ぎ行く〉	日文	1.陳才崑譯 2.巫永福譯
9	1927.12.05	〈生命の家路〉	日文	1.陳才崑譯 2.巫永福譯
10	1927.12.05	〈貴方の中に失れたる私〉	日文	1.黃毓婷譯
11	1928.12.05	〈序詩〉（首次發表題名〈標介柱〉）	日文	1.陳才崑譯 2.巫永福譯 3.葉笛譯 4.柳書琴譯
12	1928.12.05	〈春の朝〉（首次發表題名〈晚春の朝〉）	日文	1.陳才崑譯 2.巫永福譯 3.黃毓婷譯
13	1928.12.05	〈薄暮〉	日文	1.陳才崑譯 2.巫永福譯
14	1928.12.05	〈花と詩人〉	日文	1.陳才崑譯 2.巫永福譯
15	1929	〈もぐら〉	日文	1.王白淵自譯 2.陳千武譯 3.陳才崑譯 4.巫永福譯
16	1929	〈真理の里〉	日文	1.陳才崑譯 2.巫永福譯
17	1929	〈キリストを慕ふて〉	日文	1.陳才崑譯 2.巫永福譯
18	1930	〈春に與ふ〉	日文	1.月中泉譯 2.陳才崑譯 3.巫永福譯
19	1930	〈椿よ！〉	日文	1.陳才崑譯 2.巫永福譯
20	1930	〈四季〉	日文	1.陳才崑譯 2.巫永福譯
21	1930	〈時の永遠なる沉默〉	日文	1.陳才崑譯 2.巫永福譯

序號	首次發表時間	篇名	語言	翻譯版本
22	1930	〈秋に與ふ〉	日文	1.陳才崑譯 2.巫永福譯
23	1930	〈表現なき家路〉	日文	1.陳才崑譯 2.巫永福譯
24	1930	〈印度人に與ふ〉	日文	1.陳才崑譯 2.巫永福譯
25	1930	〈揚子江に立ちて〉	日文	1.王白淵自譯 2.陳才崑譯 3.巫永福譯 4.柳書琴譯
26	1931	〈私の詩は面白くわりません〉	日文	1.王白淵自譯 2.陳才崑譯 3.巫永福譯
27	1931	〈生の谷〉	日文	1.陳才崑譯 2.巫永福譯
28	1931	〈水のほとり〉	日文	1.月中泉譯 2.陳才崑譯 3.巫永福譯
29	1931	〈零〉	日文	1.月中泉譯 2.陳才崑譯 3.巫永福譯
30	1931	〈違つた存在の獨立〉	日文	1.陳才崑譯 2.巫永福譯
31	1931	〈生の道〉	日文	1.陳才崑譯 2.巫永福譯
32	1931	〈供子よ！〉	日文	1.陳才崑譯 2.巫永福譯
33	1931	〈性の海〉	日文	1.陳才崑譯 2.巫永福譯
34	1931	〈野邊の千草〉	日文	1.陳才崑譯 2.巫永福譯
35	1931	〈藝術〉	日文	1.陳才崑譯 2.巫永福譯
36	1931	〈空虛の絕頂に立つて〉	日文	1.陳才崑譯 2.巫永福譯
37	1931	〈蓮花〉	日文	1.月中泉譯 2.陳才崑譯 3.巫永福譯
38	1931	〈梟〉	日文	1.陳才崑譯 2.巫永福譯 3.柳書琴譯
39	1931	〈雨後〉	日文	1.陳才崑譯 2.巫永福譯
40	1931	〈愛戀の小舟〉	日文	1.陳才崑譯 2.巫永福譯
41	1931	〈向日葵〉	日文	1.陳才崑譯 2.巫永福譯
42	1931	〈私の歌〉	日文	1.陳才崑譯 2.巫永福譯
43	1931	〈御空の一つ星〉	日文	1.陳才崑譯 2.巫永福譯
44	1931	〈太陽〉	日文	1.陳才崑譯 2.巫永福譯
45	1931	〈夜〉	日文	1.陳才崑譯 2.巫永福譯
46	1931	〈胡蝶〉	日文	1.陳才崑譯 2.巫永福譯
47	1931	〈風〉	日文	1.月中泉譯 2.陳才崑譯 3.巫永福譯
48	1931	〈アンリー・ルソー〉	日文	1.陳才崑譯 2.巫永福譯

序號	首次發表時間	篇名	語言	翻譯版本
49	1931	〈島の乙女〉	日文	1.月中泉譯 2.陳才崑譯 3.巫永福譯
50	1931	〈胡蝶が私に唄く〉	日文	1.陳才崑譯 2.巫永福譯
51	1931	〈沉默が破れて〉	日文	1.陳才崑譯 2.巫永福譯 3.柳書琴譯
52	1931	〈ゴオギャソ〉	日文	1.陳才崑譯 2.巫永福譯
53	1931	〈死の樂園〉	日文	1.陳才崑譯 2.巫永福譯
54	1931	〈薔薇〉	日文	1.陳才崑譯 2.巫永福譯
55	1931	〈春の野〉	日文	1.陳才崑譯 2.巫永福譯
56	1931	〈何の心ぞ？〉	日文	1.陳才崑譯 2.巫永福譯 3.柳書琴譯
57	1931	〈無終の旅路〉	日文	1.陳才崑譯 2.巫永福譯
58	1931	〈見よ！〉	日文	1.陳才崑譯 2.巫永福譯
59	1931	〈詩人〉	日文	1.月中泉譯 2.陳才崑譯 3.巫永福譯 4.葉笛譯
60	1931	〈峯の雷鳥〉	日文	1.陳才崑譯 2.巫永福譯 3.柳書琴譯
61	1931	〈時の放浪者〉	日文	1.陳才崑譯 2.巫永福譯
62	1931	〈無題〉	日文	1.陳才崑譯 2.巫永福譯
63	1931	〈吾が家は遠いやうで近し〉	日文	1.陳才崑譯 2.巫永福譯
64	1931	〈二つの流れ〉	日文	1.陳才崑譯 2.巫永福譯
65	1931	〈春〉	日文	1.陳才崑譯 2.巫永福譯
66	1931	〈南國の春〉	日文	1.陳才崑譯 2.巫永福譯
67	1931	〈晚春〉	日文	1.陳才崑譯 2.巫永福譯
68	1932.01.30	〈故中川教諭哀悼の詩歌〉	日文	1.黃毓婷譯
69	1933.07.15	〈行路難〉	日文	
70	1933.12.30	〈上海を詠める〉	日文	1.李怡儒譯
71	1934.06.15	〈愛しきK子に〉	日文	
72	1934.06.15	〈紫金山下〉	中文	
73	1934.06.15	〈看『フオルモサ』有感〉	中文	
74	1943.07.31	〈太平洋の嵐〉	日文	1.張良澤、高坂嘉玲譯（部分）

序號	首次發表時間	篇名	語言	翻譯版本
75	1943.07.31	〈シンガポールは斯くて亡びぬ〉	日文	1.柳書琴譯（部分）
76	1943.12.25	〈恨みは深しアツツの島守〉	日文	1.柳書琴譯 2.李怡儒譯
77	1943.12.25	〈濠洲と印度〉	日文	1.柳書琴譯
78	1945.10.11	〈光復〉	中文	

附錄2　王白淵詩作使用「黑」之詩例

序號	日文詩名	中文詩名	詩句	譯者
1	〈貴方の中に失れたる私〉	〈消失在你裡的我〉	就要如黑暗裡失去重力的飛禽	黃毓婷
2	〈もぐら〉	〈地鼠〉	烏黑的衣裳也夠取暖	陳才崑
			黑暗的一隅愛的花依樣地開	陳才崑
2	〈もぐら〉	〈地鼠〉	為到達希望的花園路途黑暗	巫永福
			黑黑的衣裳可十分保暖	巫永福
			在黑暗的一隅能使充分的愛開花	巫永福
			向光明你通過黑暗的路	巫永福
		〈鼴鼠〉	漆黑的衣服十分暖和	陳千武
			在黑暗的角落盡情讓愛的花盛開	陳千武
			向著光亮而走的黑暗通路的你	陳千武
		〈地鼠〉	你的路黑暗而彎曲	王白淵
			黑黑的衣裳夠足取暖	王白淵
			在黑暗的地角裡	王白淵
			在黑暗裡模索著，	王白淵
3	〈真理の里〉	〈真理之鄉〉	狂風夜四面烏黑	陳才崑
		〈真理的家鄉〉	颱風夜黑暗」	巫永福
4	〈時の永遠なる沉默〉	〈時光永遠沉默〉	神用黑白兩線	陳才崑
		〈時光永遠沉默〉	神以白與黑的絲線	巫永福

序號	日文詩名	中文詩名	詩句	譯者
5	〈表現なき家路〉	〈無表現的歸路〉	雨絲靜靜地下一夜漆黑	陳才崑
			抑或一因為外面漆黑	陳才崑
6	〈印度人に與ふ〉	〈給印度人〉	白巾盤繞著黑臉	陳才崑
		〈贈印度人〉	黑面上戴白頭巾	巫永福
7	〈私の詩は面白くわりません〉	〈我的詩沒有意思〉	為黑暗中綻放的花草驚異	陳才崑
		〈我的詩興味不好〉	驚訝於不知名的野草在黑暗中開花	巫永福
8	〈生の谷〉	〈生命之谷〉	生命之谷黑深,深不可測	陳才崑
			但流貫黑暗的你的靈魂令人無限著迷	陳才崑
9	〈違つた存在の獨立〉	〈不同存在的獨立〉	我的詩不可思議地呈現一片黑暗	陳才崑
		〈不同存在的獨立〉	我的詩不可思議地呈現黑色	巫永福
10	〈性の海〉	〈天性汪洋〉	不論光明造訪或是黑暗來臨	陳才崑
		〈本性之海〉	光明或黑暗來臨	巫永福
11	〈藝術〉	〈藝術〉	可能是黑鴉鴉的一片畫面	陳才崑
			從我漆黑的畫面上	陳才崑
		〈藝術〉	看上去猶如一片疊塗抹繪的黑色畫面	巫永福
			從我黑黑的畫面上	巫永福
12	〈雨後〉	〈雨後〉	九天黑沼垂下無數的銀絲	陳才崑
		〈雨後〉	從九重天的黑沼垂下來的無數銀系	巫永福
13	〈私の歌〉	〈我的歌〉	我將從黑暗的思索之路躍出深淵	巫永福
14	〈御空の一つ星〉	〈天空的一顆星〉	酷似蒼白的黑夜永遠搖曳的柳枝	陳才崑

序號	日文詩名	中文詩名	詩句	譯者
15	〈太陽〉	〈太陽〉	夜間的空虛於黑暗中徬徨	陳才崑
			黑暗光明	陳才崑
			光明黑暗	陳才崑
			照亮黑夜，使它成為白日之夢	陳才崑
		〈太陽〉	夜陰的空虛在黑暗中徬徨	巫永福
16	〈夜〉	〈夜〉	在自然的黑幕塗寫星星和玉蟾	陳才崑
			黑夜裡盛開的天空之花枯萎	陳才崑
			噢！黑夜的復活呵！	陳才崑
			應該迎接赫赫的朝陽底黑夜在沉默中沉思	陳才崑
16	〈夜〉	〈夜〉	在自然的黑幕上抽出星與月	巫永福
			在黑暗盛開的空中之花將萎謝時	巫永福
17	〈島の乙女〉	〈島上的少女〉	像黑暗中耀眼的鑽石	陳才崑
		〈島上小姐〉	如在黑暗中	月中泉
18	〈沉默が破れて〉	〈打破沉默〉	於黑暗的樹蔭	陳才崑
19	〈見よ！〉	〈看吧！〉	西天出現一隻黑鳥	陳才崑
		〈看〉	一隻黑色鳥在西空	巫永福
20	〈詩人〉	〈詩人〉	照耀夜的漆黑	陳才崑
		〈詩人〉	照光夜的黑暗	巫永福
		〈詩人〉	照亮夜之黑暗	月中泉
		〈詩人〉	照著夜晚的黑暗	葉笛
21	〈峯の雷鳥〉	〈峰頂的雷鳥〉	於黑暗中耳聞你在展翅？	陳才崑
			還是咒詛黑夜的聲音？	陳才崑
		〈峰頂的雷鳥〉	黑暗中聽見你在展翅？	柳書琴
			還是詛咒黑夜的聲音	柳書琴

序號	日文詩名	中文詩名	詩句	譯者
22	〈上海を詠める〉	〈歌詠上海〉	黑格爾是這樣放言（大放厥詞）	李怡儒
23	〈看『フォルモサ』有感〉	〈看『フォルモサ』有感〉	當洪水般的黑雲襲擊的時候、	柳書琴

附錄3　王白淵詩作使用「白」之詩例

序號	日文詩名	中文詩名	詩句	譯者
1	〈貴方の中に失れたる私〉	〈消失在你裡的我〉	這顆燒灼的心和蒼白的魂靈	黃毓婷
2	〈序詩〉	〈序詩〉	我也知道一你也明白	葉笛
3	〈春の朝〉	〈春晨〉	白日高照——閑靜的春晨	陳才崑
		〈暮春之晨〉	白日升起——是個閑適的早晨	黃毓婷
4	〈四季〉	〈四季〉	噢！是夏日的白天	陳才崑
		〈四季〉	噢！夏天的白晝	巫永福
5	〈時の永遠なる沉默〉	〈時光永遠沉默〉	神用黑白兩線	陳才崑
		〈時光永遠沉默〉	神以白與黑的絲線	巫永福
6	〈印度人に與ふ〉	〈給印度人〉	白巾盤繞著黑臉	陳才崑
		〈贈印度人〉	黑面上戴白頭巾	巫永福
7	〈私の詩は面白くわりません〉	〈我的詩沒有意思〉	塗寫在生命的白紙	陳才崑
		〈我的詩興味不好〉	以塗抹生命底白紙	巫永福
		〈我的詩〉	——而塗在生命的白紙上的痕跡！	王白淵
8	〈違つた存在の獨立〉	〈不同存在的獨立〉	生命的白紙滴落鮮血的剎那我的詩興湧現了	陳才崑
		〈不同存在的獨立〉	在人生的白紙上滴一滴紅血潮時	巫永福
9	〈生の道〉	〈生之路〉	射出連接永劫的白光	巫永福
10	〈藝術〉	〈藝術〉	於是陶醉在我的白日夢裏	陳才崑
		〈藝術〉	於是陶醉在我的白晝之夢	巫永福

序號	日文詩名	中文詩名	詩句	譯者
11	〈蓮花〉	〈蓮花〉	白晰仙女於船上笑容滿面	陳才崑
		〈蓮花〉	在舟上的桃色或白色的仙女們笑容滿面	巫永福
		〈蓮花〉	桃色　白面仙女在舟上	月中泉
12	〈梟〉	〈梟〉	夜陰出巢的白晝叛逆	陳才崑
		〈梟〉	趁夜陰出動的白晝反逆者	巫永福
		〈梟〉	夜陰出巢的白晝叛逆者	柳書琴
13	〈向日葵〉	〈向日葵〉	永遠與你持續愛戀的白色呼吸吧	巫永福
14	〈御空の一つ星〉	〈天空的一顆星〉	酷似蒼白的黑夜永遠搖曳的柳枝	陳才崑
		〈天空一顆星〉	猶如妍姿永遠在青白的闇視漂游	巫永福
15	〈太陽〉	〈太陽〉	白晝，光的腳步徘徊在靈魂的個個角落	陳才崑
			生活的白熱化	陳才崑
			照亮黑夜，使它成為白日之夢	陳才崑
		〈太陽〉	白晝的光芒使靈魂遊走各處	巫永福
			以生命的白熱化	巫永福
			照明夜間使之有白晝之夢	巫永福
16	〈夜〉	〈夜〉	當白晝疏濬完宇宙的波濤	陳才崑
			流水蕩漾出銀白的漣漪	陳才崑
			雄雞聲裏東天白	陳才崑
		〈夜〉	白晝被宇宙的波浪浸浚時	巫永福
			雞聲起兮東天白	巫永福
17	〈風〉	〈風〉	今天又參觀襲擊白天旋風特技表演	月中泉

序號	日文詩名	中文詩名	詩句	譯者
18	〈春の野〉	〈春野〉	白雲紛飛	陳才崑
		〈春之野〉	白雲飛散去	巫永福
19	〈紫金山下〉	〈紫金山下〉	灰白的士敏土路、崇高的殿宇、	柳書琴
20	〈濠洲と印度〉	〈澳洲與印度〉	製造出的白澳主義喲！	柳書琴
			以白宮和白金漢宮為目標	柳書琴
			白澳喲！狐喲！狼喲！	柳書琴
			彼是誇示特權的白澳主義！	柳書琴

青之所寄與色之所調
——試論楊熾昌詩作的青色美學

壹、前言

　　1930年代初期，正當臺灣話文與鄉土文學運動如火如荼進行的同時，島內也興起一陣由楊熾昌（1908-1994）所主導的「風車詩社」超現實之風。在臺灣文學史上，這不僅是島內首次以超現實之聲為標榜的詩社，更是臺灣現代主義文學一個重要的起點。創立於1933年的風車詩社，雖說實際活動的時間不長，同人誌《風車》（LE Moulin）也在出版四期後便因種種因素停刊[1]，但若從整個現代主義文學發展的脈絡來看，「風車詩社」雖是曇花一現，卻已成為考察戰前臺灣現代詩時，一個不可忽略的典範。再從臺灣文學史發展脈絡來看，1930年代是臺灣現代主義發展的重要根源，作為「潛伏在臺灣地脈之下的日據時代超現實詩

---

[1] 根據呂興昌整理之年表，1933年秋成立「風車詩社」，1933年10月發行《風車詩誌》第一輯，1934年1月發行《風車詩誌》第二輯，1934年3月發行《風車詩誌》第三輯，1934年9月發行《風車詩誌》第四輯，後廢刊。確切廢刊時間在年表中未有說明，陳千武翻譯〈水蔭萍詩集・燃燒的臉頰〉時，曾論及「1933年到1939之間，實踐超現實主義，從事現代詩創作的風車詩社，是唯一屬於異色的臺灣文學的group」，筆者未能知曉其何以說風車詩社的活動時間為1933年至1939年，僅能推論陳千武是因水蔭萍於1939年加入西川滿主導的《美麗島》詩刊而有此說。楊熾昌著，呂興昌編訂，《水蔭萍作品集》（臺南：臺南市立圖書館，1995），頁383-387；陳千武譯，〈水蔭萍詩集・燃燒的臉頰〉，《笠》，第149期（1989年2月），頁118。

風[2]」的「風車詩社」，其走向現代與擁抱現代主義的歷程與困境，無疑提供我們重新思考臺灣文學史時一個重要的關鍵。

綜觀現今與「風車詩社」及其創辦者楊熾昌相關的研究成果[3]，大致可以分作三類：一是探究「風車詩社」成立的原因、概況與組織成員；二是關於「風車詩社」的美學風格，或是文學史定位的討論；三是詩社同仁的作品評析或思想探源。在第一類資料中，1995年呂興昌教授所編的《水蔭萍作品集》，其中收錄的研究資料約有一半屬於此類。第二類研究資料則如劉紀蕙透過楊熾昌一連串論述與追憶的分析，指出從「風車詩社」、「銀鈴會」到「現代派」的現代主義發展脈絡，實可視為一種特殊的臺灣超現實論述[4]。林巾力則認為，「儘管『風車詩社』

<hr>

[2] 李桂芳，《逆聲與變奏的雙軌——現代詩語言觀的典範化與延變之研究》（臺北縣：淡江大學中國文學系碩士論文，1999），頁90。

[3] 楊熾昌是風車詩社重要的核心與主導人，有關楊熾昌及風車詩社的資料，最早注意到的恐怕是1970年代羊子喬、陳千武等人在編輯「光復前臺灣文學全集」時，曾前往訪問過楊熾昌，並陸續蒐羅風車詩社相關詩作交由月中泉、陳千武兩人漢譯，同時撰寫了〈移植的花朵〉、〈引進超現實主義的詩人—楊熾昌〉等評論文章登載。之後便是1989年陳千武漢譯楊熾昌《水蔭萍詩集・燃燒的臉頰》並於《笠詩刊》第149期刊出，使楊熾昌詩作能夠大量的展現於國人面前。不過，有關楊熾昌本身的相關論述、回憶文書與作品的完整收錄或是有關風車詩社的詳盡說明，則不得不有待於1995年呂興昌教授所編訂的《水蔭萍作品集》。風車同仁林永修的《林修二集》亦由呂興昌教授編訂於2000年，另一位風車詩社同仁張良典（筆名丘英二），雖有2008年出版的繪本《老醫生的故事》，介紹其生平故事，但對張良典參與風車詩社一事，僅在前言提及，李張瑞（筆名利野蒼）與張良典的相關作品及史料，仍待資料出土與後人的整理出版。相關資料參見羊子喬、陳千武編，《廣闊的海》（臺北：遠景，1997三版）；羊子喬，〈移植的花朵〉，收錄於《蓬萊文章臺灣詩》（臺北：遠景，1983），頁39-57；黃武忠，〈引進超現實主義的詩人—楊熾昌〉，《日據時代臺灣新文學作家小傳》（臺北：時報，1980），頁90-92；陳千武譯，〈水蔭萍詩集・燃燒的臉頰〉，《笠》，第149期（1989年2月），頁118-133；楊熾昌著，呂興昌編訂，《水蔭萍作品集》（臺南：臺南市立圖書館，1995）；呂興昌編，《林修二集》（臺南縣：臺南縣文化局，2000）；林滿秋、曾瀞怡，《老醫生的故事》（臺北：青林國際，2008）。

[4] 劉紀蕙認為：「臺灣的『超現實風潮』，其實是一個以『超現實』之名作轉化各種政治論述的結點，我們應該稱此銜接超現實語彙的脈絡為『臺灣的超現實論述』」。劉紀蕙並進一步指出：「『臺灣的超現實論述』的緣起，要算是三〇年

與『銀鈴會』甚至是更後來的『笠詩社』並無直接的傳承關係，但同樣是在『日本影響』以及『現代主義』的脈絡下，這些活躍於戰前與戰後的詩人們在這個意義上，可以是有著相當大程度的貫連性[5]」。此外，像是王文仁透過脈絡式的考察，析論以楊熾昌為中心的「風車詩社」，在戰前、戰後臺灣現代詩脈絡所蘊含的文學史意義[6]。晚近的莊曉明[7]、林婉筠[8]等人，也從「寫實」與「現代」的對立與融合，切入「風車詩社」的內涵研究。在第三類的資料當中，像是黃建銘《日治時期楊熾昌及其文學研究》[9]、徐秀慧〈水蔭萍作品中的頹廢意識與臺灣意象〉[10]、陳允元〈臺灣風土、異國情調與現代主義──以楊熾昌的詩與詩論為中心〉[11]等文，都是以楊熾昌作為討論「風車詩社」詩人作品風格的重要代表。

代楊熾昌所創始的超現實主義之『風車詩社』，而直接影響紀弦的現代派六大信條，則是屬於四〇年代『銀鈴會』同人的林亨泰」。劉紀蕙，〈銀鈴會與林亨泰的日本超現實淵源與知性美學〉，《孤兒・女神・負面書寫》（臺北縣：立緒，2000），頁224-225。

[5] 林巾力，〈從「主知」探看楊熾昌的現代主義風貌〉，收入鄭南三編，《第八屆府城文學獎得獎作品專集》（臺南：臺南市立圖書館，2002），頁509。

[6] 王文仁，〈時代巨輪下的超現實首聲──「風車詩社」的文學史意義初論〉，《文學流變：國立東華大學第二屆全國中文系研究生學術研討會論文集》（花蓮：東華中文系，2004），頁243-267；王文仁，〈斷裂？鍊接？再論「風車詩社」的文學史意義〉，收入《想像的本邦》（臺北：麥田，2005），頁13-39。

[7] 莊曉明，《日治時期鹽分地帶詩人群和風車詩社詩風之比較研究》（臺北：國立臺北教育大學臺灣文化研究所碩士論文，2008）。

[8] 林婉筠，《風車詩社：美學、社會性與現代主義》（臺北：國立政治大學臺灣文學研究所碩士論文，2010）。

[9] 黃建銘，《日治時期楊熾昌及其文學研究》（臺南：國立成功大學歷史學研究所碩士論文，2002）。

[10] 徐秀慧，〈水蔭萍作品中的頹廢意識與臺灣意象〉，《國文學誌》，第11期（2005年12月），頁409-428。

[11] 陳允元，〈臺灣風土、異國情調與現代主義──以楊熾昌的詩與詩論為中心〉，《臺灣文學學報》，第19期（2011年12月），頁133-162。

整體來看，目前與「風車詩社」及楊熾昌相關的研究，明顯集中於上述的第二類，至於探究其詩作風格者，也多半集中於溯源日本文學的影響，或是超現實主義的引進，如此思想探源的論述方式，往往就降低了詩作內容討論的比例。是以，雖然《水蔭萍作品集》收錄有楊熾昌七、八十首的詩作，但常被提出來討論的詩作不到三分之一，不單是評論者偏好少數作品，就連詩選編者選錄楊熾昌詩作時，也以〈尼姑〉、〈毀壞的城市〉、〈燃燒的面頰〉等少數作品為主，難窺楊熾昌詩作全貌[12]。對於楊熾昌詩風的論述，除了常見的「超現實主義」與「耽美、頹喪」兩張標籤外，在現有研究中，已有幾位論者注意到其詩作具有運用色彩意象的顯明特徵。這些研究包括：孟樊〈承襲期臺灣新詩史（上）〉、張雙英的《二十世紀臺灣新詩史》、若騹的〈不肯入睡的夢幻王國──讀水蔭萍的詩〉以及錢弘捷的〈彩色意象與摩登語言構圖背後的孤獨意識──閱讀水蔭萍的詩〉等文。其中，孟樊在論及楊熾昌的〈茅草花〉一詩時，指出其運用色彩塑造夢境之感的手法[13]；張雙英評價楊熾昌的詩作時強調：

> 大量使用鮮亮的色彩詞，如紫色、蒼白、鮮紅、青色等，造成了其詩歌作品中時常洋溢著一股既浪漫、又夢幻的氣息，同時，也因為使用了不少幽暗的形容詞，而使其詩常於隱約中散發著一種耽美、陰鬱、幽玄、灰暗、枯淡、妖美與頹喪等氣氛。[14]

若騹則談到楊熾昌的作品是「以『大量摩登色彩的語言』及『異質意象』打造了一個超現實的夢幻王國[15]」，錢弘捷也認為

楊熾昌的作品「充滿『大量且重複的顏色與意象』以及『摩登大膽的語言』[16]」。色彩詞的運用,確實是楊熾昌詩作重要特色之

---

[12] 筆者彙整詩選收錄水蔭萍詩作情形,如下表:

詩選集＼詩名	方群、孟樊編,《現代新詩讀本》(臺北:揚智,2004)	向陽編,《臺灣現代文選新詩卷》(臺北:三民,2005)	羊子喬、陳千武編,《廣闊的海》(臺北:遠景,1997三版)	林瑞明,《國民文選 現代詩卷1》(臺北:玉山社,2005)	馬悅然、奚密、向陽編,《二十世紀臺灣詩選》(臺北:麥田,2005)	陳明台編,《美麗的世界》(臺北:五南,2006)	向陽編,《春天在我血管裡》(臺北:五南,2008)
尼姑	V	V	V		V		
毀壞的城市(毀了的街)	V		V	V	V		
燃燒的面頰(燃燒的臉頰)			V	V			V
花海			V		V		
秋之海	V				V		
茉莉花	V		V				
蒼白的歌	V				V		
靜脈與蝴蝶	V				V		
月光和貝殼						V	
月光奏鳴曲		V					
古弦祭		V					
花粉和嘴唇					V		
秋氣						V	
旅遊記				V			
窗帷		V					
越境的蝴蝶——獻給蔡鶴兒小姐詩		V					
薔薇						V	
戀歌				V			

[13] 孟樊,〈承襲期臺灣新詩史(上)〉,《臺灣詩學學刊》,第5號(2005年6月),頁19。

[14] 張雙英,〈創新、寫實與超現實(1923-1945)六、風車詩社及其代表詩人〉,《二十世紀臺灣新詩史》(臺北:五南,2006),頁71。

[15] 若驊,〈不肯入睡的夢幻王國——讀水蔭萍的詩〉,《詩議會詩刊》,第2期(1999年),頁-3。

[16] 錢弘捷,〈彩色意象與摩登語言構圖背後的孤獨意識——閱讀水蔭萍的詩〉,收入成大中文系編,《第二十八屆鳳凰樹文學獎入選作品集》(臺南:成大中文系,2000),頁496。

一，四位研究者也提出他筆下的色彩運用，有助於形塑詩中的超現實情境。然而，前述四文皆受限於篇幅，僅能對相關詩作進行抽樣性的討論，實屬可惜。另一方面，當日治時期來臺的日本畫家，驚豔著臺灣特有的島嶼色彩，因此大量選用明亮飽和的色彩描繪臺灣風景的同時[17]；臺灣詩人楊熾昌面對臺灣南國風光所感受到的，卻是「福爾摩沙南方熱帶的色彩和風不斷地給我蒼白之額、眼球、嘴唇以熱氣[18]」，選擇運用超現實主義來表現臺灣風景的蒼白與頹廢，顯見楊熾昌對於色彩的經營，自有其獨到的思考與錘鍊之處。

楊熾昌詩作在日治時期現代詩壇中所展現出的色彩意象特徵，除了大部分詩人所使用的基礎原色「白色」外[19]，所佔比例最高者乃是「青色」，此一色彩使用的偏好，有別於戰後其他超現實主義詩人，常用黑、白、紅等色彩的關鍵特徵[20]。在這裡，為了能夠聚焦且深入地分析楊熾昌詩作中色彩運用之特色及其意涵，本文將藉由色彩學的相關學說，以葉笛所翻譯的《水蔭萍作品集》，作為詩作討論對象，專注於探索楊熾昌詩作中的「青」。一來觀察該色彩於詩作中的意涵，二來期能通過色彩意象作品的析論，釐清經常被歸類為「耽美詩人」的楊

---

[17] 廖新田，《臺灣美術四論》（臺北：典藏藝術家庭，2008），頁161。

[18] 楊熾昌，〈燃燒的頭髮——為了詩的祭典〉，呂興昌編訂，《水蔭萍作品集》（臺南：臺南市立圖書館，1995），頁128。

[19] 美國人類學者布蘭特柏林和保羅凱曾經針對世界上的98種語言，進行色彩詞研究，結果發現：所有語言都至少具有白色和黑色這兩種色彩表現語；林昆範在《色彩原論》一書也指出：「無論東西方，白色與黑色是色彩聯想當中最直接、頻繁的色彩」。呂月玉譯，《色彩的發達》（臺北：漢藝色研，1986），頁14-15；林昆範，《色彩原論》（臺北：全華科技，2005），頁104。

[20] 余欣娟觀察到：「臺灣超現實詩的色彩濃烈灰暗，主要是黑白灰與血色」。余欣娟，《一九六〇年代臺灣超現實詩——以洛夫、瘂弦、商禽為主》（臺中：東海大學中國文學系碩士論文，2002），頁135。

熾昌[21]，如何利用色彩意象營造的想像世界，建構其個人的詩美學。

貳、中、日語境下的青色意涵

　　從西洋美術發展史的角度來看，色彩形式的經營早成為現代美術發展的重心[22]。色彩不只是感官作用的生理感受，更牽引著精神世界的想像與經驗。相較於繪畫領域中對色彩意象的探討，色彩在文學作品中所發揮作用的相關研究，仍有待於學者們的開發。就詩歌相關領域而言，色彩意象在詩作中的運用研究仍以古典詩為要，不只是黃永武的〈詩的色彩設計〉一文對古典詩的色彩經營、色彩與詩人的心理關係多有著墨[23]，顏崑陽也曾指出：「情緒、生命、色彩、季節，是中國古典詩歌，在形式內涵上的幾個基本而重要的問題[24]」。事實上，現代詩中也不乏運用色彩意象來強化詩作效果的創作，像是宋澤萊在〈論詩中的顏色〉一文中，就示範了顏色在現代詩裡的功用[25]。如果，我們能夠把既有古典詩色彩意象研究成果擴及，將能提供現代詩研究更寬廣的詮釋可能。

　　在進入詩歌色彩的研究前，我們還需要理解的是，當色彩作為文字意象時，讀者並非透過實際上的視覺來感受顏色，而是藉

<hr>

21　楊熾昌在〈殘燭的火焰〉一文指出，他的作品常被評論家批評為「追求『頹廢美』」。楊熾昌著，呂興昌編訂，《水蔭萍作品集》（臺南：臺南市立圖書館，1995），頁240。

22　俄國抽象藝術家康丁斯基（Wassily Kandinsky，1866-1944）在談論色彩於繪畫中的重要性時，便曾指出：「色彩是一個媒介，能直接影響心靈。」Kandinsky, Wassily原著，吳瑪俐譯，《藝術的精神性》（臺北：藝術家，2006），頁48。

23　黃永武，〈詩的色彩設計〉，《詩與美》（臺北：洪範書店，1984），頁21-74。

24　顏崑陽，〈主編序〉，蕭蕭，《青紅皂白》（臺北：新自然主義，2000），頁10。

25　宋澤萊，〈論詩中的顏色〉，《宋澤萊談文學》（臺北：前衛，2004），頁32-42。

由文字勾起過去的視覺經驗，在心中浮現對色彩的記憶及想像。事實上，色彩意象的形成不僅與心理經驗相關，也受到文化背景的影響，色彩意象存在著聯想的共通性，也隱藏著歧異性，並非單一色彩對應單一意涵，更多時候色彩所連結的意涵是流動的、多元的。就拿本文聚焦的「青色」來說，華語的「青」泛指藍色，臺語的「青」則是指綠色，但有時「青色」所形容的對象又會是藍綠色。此外，隨著文詞的變化，「青」所表現的色彩又會有所不同，「青山」是綠色，「青空」是藍色，「瀝青」則是黑色，「臉色發青」意指慘白。

　　不只是顏色詮釋具有多種可能，色彩的象徵意義也隨著時間、空間變化，論者如曾啟雄就提醒我們：「色彩在時間的推移中，在文化的遷移中，會產生各式各樣的意義。即使相同的色相，在不同的時代也會產生不同的詮釋方式，也因此形成所謂的風格[26]」。這樣的論述點了色彩意涵與社會文化互為影響，意涵隨著時間不斷衍義，每個國家都有屬於自身的文化體系，相異的文化背景也就產生了不同的文化符號；因此，不同地域對色彩的解讀自然也有所差異。色彩與色彩意涵的關係比我們所認知的還要更加複雜，其經常是處於彼此流動、相互交融的情狀。根據《色彩的世界地圖》對日本文化的青色討論，日文漢字的「青」（ao，由中文「靛」而來），原本指的是古代日本作為染料的「藍色」，「日文漢字的『青』，是表現植物萌芽的『生』和井裡面蓄有清水的『丼』兩字組合而成，是代表新綠、嫩芽的顏色[27]」。該書進一步指出：「現在日文中一般使用的「青」

[26] 曾啟雄，《色彩的科學與文化》（臺北縣：耶魯國際文化，2003），頁232。
[27] 廿一世紀研究會原著，張明敏譯，《色彩的世界地圖》（臺北：時報，2005），頁104。

（ao），在藍到綠之間，範圍相當廣泛[28]」，《色彩意象世界》一書中提及青色時，也提醒我們注意：「對日本人來說，青色不只是藍色，也包含綠色[29]」。

再看臺灣文化裡的「青」，李蕭錕在《臺灣色》一書論及：「在臺灣，和中國傳統文化同源，藍色被稱作青色[30]」，而「古代中國的五行五方中的青色，指的是青綠色[31]」，李蕭錕同時強調：「藍色和綠色常是臺灣人眼中的青色」。整體來看，在中文的文化語境中，「青」的本義雖然是「藍色」，但是在「青麥」、「青草」、「青苔」等等語彙底下，則都是用來指稱「綠色」。如此說來，「青」似乎是包裹進了「藍」與「綠」的意義範疇。在《教育部重編國語辭典修訂本》中，我們可以發現，「青」實際上是有著「藍」、「綠」二意[32]。是以，在日文與中文的語意系統裡，「青」都包含了「藍」與「綠」的運用。歸納色彩學相關資料，我們可以得到綠、藍（青）色的色彩意涵大抵呈現如下（詳參表1）[33]：

---

[28]　廿一世紀研究會原著，張明敏譯，《色彩的世界地圖》（臺北：時報，2005），頁104。

[29]　呂月玉譯，《色彩意象世界》（臺北：漢藝色研，1987），頁122。

[30]　李蕭錕，《臺灣色》（臺北：藝術家，2003），頁54。

[31]　李蕭錕，《臺灣色》（臺北：藝術家，2003），頁57。

[32]　網址參見：http://dict.revised.moe.edu.tw/cgi-bin/newDict/dict.sh?cond=%ABC&pieceLen=50&fld=1&cat=&ukey=-1329905322&serial=1&recNo=105&op=f&imgFont=1，2014年9月14日點閱。

[33]　吳東平，《色彩與中國人的生活》（北京：團結，2000），頁18-24；李銘龍編著，《應用色彩學》（臺北：藝風堂，1994），頁24-27；谷欣伍編，《色彩理論與設計表現》（臺北：武陵，1992），頁183；林昆範，《色彩原論》（臺北：全華科技，2005），頁99-101；林書堯，《色彩認識論》（臺北：三民，1986），頁163-167；林磐聳、鄭國裕編著，《色彩計劃》（臺北：藝風堂，1999），頁66。

表1 綠色與藍色的色彩意涵

顏色	情感	象徵與聯想	調性／屬性
綠	安詳、親愛、爽快、溫順、善良	青春、和平、遙遠、生命、安全、長生、清爽、春風、新鮮、安穩、輕快、正義、健康、理性、安息、清潔、誠實、沉著、成長、安靜、安心、友人、安定、初夏、休息、永遠、自然、未熟	中性色
藍（青）	沉著、冷漠、可憐	青春、平靜、深遠、貧寒、堅實、希望、理性、涼爽、瀟灑、爽快、清潔、正義、前進、悲傷、憂鬱、年輕、廣大、過去、憧憬、沉默、靜寂、陰氣、孤獨、疲勞、虛偽、自由、冷淡、理想、幸福	冷色調沉靜色消極色

　　通過表1可以發現，我們所熟知的綠色與藍色，在意涵上確實有其相互交疊之處，儘管它們在色調上有所不同，卻經常相同地被用來指涉「青春」、「正義」、「理性」。另外，它們在中文的語境裡也都是「具有傳達生命感的意象[34]」。

　　進一步檢視《水蔭萍作品集》中所收錄的詩作[35]，而佐以月中泉、陳千武稍前的翻譯與日文原作（詳參附錄1），我們可以察覺：楊熾昌在其詩作中，大量使用「青」，且青色幾乎都寫作漢字「青」，而不是「グリーン」或「あお」或「みどり」；對照譯本則可發現，日文漢字「青」出現時，有時被翻譯成「青」，有時被翻譯成「藍」，有時被翻譯成「綠」，有時被翻譯成「藍青」、「青藍」，有時則被翻譯為「青青」、「藍

---

[34] 呂月玉譯，《色彩意象世界》（臺北：漢藝色研，1987），頁122。

[35] 水蔭萍詩作現已可見到葉笛、陳千武、月中泉三人的漢譯，其中，葉笛漢譯的《水蔭萍作品集》（臺南：臺南市立圖書館，1995）收錄最多詩作，陳千武則曾翻譯〈水蔭萍詩集・燃燒的臉頰〉於《笠》149期（1989）刊載，另在《廣闊的海》（臺北：遠景，1997）中，亦收錄有數首陳千武所翻譯的水蔭萍詩作，該書亦選用了數首月中泉的翻譯。本研究考量《水蔭萍作品集》收錄有最完整的水蔭萍詩作，故選用《水蔭萍作品集》的漢譯詩作為觀察對象，日文原文則參考成大歷史所黃建銘碩士論文《日治時期楊熾昌及其文學研究》（2002）所收錄者。

藍」，還有極少數被翻譯為「蒼白」。也就是說，在楊熾昌的詩意系統中，「青」其實也含納入「藍」與「綠」的色彩運用。

為了容納更大的論述空間，本文在分析上採用較為寬廣的界定方式，把詩作中的「青」、「藍」、「綠」，通通納進「青色」的色彩意象系統。以下，將從「『青』之所寄」與「色之所調」兩部分來討論，楊熾昌如何透過「青」的運用帶出其新詩的想像，以及如何藉由「青」與其他色彩的搭配建構其詩意色彩。前者探討「青色」的象徵意涵，後者析論「青色」與其他色彩搭配使用所營造出的情感世界，希望由此能帶出觀看楊熾昌詩作的不同視野。

參、「青」之所寄：楊熾昌詩作中的青色意象

就人類生命的共相與當前的相關研究來看，我們可以得知，色彩一方面是生理上的視覺經驗，另一方面也揉合了心理上的情感經驗[36]。在眾多的意象思維中，青色雖然作為一種抽象的視覺意象，卻也相當頻繁地被用於形容物象。在《水蔭萍作品集》裡，「青」經常為物象形塑出鮮明的形象，這些青色的物象包括：「青樹」、「青淚」、「青裳」、「青色的百葉窗」、「青扇」、「青色麥酒」、「青色胡瓜」、「青銅色的鐘」、「青白色鐘樓」、「青色天使」、「青色的女人」、「青色輕氣球」、「青色菜單」等。另一方面，同屬「青色體系」的「藍」與「綠」，在詩中也經常扮演形容物象的角色，諸如「藍長袍」、

---

[36] 康丁斯基（Wassily Kandinsky）論及色彩作用時，即將之分為「生理作用」與「心理作用」兩層面。Kandinsky, Wassily原著，吳瑪俐譯，《藝術的精神性》（臺北：藝術家，2006），頁45-46。

「綠油油的葉子」、「綠色的乳房」等,都是顏色和具體物象的組合。此外,「青色」除了與前述具象物件相互結合外,亦被用來連結抽象物件,比如「青色的音波」、「淡青的鄉愁」、「青色西北風」、「青色夜氣」以及「綠色意象」等,都是借用顏色來增強抽象事物的情感效果。

《水蔭萍作品集》裡共有20首詩作出現色彩字「青/藍/綠」,其中,〈靜脈和蝴蝶〉、〈秋之海〉、〈月光奏鳴曲〉、〈海島詩集〉、〈貝殼的睡床──自東方的詩集〉等詩使用了兩次青色系色彩。此外,日文詩集《燃燒的臉頰》後記最末的詩作,日文原文同樣使用了「青」[37]。將楊熾昌詩作中的青色意象加以概括分析,我們可以發現,楊熾昌經常使用的象徵意涵,可以約略分為四種:一是生命力的展現,二是自由與流動,三是憂鬱與憂傷,四是聖潔的形象。有關這四個方向的運用與表現,茲論述如下:

一、生命的「青」

凡以「青」來表現生命力、傳達生命感的詩作,在此均歸類為「生命的青」。前述已提及,「青」本身具有新生、茂盛等涵義,且日文漢字中的「青」與表現植物萌芽的「生」有關。在楊熾昌的詩作裡,不乏以「青」來展現生命的例子,除了直接以「青春」一詞入詩者外,還有像是〈秋嘆〉所寫:「喝青色麥酒/焦急要自由地活下去時/流著汗/在思惟滑落的聲音裡/死是太慢啦[38]」。這段文字若單看首句,則青色只是形容麥酒的顏

---

[37] 該詩日文可參見葉笛,〈水蔭萍的esprite nouveau和軍靴〉,《臺灣早期現代詩人論》(高雄:春暉,2003),頁201。

[38] 楊熾昌,〈秋嘆〉,呂興昌編訂,《水蔭萍作品集》(臺南:臺南市立圖書館,1995),頁43-44。

色；然而，加上後一句的連繫，則飲用青色麥酒的時間是在「焦急要自由地活下去」的時刻，那麼「青」就不僅是物象顏色的形容，而是強調在思維滑落的時間空隙中，喝下青色麥酒即可延續生命、保持自由而遠離死亡。如此來看，此處的「青」是生命的象徵，也是自由的象徵。

又如〈公雞和魚〉中寫到：「花束的風在浪濤間青青／香氣的風喲！[39]」這裡以花束來形容風，「花束」是複數詞，已可用來表現花朵茂盛之感，再搭配上「青青」的修飾，以及「香氣的風」，更顯示出生氣蓬勃的律動感。論者如賴瓊琦曾經提到：「中文、日文裡，植物的顏色常用青色表達，不講綠色，因為青除了色彩之外，還含有生長的意思，所以講『青青河畔草』時，形容的不只是草色，還形容青草茂盛的樣子[40]」，誠如賴瓊琦對「青」的闡述，在〈公雞和魚〉一詩中，「青青」不單是色彩的形容，還含有茂盛之意；另一方面，由於重疊詞「青青」所描繪的是「花束的風」，自由的風穿梭於海面，帶來波動的浪濤，「青青」不單是描繪海洋的色彩，更是形容浪濤的流動感，因此，除了解讀為生命力，亦可解釋為流動。

其次，賴瓊琦指出了「青」與植物的關連。事實上，將「青」大量的與植物作連結，正是楊熾昌青色美學的特徵之一，除了〈公雞和魚〉詩中以「青青」形容「花束」外，〈無花果——童話式的鄉村詩〉也寫到：「她呼喚堯水少年　窗下的無花果展開綠油油的葉子接著雨滴[41]」。這首詩的開頭以童話的手

---

[39] 楊熾昌，〈公雞和魚〉，呂興昌編訂，《水蔭萍作品集》（臺南：臺南市立圖書館，1995），頁47。

[40] 賴瓊琦，《設計的色彩心理：色彩的意象與色彩文化》（臺北縣：視傳文化，1997），頁179。

[41] 楊熾昌，〈無花果——童話式的鄉村詩〉，呂興昌編訂，《水蔭萍作品集》（臺

法來書寫鄉村的景色，接著卻轉折地帶出主人家的女兒生了孩子，作為愛戀對象的堯水少年卻投身埤圳的水閘。無花果展開綠油油的葉子，象徵的是生命力的茂盛，照對著的卻是少年已然遠去的生命與無盡的哀愁。值得注意的是，此處「深青色の葉」，葉笛譯作「綠油油的葉子」，強調植物的特性，陳千武則翻譯為「深藍色的葉子」[42]，以深藍強化憂傷的情緒。

〈傷風的唇——有氣息的海邊〉一詩中也寫到：「青樹的濃影裡假寐的少女[43]」，「青樹」的濃影顯現的是亞熱帶的異國風情，是生命茂密的象徵，既用來形容大自然的蓬勃，也是用來形容假寐的少女，在樹海的風中嬉戲於海灘。在〈demi rever〉中，詩人則是訴說著：「陽光掉落的夢／在枯木天使的音樂裡，綠色意象開始漂浪[44]」。「demi rever」中文譯為「不完整的夢」。在帶有超現實意味的詩行中，枯木亦是植物意象之一，此詩仍是將「青」與植物加以結合，因為木已乾枯，生命不再延續，象徵生命的「綠色」只好展開流浪之旅。

二、自由與流動的「青」

從生命的連結出發，具有「藍色」意涵的「青」可能是天空，也可能是海洋，或者是兩者的綜合體。天與海都是廣闊、自由的象徵，「青」也因而成為自由的一種象徵。前文在討論〈秋嘆〉的「青」時，我們曾經指出該詩中的「青」是生命也是自由

南：臺南市立圖書館，1995），頁62。

[42] 陳千武譯，〈無花果——童話式的鄉村詩〉，《笠》，第149期（1989年2月），頁130。

[43] 楊熾昌，〈傷風的唇——有氣息的海邊〉，呂興昌編訂，《水蔭萍作品集》（臺南：臺南市立圖書館，1995），頁19。

[44] 楊熾昌，〈demi rever〉，呂興昌編訂，《水蔭萍作品集》（臺南：臺南市立圖書館，1995），頁98。

的象徵；其實，在楊熾昌的詩作裡，以「青」象徵自由時往往不只有「自由」之意。比如〈日曜日式的散步者——把這些夢送給朋友S君〉中寫到：「青色輕氣球／我不斷地散步在飄浮的蔭涼下。[45]」黃建銘在《日治時期楊熾昌及其文學研究》中曾論及此詩，他認為這首詩實際上是「以青色輕氣球隱喻為詩人腦海中的創作品[46]」。在這裡，「青色」象徵詩人腦中自由、流動的創作思緒，確實是可以成立的說法。但是，「輕氣球」本身其實就可以表徵自由、流動，詩人為何要特意加上「青色」？讀者進一步觀看會發覺，這實際上是為了聯繫其後的「飄浮的蔭涼」，以「青色輕氣球」來象徵一整片綠色的餘蔭，在詩人的內心懸浮、漂流。

以「青」表現自由與流動感的還有〈海島詩集〉一詩，在五個小節的組詩中，詩人於〈海軟風〉一小節悠悠寫著：「仰望柔美的月／撫摸乳房的動彈／青色西北風送著巴克斯的血和仙女的淚[47]」。在〈果實〉一節中又出現：「愛撫著綠色的乳房靜靜地祈禱著[48]」。在這裡，有了青色的潤澤，西北風顯得格外飄逸；然而，風中所吹送的是酒神與仙女的血與淚，這份飄逸感不免混合著淡淡的愁思，此點正與藍色象徵憂鬱的特性不謀而合。此處的「青」，既是自由與流動的表現，也是哀愁的表徵。

此外，與自由有關的青色意象也在〈秋之海〉裡出現：

---

[45] 楊熾昌，〈日曜日式的散步者——把這些夢送給朋友S君〉，呂興昌編訂，《水蔭萍作品集》（臺南：臺南市立圖書館，1995），頁81。

[46] 黃建銘，《日治時期楊熾昌及其文學研究》（臺南：國立成功大學歷史學研究所碩士論文，2002），頁125。

[47] 楊熾昌，〈海島詩集〉，呂興昌編訂，《水蔭萍作品集》（臺南：臺南市立圖書館，1995），頁87-88。

[48] 楊熾昌，〈海島詩集〉，呂興昌編訂，《水蔭萍作品集》（臺南：臺南市立圖書館，1995），頁89。

海溶化的綠寶石上
海鷗羽音裡載著詩

飛上我的心之窗
但青色的百葉窗再也不開[49]

　　在這首詩裡，「綠寶石」和「青色的百葉窗」兩個青色的意象接連地出現。首先，詩行以海鷗象徵著「自由」，然而當自由的海鷗飛上心之窗時，「青色的百葉窗」卻怎麼也不肯打開，就此隔絕了「自由」。在這裡，「青色的百葉窗再也打不開」即可解作自由的消失或希望的破滅。再者，「綠寶石」是「希望」的象徵，卻被海所溶化，而成為即將到來的詩行，這樣的詩行再也無法觸動而打開內心的百葉窗。在這裡。打不開的「青色的百葉窗」與被溶化的「綠寶石」相互呼應，隱喻著「希望」的破滅，或是真正詩行的不可尋覓，換個角度想，「青色」也有憂愁的意涵。

三、憂傷的「青」

　　由於文化背景的差異，東、西方在色彩的解讀上難免有所歧異。早期，東方的「青」往往代表新生，西方的「青」則是憂鬱的象徵；然而，隨著時間的演進與文化的交流，現今在東方也常見以「青」象徵憂鬱的表現手法[50]。以楊熾昌的作品為例，不論

---

[49] 楊熾昌，〈秋之海〉，呂興昌編訂，《水蔭萍作品集》（臺南：臺南市立圖書館，1995），頁24。

[50] 李銘龍即曾談到：「藍色也常用來象徵『憂鬱』，這是受到西方文化的影響」。李銘龍編著，《應用色彩學》（臺北：藝風堂，1994），頁26。

是〈靜脈和蝴蝶〉裡：「彈著風琴我眼瞼的青淚掉了下來[51]」，還是〈窗帷〉中：「逃遁的韃靼姣姬只是青扇的蒼茫[52]」，亦或〈月光和貝殼〉裡的「淡青的鄉愁[53]」，都是典型的借用「青」來象徵憂鬱與哀傷。值得一提的是，〈靜脈和蝴蝶〉除了前述提及的「彈著風琴我眼瞼的青淚掉了下來」外，其「青」的意象也出現在這首詩的結尾：

> 貝雷帽可悲的創傷
> 庭園裡螳蜋鳴叫
> 夕幕中少女舉起浮著靜脈的手
> 療養院後的林子裡有古式縊死體
> 蝴蝶刺繡著青裳的褶襞在飛……[54]

莫渝在〈蝴蝶與秋天──水蔭萍詩藝初探〉裡，對此詩曾有過精闢的析論。他認為，「靜脈指罹患靜脈發炎正休養中少女的手臂，蝴蝶係繡在衣裙褶襞。春日黃昏，療養院的庭園裡，屬於青春年華正談戀愛的少女，憂傷地彈著風琴（手風琴）？琴音讓詩人落淚，少女生病，院後的林子裡擺放古老方式吊死者屍體，衣裙在擺動，繡在衣裙上的蝴蝶跟著飛舞……[55]」在這裡我們則是要進一步

---

[51] 楊熾昌，〈靜脈和蝴蝶〉，呂興昌編訂，《水蔭萍作品集》（臺南：臺南市立圖書館，1995），頁22。

[52] 楊熾昌，〈窗帷〉，呂興昌編訂，《水蔭萍作品集》（臺南：臺南市立圖書館，1995），頁28。

[53] 楊熾昌，〈月光和貝殼〉，呂興昌編訂，《水蔭萍作品集》（臺南：臺南市立圖書館，1995），頁84。

[54] 楊熾昌，〈靜脈和蝴蝶〉，呂興昌編訂，《水蔭萍作品集》（臺南：臺南市立圖書館，1995），頁22。

[55] 莫渝，〈蝴蝶與秋天──水蔭萍詩藝初探〉，《北縣文化》，第66期（2000年），頁117。

討論，楊熾昌如何透過「青色」，來營造此詩的憂傷氛圍。首先，莫渝談到「屬於青春年華正談戀愛的少女，憂傷地彈著風琴」，其中，「青春」與「憂傷」都是「青色」的象徵意涵之一，這首詩的詩末，詩人特意選用了「青」來當作衣裳的顏色，恐怕取的正是其「青春」與「憂鬱」之意。其次，除了詩中的眼淚和衣裳是「青色」的，手臂上的靜脈其實也是「青色」的[56]，「靜脈」和「蝴蝶」看似異質，卻因靜脈是青色的，刺繡著蝴蝶圖案的衣裳也是青色的，串起了兩者的連結，整首詩可謂充滿「青色」的基調，而一連串的青色意象，不僅賦予詩作哀傷之情，也烘托出少女死亡的蒼涼。無獨有偶的，在〈茅草花〉中青色的意象也被連結往憂愁和死亡：「浸潤在憂愁／咬著青色胡瓜／抱著燃燒的手／徘徊在死亡絕壁的欄杆[57]」。徘徊在死懷之際，仍舊要堅持咬著的青色胡瓜究竟意味為何？從上下文中確實費解。然而，青色意象的出現卻正好將抽象的憂愁與死亡做了有意思的連結。如此一來，燃燒的手有了對照的畫面，而絕望也愈顯絕望。

四、聖潔的「青」

西方文化中的「青」除了象徵憂鬱外，也與宗教有關，西洋繪畫中的聖母瑪莉亞通常會身披表徵「聖潔」的藍色衣袍[58]，「寓意著純潔與無瑕的完美形象[59]」。在楊熾昌的詩作中，這個部分的運用較少，但也曾經出過現類似的象徵，例如〈月光奏

---

[56] 詩作原文「青い裳」，葉笛譯為「青裳」，可謂衷於原作；陳千武則譯作「藍色衣裳」，藍色、青色都可用來形容靜脈的顏色，「藍色衣裳」與前文的「靜脈」同樣有著色彩上的呼應。

[57] 楊熾昌，〈茅草花〉，呂興昌編訂，《水蔭萍作品集》（臺南：臺南市立圖書館，1995），頁55-56。

[58] Victoria Finlay原著，周靈芝譯，《藍色》（臺北：時報，2005），頁6。

[59] 黃仁達編撰，《中國顏色》（臺北：聯經，2011），頁124。

鳴曲〉中有「套著藍長袍的天使[60]」，〈幻影〉裡有「青色天使[61]」，兩處都選用象徵聖潔的青色來描述天使。比較值得注意的，是〈月光奏鳴曲〉一詩：

給窗戶刺青的少女
套著藍長袍的天使
喝水車房的水，果實上閃耀的
銀粉熱情奔放
太古的憂鬱症的ordre
清癯的美麗影像
在遙遠遙遠的表情的風景裡散佈
音樂的裙裾[62]

詩作首句出現「刺青」一詞，雖然使用了「青」字，但並沒有青色之意，此處日文原文「窓にイレズミする少女」，陳千武、葉笛的譯本都寫成「刺青」，月中泉則譯作「紋身[63]」。另一方面，在這首詩裡，詩人同時運用了「青」與「藍」，論者如蕭蕭指出：「以『窗戶』的高拉長距離，以顏色的『青』與『藍』拉長距離……這就是『嶄新的感傷會造就美麗的風格』[64]」。這兩種顏色在詩行中的並用，讓「少女」與「天

[60] 楊熾昌，〈月光奏鳴曲〉，呂興昌編訂，《水蔭萍作品集》（臺南：臺南市立圖書館，1995），頁31。

[61] 楊熾昌，〈幻影〉，呂興昌編訂，《水蔭萍作品集》（臺南：臺南市立圖書館，1995），頁76。

[62] 楊熾昌，〈月光奏鳴曲〉，呂興昌編訂，《水蔭萍作品集》（臺南：臺南市立圖書館，1995），頁31。

[63] 楊熾昌，〈月光奏鳴曲〉，收入羊子喬、陳千武編，《廣闊的海》（臺北：遠景，1997三版），頁235。

[64] 蕭蕭，〈楊熾昌：超現實主義的魅惑性美學〉，《臺灣新詩美學》（臺北：爾

使」有了相應對比的效果，同時也帶出了更為豐富的視覺想像。加之以前者表動，後者表靜，無形中也傳達出奏鳴曲的節奏感。

從上述所見，我們可以發現楊熾昌在「青」的使用上，相當自覺地與生命的感受有著密合的連結。不論是自由、憂傷、聖潔乃至於生命力的表現，實際上都離脫不了詩人帶著浪漫與超現實風物的想像。當然，詩人在塗佈其色彩的版圖時，不可能僅僅使用單一顏色，而是會透過主要色彩與其他色彩的搭配，豐富其色彩運用。因此在下節中，我們將進一步討論楊熾昌詩作中，以「青」為核心的色彩搭配，探索其如何透過對調和多元的色彩以表情達意。

肆、色之所調：楊熾昌詩作中的青、紅、白搭配

陳明台認為，風車詩社「首度為臺灣新詩壇導入現代主義前衛詩與詩論，擴大臺灣詩、詩人的國際視野，也喚起臺灣詩人對詩表現形式的重視，他們的創作實驗更提供了示範[65]」，楊熾昌詩作除了常見「青」色系的使用，詩人更進一步透過色彩搭配的表現手法，強化詩作意象。誠如蕭蕭所言，詩中的色彩運用並不只是單一色澤的塗繪，色彩和不同色彩比鄰而居，將能營造和諧或是對比的情感[66]。綜觀《水蔭萍作品集》中詩人使用青色並結合其他色彩的詩作，主要有三種配色方式：一是青與紅的對比，二是青與白的搭配，三是多種色彩的並置。這三種的配色構成了

臺灣新詩色彩美學六家論

112

雅，2004），頁342。

[65] 陳明台，〈楊熾昌、風車詩社、日本思潮——戰前臺灣新詩現代主義的考察〉，收入呂興昌編訂，《水蔭萍作品集》（臺南：臺南市立圖書館，1995），頁332。

[66] 蕭蕭，《青紅皂白》（臺北：新自然主義，2000），頁33。

楊熾昌詩中以「青」為核心的主要詩意連結。其內涵與運用分析，茲分述如下：

一、青與紅的對比

　　青是冷色調，紅是暖色調，青與紅的搭配是對比色的搭配。不過，兩色雖為對比，卻也經常在彼此的襯托下，讓意象更顯鮮明。比如〈尼姑〉一詩，詩人寫到：「紅玻璃的如意燈繼續燃燒著。青銅色的鐘漾著寒冷的心。[67]」在這首詩裡，首先，紅色的玻璃燈與青銅色的鐘在色外貌上是對比；其次，紅玻璃燈是燃燒著的，青銅色鐘是寒冷的，在溫度上亦是對比；再者，此處以「紅色」修飾玻璃燈，隱喻著尼姑的內在情欲，以「青銅色」形容鐘，一面隱喻著佛堂清規，一面呼應著尼姑寒冷的心，又是一道對比。陳義芝認為：「紅燈不只是現實中的燈，也成了尼姑心中灼熱的火……銅鐘也不只是寺庵的鐘，而是尼姑心中那顆備覺寒冷的心[68]」，此詩可說是透過冷暖色調的三層對比，刻畫尼姑內心的拉鋸。又如〈窗帷〉一詩：

　　　　少女和花和海
　　　　牧歌的夕暮沙沙地渡過沙丘，像寒風一樣鳴響
　　　　亞麻喲！亞麻喲！
　　　　又在追逐飛散的頹唐花粉……

[67] 楊熾昌，〈尼姑〉，呂興昌編訂，《水蔭萍作品集》（臺南：臺南市立圖書館，1995），頁57。
[68] 陳義芝，〈水蔭萍與超現實主義〉，《聲納：臺灣現代主義詩學流變》（臺北：九歌，2006），頁34-35。

紅褶的下裳

　　少女就像惡夢一樣睡著

　　枯淡的海風真可憐

　　熱臉頰

　　有微熱的哀情滾滾上湧

　　逃遁的韃靼姣姬只是青扇的蒼茫[69]

　　少女的衣服、熱臉頰、滾滾上湧的微熱哀情是偏向紅色與暖調的，枯淡的海風與青扇則是蒼茫和冷調的，詩人利用紅色意象的鋪陳來表現少女豐富的情感，最末透過「青扇」轉化情緒，讓濃厚的哀情瞬間化作淒清的蒼茫。不同於〈尼姑〉一詩中「青」、「紅」皆為主角，兩色相互拉鋸，〈窗帷〉一詩雖運用了暖與冷的對比，卻不是要強調兩者的差異性，而是先以紅色為主調，繼而點綴上青色來調和兩色，藉以表現蒼涼之感，讓往事幾乎如煙。

　　又如〈幻影〉一詩寫到：「臥在床上的女人／病了的他妻子蓋著紅亞麻布在唱／說是舞蹈著的青色天使的音樂──[70]」本詩運用色彩鮮明的意象來描寫病床上的女人，黃建銘曾言：「詩人安排紅亞麻布對比青色天使，讓讀者的視覺上留下更深的印象[71]」，林巾力更進一步指出：「『紅亞麻布』與『青色天使』的鮮豔色彩與前段的『灰色的靡菲斯特』形成兩極的對照關係，

---

[69] 楊熾昌，〈窗帷〉，呂興昌編訂，《水蔭萍作品集》（臺南：臺南市立圖書館，1995），頁28。

[70] 楊熾昌，〈幻影〉，呂興昌編訂，《水蔭萍作品集》（臺南：臺南市立圖書館，1995），頁76。

[71] 黃建銘，《日治時期楊熾昌及其文學研究》（臺南：國立成功大學歷史學研究所碩士論文，2002），頁120。

但是斑斕色彩的背後卻是瘋狂與病態的幻覺呈現[72]」。除了「紅亞麻布」與「青色天使」兩個意象在色彩上是對比外，詩人還並置了「臥在床上的女人」與「青色天使」，亦即「渴望救贖者」與「救贖者」兩種意象。病人唱著「青色天使的音樂」的動作，彷彿是種宗教儀式，然而在旁人眼中，病床上的高歌其實是瘋狂的舉動。這首詩要獲得完整的意義，其實還得藉助最後這幾句詩行：「墜落下來的可怕的夜的氣息／被忽視的殖民地的天空下暴風雪何時會起……／是消失於冷笑中兇惡的幻像……[73]」原來，這種瘋狂上是隱喻著殖民地下兇惡的暴風雪，如此的敘述正與詩題「幻影」相互呼應。

二、青與白的調和

　　白色是無彩度的顏色，可以用來與任何色彩作搭配，帶給觀者穩定與平衡的色彩感覺，林書堯即曾指出：「在配色上白色的地位極高，嗜好率也非常大，有普遍能參與色彩活動的特色[74]」，《色彩意象世界》一書更直言：「白色能使其他的顏色更起來更美[75]」，「白色和青色的配色相得益彰，給予人的印象是鮮明生動的，是摩登、潔淨、高貴、簡單的，也就是一種澄清色的意象[76]」。然而，楊熾昌所經營的青白色調並非表現平衡感，反而更傾向用來強化色彩的負面意涵，像是〈日曜日式的散步者──把這些夢送給朋友S君〉中寫到：「從肉體和精神滑落

---

[72] 林巾力，〈從「主知」探看楊熾昌的現代主義風貌〉，收入鄭南三編，《第八屆府城文學獎得獎作品專集》（臺南：臺南市立圖書館，2002），頁535-536。

[73] 楊熾昌，〈幻影〉，呂興昌編訂，《水蔭萍作品集》（臺南：臺南市立圖書館，1995），頁77。

[74] 林書堯，《色彩認識論》（臺北：三民，1986），頁169。

[75] 呂月玉譯，《色彩意象世界》（臺北：漢藝色研，1987），頁131。

[76] 呂月玉譯，《色彩意象世界》（臺北：漢藝色研，1987），頁122。

下來的思惟／越過海峽，向天空挑戰，在蒼白的／夜風中向青春的墓碑／飛去[77]」。「青春」連繫著「墓碑」，而日文原詩中夜風前的「青い」，陳千武與葉笛兩人都翻譯為「蒼白的」。如此一來，生活的表態顯然充滿挫敗以及沈靜中的莫名悲傷。

又如〈傷風的唇──有氣息的海邊〉：「墜入白晝昏睡的水路的習性／渡著樹海的風／青樹的濃影裡假寐的少女／著彩於種族的香氣裡的臙脂花著白牙枯萎[78]」。「青」在此詩雖然象徵著生命力，但「白」卻隱含著迷濛與死亡的訊息。「白晝」是昏睡的，而「白牙」更是枯萎；儘管青樹茂盛，臙脂花依舊枯萎了，整首詩的基調指向哀傷。

再者，從題目上即以青、白命名者，如〈青白色鐘樓〉：

白的胸部

吸取新時代的她在著婦女服的現實上，敲撞拂曉的鐘……

毛氈上的腳、腳在「死」裡舞蹈著，琳子的白衣服對面什
麼也看不見

風中閃耀著椰樹的葉尖

風中飛來紙屑

發亮的柏油路上動著一點陰影，他的耳膜裡洄漩著鐘樓青

---

[77] 楊熾昌，〈毀壞的城市──Tainan Qui Dort〉，呂興昌編訂，《水蔭萍作品集》（臺南：臺南市立圖書館，1995），頁51。

[78] 楊熾昌，〈傷風的唇──有氣息的海邊〉，呂興昌編訂，《水蔭萍作品集》（臺南：臺南市立圖書館，1995），頁19。

色的音波……[79]

　　此詩在詩名使用了青、白兩種色彩,內容則是運用色彩來描述死亡事件。誠如陳義芝所言:「這首詩每一節都是一個特殊時刻的突發事件或奇想[80]」。首先,「白的胸部」與「白衣服」象徵著琳子生命的殞逝,接著詩由白色轉入綠色,「風中閃耀著椰樹的葉尖」,風中繼而傳送來「青色的音波」,音波之所以為「青」,一來是運用冷色調來表現社會的冷漠,二來用以傳達詩中他目睹路邊屍體的哀傷之情。此外,從白到青的詩句,不只是視覺意象上的色彩變化,哀傷的情境亦隨著全詩的色彩變化層層推進。

三、多種色彩的並置

　　除了前已提及的青紅與青白兩種色彩搭配,楊熾昌還擅長以青為核心並置多種色彩,讓詩的整體表現更趨向形象的鮮明化。在〈園丁手冊——詩與散文〉中,〈海港的筆記〉裡就有著這樣的表現:

　　　森林的巴克斯酒神載著年輕人的靈魂,油布床上奏著港色的輪巴,少女做著朱色的呼吸賣愛。年輕人求著桃紅色的彩色於一杯酒裏。

　　　貨船一早就起錨。

---

[79] 楊熾昌,〈青白色鐘樓〉,呂興昌編訂,《水蔭萍作品集》(臺南:臺南市立圖書館,1995),頁73-74。

[80] 陳義芝,〈水蔭萍與超現實主義〉,《聲納:臺灣現代主義詩學流變》(臺北:九歌,2006),頁38。

胡琴和燭光圍住一個女人閃爍著。

年輕人唱了「我的青春」

旗後的山在暗黑中把女人吸起又吐出而叫著。渡海港的
駁船上少女總是以紅色長衫招著海港的春天。水手和色
慾……酒色的冒險　以年輕的熱情迎接了青年人的體力。
今天青年人也懷著注射器渡過海港了。

貨船和女人使海港像波浪一樣浮動。她的愛就是貨船。她
就是貨船的情人。

海港們在夜的風貌中擴展觸手緊擁著時代的波濤。[81]

　　在這一首書寫高雄港的散文詩中,「青春」與「青年人」
是其中的關鍵話語,所有的敘述與意象都是圍繞於此而展開。這
首詩裡出現的顏色,包括「港色」、「朱色」、「桃紅」、「彩
色」、「暗黑」、「紅色」、「酒色」等等;其中,少女朱色的
呼吸、年輕人的桃紅乃至於其「酒色的冒險」,全都象徵著青春
時光對愛情熾熱的渴求。詩行中,貨船之於海港,猶如女人之於
水手,海港在夜的風貌中緊擁著時代的波濤,一如戀情也在海港
中悄然展開。由於諸多配色的運用,這一首青春譜曲於是有了鮮
明的色調與光彩。

　　另外,在組詩〈貝殼的睡床——自東方的詩集〉中,詩人則
在好幾個詩節中,都運用了這樣的手法。比方說〈Burazirero〉

---

[81] 楊熾昌,〈園丁手冊——詩與散文〉,呂興昌編訂,《水蔭萍作品集》(臺南:
臺南市立圖書館,1995),頁102-103。

一節寫到：

> 高蹈的明智之花
>
> 花衡量都市的基準
>
> 魅力的波長在香煙的烟中，雪白的衣裳靜靜湛滿乳房的鼓
> 動！……
>
> 我玩弄青色菜單
>
> 異彩的交響樂敲打的嘴唇的憂鬱……
>
> grade Osaka
>
> 天使並非喋喋不休的Burazirero的白色陽臺[82]

　　從「青色菜單」、「異彩的交響樂」，不難猜測這是一家具有異國風采的餐廳。詩人以「雪白的衣裳靜靜湛滿乳房的鼓動」點出內在慾望的燥動，用白色陽臺上想像的天使或天使的雕像，使人有更多潔白的遐想。在青與白和異彩之中，現代都市的氛圍也被以「明智之花」刻畫其中。

　　又如〈白門扉（給西銀座的朋友k）〉寫到：

> 白色門扉的抒情
>
> 給第二枝「曉」一點上火　海軍服的少女便自裙子對我笑
> 起來，少女從青色夜氣愛上白色幽靈的幻影，愛上銀色的
> 爪，夫人灰色的翅粉
>
> 東南風吹過去了……[83]

---

[82]　楊熾昌，〈貝殼的睡床——自東方的詩集〉，呂興昌編訂，《水蔭萍作品集》
　　（臺南：臺南市立圖書館，1995），頁92。
[83]　楊熾昌，〈貝殼的睡床——自東方的詩集〉，呂興昌編訂，《水蔭萍作品集》
　　（臺南：臺南市立圖書館，1995），頁93。

青之所寄與色之所調——試論楊熾昌詩作的青色美學

此詩同時使用了「白色」、「青色」、「銀色」與「灰色」，搭配上少女的笑，營造出一股妖美的氣息。「青色夜氣」可能是象徵邪氣，可能是形容夜色的混濁不明，也可能是描述霓虹燈的顏色，而少女所愛上的事物一如夜色朦朧不明，是白色幽靈的幻影、銀色的爪、夫人灰色的翅粉，「白」、「銀」、「灰」都是較為蒼白的色調，幻影、翅粉等又是不真實的物件，這些意象的出現為此詩形塑出了詭譎的氛圍。

至於前述曾經提及的〈茅草花〉，實際上也運用了多樣化的配色：

> 浸濡在憂愁
> 咬著青色胡瓜
> 抱著燃燒的手
> 徘徊在死亡絕壁的欄杆
>
> 燒得通紅的天空
> 天的手套
> 染上空心麻線球的紫墨水
> 沉落在居家的森林裡[84]

詩人先描述人物的動作，再把場景拉到天空，最末又將場景拉回地面（森林），隨著鏡頭的轉換，色彩也不斷改變，先是青，後是紅，繼是紫，多樣的色彩為場景增添了不少想像空間；

---

[84] 楊熾昌，〈茅草花〉，呂興昌編訂，《水蔭萍作品集》（臺南：臺南市立圖書館，1995），頁55-56。

此外，該詩後段雖然顯得色彩斑斕，但前段卻多用「憂愁」、「死亡」等負面情緒詞彙，一來在色彩上形成冷暖色調的對比，二來也在情感上烘托出喧鬧中的孤寂感。

伍、結語

本文以「青色」作為研究的對象，探索其在楊熾昌詩作中的作用。希望透視在色彩意象輔助下，他的詩作呈現出何種氛圍與情感。透過一連串的分析我們可以發現，收羅在《水蔭萍作品集》中的詩作，確實豐富地展示出了色彩意象的多義性與豐富性。首先，楊熾昌筆下的「青色」具有多種類的色彩意涵，「青」之所寄其實正是「情」之所寄，「青」時而象徵生命，時而表現自由與律動感，時而又隱喻著憂愁或是宗教意涵。在這些意涵中，我們可以窺見日本文化所帶來的影響，亦可查覺他對西洋文化的接受，與臺灣本土色彩的表現。其次，「青」的出現往往不只有單一象徵意涵，而是同時負載多種意涵，楊熾昌還擅長以青為核心並置多種色彩，讓詩的整體表現更趨向形象的鮮明化。

從另一個角度來看，詩作中色彩意象的使用，總隨著詩人心境的轉變而有所變化，無形之中也反映出詩人的精神世界。活動於日治時期的楊熾昌，一方面父親從小就教他讀《詩經》，並送他到私塾跟先生學漢學[85]；另一方面，楊熾昌擁有留學日本的經歷，加上他的創作多半寫於日治時期，因此作品幾乎都是以他熟悉的日文寫成。這些作品有很長一段時間都受到忽略，一直到

---

[85] 林佩芬，〈永不停息的風車——訪楊熾昌先生〉，《文訊》，第9期（1984年3月），頁406-407。

1990年代之後，才由葉笛（1931-2006）大量翻譯成中文，並出版《水蔭萍作品集》。在這樣的時代背景下，楊熾昌的作品顯然同時接受了臺灣與日本兩道文化脈絡的影響[86]。

　　以往論者在討論楊熾昌的詩作時，都點明了其具有蒼白、耽美的特質，像是如劉紀蕙就曾指出：「平靜愉悅與腐敗挫折的並置，美麗之下的凋萎與死亡，靜止生活之下的創傷，是楊熾昌詩中的基調[87]」。楊熾昌筆下的色彩搭配，事實上也正符應於此一特色。不論是冷暖色調的搭配，還是多種色彩的鋪排，他所經營的詩作情感多指向蒼涼、孤寂與哀傷的氛圍。這樣一種魔性之美的表現，裡頭自然有詩人自我美學的思考，卻也不無預示了1930年代後，臺灣作家們所遭逢碰壁的時代窘境。

引用書目

專書

Kandinsky, Wassily原著，吳瑪俐譯，《藝術的精神性》（臺北：藝術家，2006）。

Victoria Finlay原著，周靈芝譯，《藍色》（臺北：時報，2005）。

廿一世紀研究會原著，張明敏譯，《色彩的世界地圖》（臺北：時報，2005）。

方群、孟樊編，《現代新詩讀本》（臺北：揚智，2004）。

---

[86] 有關楊熾昌所受日本與臺灣文化脈絡的影響，可參見陳允元，〈臺灣風土、異國情調與現代主義——以楊熾昌的詩與詩論為中心〉，《臺灣文學學報》，第19期（2011年12月），頁143-157。

[87] 劉紀蕙，〈變異之惡的必要：楊熾昌的「異常為」書寫〉，《孤兒・女神・負面書寫》（臺北縣：立緒，2000），頁210。

王文仁，〈時代巨輪下的超現實首聲——「風車詩社」的文學史意義初論〉，
　　《文學流變：國立東華大學第二屆全國中文系研究生學術研討會論文集》
　　（花蓮：東華中文系，2004），頁243-267。

王文仁，〈斷裂？鍊接？再論「風車詩社」的文學史意義〉，收入《想像的本
　　邦》（臺北：麥田，2005），頁13-39。

向陽編，《臺灣現代文選新詩卷》（臺北：三民，2005）。

向陽編，《春天在我血管裡》（臺北：五南，2008）。

羊子喬，《蓬萊文章臺灣詩》（臺北：遠景，1983）。

羊子喬、陳千武編，《廣闊的海》（臺北：遠景，1997三版）。

吳東平，《色彩與中國人的生活》（北京：團結，2000）。

呂月玉譯，《色彩的發達》（臺北：漢藝色研，1986）。

呂月玉譯，《色彩意象世界》（臺北：漢藝色研，1987）。

呂興昌編，《林修二集》（臺南縣：臺南縣文化局，2000）。

宋澤萊，《宋澤萊談文學》（臺北：前衛，2004）。

李銘龍編著，《應用色彩學》（臺北：藝風堂，1994）。

李蕭錕，《臺灣色》（臺北：藝術家，2003）。

谷欣伍編，《色彩理論與設計表現》（臺北：武陵，1992）。

林巾力，〈從「主知」探看楊熾昌的現代主義風貌〉，收入鄭南三編，《第
　　八屆府城文學獎得獎作品專集》（臺南：臺南市立圖書館，2002），頁
　　508-550。

林昆範，《色彩原論》（臺北：全華科技，2005）。

林書堯，《色彩認識論》（臺北：三民，1986）。

林淇瀁編選，《臺灣現當代作家研究資料彙編05楊熾昌》（臺南：臺灣文學
　　館，2011）。

林瑞明，《國民文選　現代詩卷1》（臺北：玉山社，2005）。

林滿秋、曾瀞怡，《老醫生的故事》（臺北：青林國際，2008）。

林磐聳、鄭國裕編著，《色彩計劃》（臺北：藝風堂，1999）。

馬悅然、奚密、向陽編，《二十世紀臺灣詩選》（臺北：麥田，2005）。

張雙英，《二十世紀臺灣新詩史》（臺北：五南，2006）。

陳千武，《臺灣新詩論集》（高雄：春暉，1997）。

陳明台編，《美麗的世界》（臺北：五南，2006）。

陳義芝，《聲納：臺灣現代主義詩學流變》（臺北：九歌，2006）。

曾啟雄，《色彩的科學與文化》（臺北縣：耶魯國際文化，2003）。

黃永武，《詩與美》（臺北：洪範書店，1984）。

黃仁達編撰，《中國顏色》（臺北：聯經，2011）。

黃武忠，《日據時代臺灣新文學作家小傳》（臺北：時報，1980）。

楊熾昌，《燃える頬》（臺南：河童郎茅舍，1979）。

楊熾昌著，呂興昌編訂，《水蔭萍作品集》（臺南：臺南市立圖書館，
　　1995）。

葉笛，《臺灣早期現代詩人論》（高雄：春暉，2003）。

廖新田，《臺灣美術四論》（臺北：典藏藝術家庭，2008）。

劉紀蕙，《孤兒‧女神‧負面書寫》（臺北縣：立緒，2000）。

蕭蕭，《臺灣新詩美學》（臺北：爾雅，2004）。

蕭蕭，《青紅皂白》（臺北：新自然主義，2000）。

賴瓊琦，《設計的色彩心理：色彩的意象與色彩文化》（臺北縣：視傳文化，
　　1997）。

錢弘捷，〈彩色意象與摩登語言構圖背後的孤獨意識——閱讀水蔭萍的詩〉，收
　　入成大中文系編，《第二十八屆鳳凰樹文學獎入選作品集》（臺南：成大
　　中文系，2000），頁495-507。

學位論文

余欣娟，《一九六○年代臺灣超現實詩——以洛夫、瘂弦、商禽為主》（臺
　　中：東海大學中國文學系碩士論文，2002）。

李桂芳，《逆聲與變奏的雙軌——現代詩語言觀的典範化與延變之研究》（臺
　　北縣：淡江大學中國文學系碩士論文，1999）。

林婉筠，《風車詩社：美學、社會性與現代主義》（臺北：國立政治大學臺灣
　　文學研究所碩士論文，2010）。

莊曉明，《日治時期鹽分地帶詩人群和風車詩社詩風之比較研究》（臺北：國
　　立臺北教育大學臺灣文化研究所碩士論文，2008）。

黃建銘，《日治時期楊熾昌及其文學研究》（臺南：國立成功大學歷史學研究
　　所碩士論文，2002）。

期刊

《風車詩誌》，第三輯（1934年3月）。

孟樊，〈承襲期臺灣新詩史（上）〉，《臺灣詩學學刊》，第5號（2005年6月），頁7-35。

林佩芬，〈永不停息的風車——訪楊熾昌先生〉，《文訊》，第9期（1984年3月），頁404-420。

若騙，〈不肯入睡的夢幻王國——讀水蔭萍的詩〉，《詩議會詩刊》，第2期（1999年），頁-2-12。

徐秀慧，〈水蔭萍作品中的頹廢意識與臺灣意象〉，《國文學誌》，第11期（2005年12月），頁409-428。

莫渝，〈蝴蝶與秋天——水蔭萍詩藝初探〉，《北縣文化》，第66期（2000年），頁112-123。

陳千武譯，〈水蔭萍詩集‧燃燒的臉頰〉，《笠》，第149期（1989年2月），頁118-133。

陳允元，〈臺灣風土、異國情調與現代主義——以楊熾昌的詩與詩論為中心〉，《臺灣文學學報》，第19期（2011年12月），頁133-162。

網路資料

《教育部重編國語辭典修訂本》，網址參見：http://dict.revised.moe.edu.tw/cgi-bin/newDict/dict.sh?cond=%ABC&pieceLen=50&fld=1&cat=&ukey=-1329905322&serial=1&recNo=105&op=f&imgFont=1，2014年9月14日點閱。

附錄

附錄1　以《水蔭萍作品集》葉笛譯作為主，陳千武、月中泉譯作為輔，所呈顯的色彩字「青／藍／綠」運用

編號	詩名	日文原文	詩句	譯者
1	〈傷風的唇——有氣息的海邊〉	青樹の濃影に假眠る少女	青樹的濃影裡假寐的少女（《水》頁19）	葉笛
	〈風邪的嘴唇——芳香的海邊〉		在青樹濃影裡假眠的少女（《笠》頁119）	陳千武
2	〈靜脈和蝴蝶〉	オルガンをひいて私的眼瞼に青い涙がこぼれおちた	彈著風琴我眼瞼的青淚掉了下來（《水》頁22）	葉笛
			彈著風琴　從我的眼瞼滴落下來的／青色淚水（《笠》頁120）	陳千武
		蝶は青い裳のヒダをぬつて飛んでいる	蝴蝶刺繡著青裳的褶襞在飛……（《水》頁22）	葉笛
			蝴蝶穿梭於藍色衣裳的褶間飛著……（《笠》頁120）	陳千武
3	〈秋之海〉	海が溶かしたエメラルドの上を	海溶化的綠寶石上（《水》頁24）	葉笛
	〈秋之海〉	青い鎧戸はもはや開かうとしない	但青色的百葉窗再也打不開（《水》頁24）	葉笛
	〈秋海〉		青色百葉窗已經打不開了（《笠》頁120）	陳千武
4	〈窗帷〉	遁走ゆく韃靼の姣姬はただに青い扇子の蒼茫であゐ	逃遁的韃靼姣姬只是青扇的蒼茫（《水》頁28）	葉笛
			逃遁的韃靼姣姬　只是青藍扇子的蒼茫（《笠》頁121）	陳千武
			遁走的韃靼妖姬只是青色扇子的蒼茫了（《廣》頁230）	月中泉譯，施文訂正

編號	詩名	日文原文	詩句	譯者
5	〈月光奏鳴曲〉	窓にイレズミする少女	給窗戶刺圖的少女（《水》頁31）	葉笛
	〈Moon Light Sonata〉		為窗刺圖的少女　像（《笠》頁122）	陳千武
	〈月光奏鳴曲〉	圖いガウンをかぶつた天使が	套著圖長袍的天使（《水》頁31）	葉笛
	〈Moon Light Sonata〉		穿著青藍色長袍的天使（《笠》頁122）	陳千武
	〈月光奏鳴曲〉		像戴著圖色法帽的天使（《廣》頁235）	月中泉
6	〈秋嘆〉	圖い麥酒をのんで	喝圖色麥酒（《水》頁43）	葉笛
	〈秋歎〉		喝了藍圖的麥酒（《笠》頁125）	陳千武
7	〈公雞和魚〉	花束の風は波間に圖い	花束的風在浪濤間圖圖（《水》頁47）	葉笛
	〈雄雞和魚〉		花束的風　在波浪之間藍藍（《笠》頁126）	陳千武
8	〈日曜日式的散步者——把這些夢送給朋友S君〉	海峡を渡り、空に挑み、真圖な／夜風の中を圖春の墓石に向つて	越過海峽，向天空挑戰，在蒼白的／夜風中向圖春的墓碑（《水》頁50）	葉笛
	〈毀傷的街〉		渡過海峽　向天挑戰在蒼白的／夜風裡　向圖春的墓石（《笠》頁126）	陳千武
	〈毀了的街〉	秋蝶のあがゐタベよ！／バルカローラを唄う芝姫に／故里の愁嘆は圖い	秋蝶不見的黃昏　唱舟歌的芝姬　持著故鄉圖藍的秋嘆（《廣》頁234）	陳千武
9	〈茅草花〉	圖い胡瓜をかみ	咬著圖色胡瓜（《水》頁55）	葉笛
	〈茅夷花〉		咬著圖胡瓜（《笠》頁128）	陳千武
10	〈尼姑〉	圖銅色の鐘は冷たいエスプリを漂はせた	圖銅色的鐘漾著寒冷的心。（《水》頁57）	葉笛

編號	詩名	日文原文	詩句	譯者
10	〈尼姑〉	青銅色の鐘は冷たいエスプリを漂はせた	青銅色的鐘漂浮著冰冷的esprit（《笠》頁128）	陳千武
			青銅色的鐘漂浮著冰冷靈魂。（《廣》頁223）	月中泉譯，施文訂正
		端端は若い尼僧の處女性を神に捧げてしまつたのだ。	端端向神奉獻了處女尼姑的青春。（《廣》頁224）	月中泉譯，施文訂正
11	〈無花果——童話式的鄉村詩〉	彼女は堯水少年をよんだ 窓の下の無花果は深青色の葉を擴げて雨滴をうけていた	她呼喚堯水少年 窗下的無花果展開綠油油的葉子接著雨滴（《水》頁62）	葉笛
			她喊了幾聲堯水少年 窗下的無花果展開深藍色的葉子 接著落下的雨滴（《笠》頁130）	陳千武
12	〈青白色鐘樓〉	光つたアスフアルトの上た一點の陰影が動いてゐ、彼の耳膜た鐘の青い音波がうづまく……	發亮的柏油路上動著一點蔭影，他的耳膜裡洄漩著鐘樓青色的音波……（《水》頁74）	葉笛
13	〈幻影〉	踊る青い天使のミュジックだつて——	説是舞蹈著的青色天使的音樂——（《水》頁76）	葉笛
14	〈福爾摩沙島影〉	青い女よ！お前は歩いて行く	青色的女人喲！妳將走去（《水》頁79）	葉笛
15	〈日曜日式的散步者——把這些夢送給朋友S君〉	青い輕氣球／日蔭に浮ぶ下を僕はたえず散步してゐ。	青色輕氣球／我不斷地散步在飄浮的蔭涼下。（《水》頁81）	葉笛
16	〈月光和貝殼〉	この淡青のノスタルヂヤ。	這淡青的鄉愁。（《水》頁84）	葉笛
17	〈海島詩集〉	青いミストラルはバロスの血とニムフの涙をおくる	青色西北風送著巴克斯的血和仙女的涙（《水》頁88）	葉笛

臺灣新詩色彩美學六家論

128

編號	詩名	日文原文	詩句	譯者
17	〈海島詩集〉	翳色の乳房を愛撫しながら靜かに祈つたを握ゐ	愛撫著翳色的乳房靜靜地祈禱著（《水》頁89）	葉笛
18	〈果實〉	翳色の乳房が只一人デツキから私の手を握ゐ。	翳色的乳房，獨自一人從甲板握住我的手（《水》頁90）	葉笛
19	〈貝殼的睡床——自東方的詩集〉	私は青いメニュウをいぢゐ	我玩弄青色菜單（《水》頁92）	葉笛
		青い夜氣から銀色の爪を愛すゐ、マダムの灰色の翅粉	少女從青色夜氣愛上白色幽靈的幻影，愛上銀色的爪，夫人灰色的翅粉（《水》頁93）	葉笛
20	〈demi rever〉	枯木の天使の音樂に 翳のイマアジュが漂浪し始あゐ	在枯木天使的音樂裡，翳色意象開始漂浪（《水》頁98）	葉笛
21	此詩出現在《燃燒的臉頰》後記，無詩題	水族館で太陽の光線は／青い麥の穗だ	在水族館裡太陽的光線／就是翳色的麥穗（《水》頁219）	葉笛
			在水族館 太陽的光線／是青藍的麥穗（《笠》頁133）	陳千武

※註：《水蔭萍作品集》簡稱《水》，《笠》第149期簡稱為《笠》，《廣闊的海》簡稱《廣》。

卷二

現代詩色彩美學三家論

向陽現代詩的黑色意象

壹、前言

　　向陽（1955-）從大學時期就確立了「十行詩」和「臺語詩」的書寫方向，研究者論及向陽現代詩亦多著眼於此特色，向陽現代詩相關評述大致可分作四類，一是作家介紹與詩人訪談，此類論述以文學歷程為主；二為主題研究，包含：詩作的家鄉意象與社會關懷、十行詩的格律追求、臺語詩創作的討論、詩的跨界合作等；三是單冊詩集評介，不少論述都選擇單本詩集為觀察對象，或從音韻、結構切入，或以風格、內涵為主軸，析論向陽詩作技藝與精神；四為詩作賞析，多收錄於詩選集或詩刊、報紙副刊。

　　向陽曾經指出，詩創作有「繪畫性」、「音樂性」、「建築性」、「思想性」四個特質，不僅創作由此開展，讀詩、評詩同樣可以此四大面向為基準。[1]縱觀現今的向陽詩作研究，在繪畫性方面，岩上〈亂中的秩序——析論向陽詩集《亂》〉[2]一文，論及詩集《亂》以□、×、○等符號入詩，搭配表格或圖象，運用文字造形之特色，認為向陽詩作「因形式巧妙的營造而突顯詩

---

[1]　向陽演講、莊志豪記錄，〈現代詩創作的四道門檻——詩的四性〉，《INK印刻文學生活誌》，第153期（2016年5月），別冊頁12-30。

[2]　岩上，〈亂中的秩序——析論向陽詩集《亂》〉，《當代詩學》，第8期（2013年2月），頁209-242。

架構的驚奇與新鮮感」。茅雅媛〈向陽《四季》的多元色彩〉[3]一文則爬梳了詩集《四季》的色彩詞運用及意涵，探討詩人如何以不同的色彩來刻劃臺灣風土。

音樂性方面，《土地的回聲——向陽臺灣河洛語詩的歌謠性格》、《向陽《十行集》之音韻風格研究》等學位論文，[4]都關注到詩作的音樂表現，例如：轉化臺灣歌謠為詩題、押韻、重疊形式等手法，更有音樂領域的研究者以《謝宗仁《向陽臺語童詩四首》之探究》[5]為題，談到向陽詩作譜曲之特色；再者，顧蕙倩〈那種招呼　美如水聲——向陽詩的聲情欣賞〉、陳意平〈向陽兒童詩〈臺灣的孩子〉音韻風格研究〉、邱妍慈〈向陽兒童詩之音韻風格研究——以〈放風箏的日子〉為例〉、李桂媚〈詩歌交疊——論向陽〈我有一個夢〉的音樂性〉等文，[6]則分析了向陽詩作同音重複、韻腳使用、節奏間歇、句式反復等特色。

建築性方面，蕭蕭〈悲與喜交集的新律詩——論向陽〉、游喚〈十行斑點・巧構形似——評介向陽新詩〈十行集〉〉、沙牧〈提著籠子捉鳥——試論向陽的〈十行集〉〉、楊子澗〈期待新格律詩時代的到來——我讀向陽的〈十行集〉〉、林燿德〈遊戲

3　茅雅媛，〈向陽《四季》的多元色彩〉，《臺灣詩學學刊》，第26期（2015年11月），頁149-166。

4　張琰英，《土地的回聲——向陽臺灣河洛語詩的歌謠性格》，（新北：真理大學臺灣文學系學士論文，2001）；陳彥文，《向陽《十行集》之音韻風格研究》，（彰化：國立彰化師範大學國文學系碩士論文，2011）。

5　葉紅序，《謝宗仁《向陽臺語童詩四首》之探究》，（臺北：國立臺北藝術大學音樂學系碩士在職專班碩士論文，2018）。

6　顧蕙倩，〈那種招呼　美如水聲——向陽詩的聲情欣賞〉，《在巨人的國度旅行——當代語文研究、教學與實踐》（臺北：秀威經典，2017），頁10-16；陳意平，〈向陽兒童詩〈台灣的孩子〉音韻風格研究〉，《中國語文》，第689期（2014年11月），頁84-94；邱妍慈，〈向陽兒童詩之音韻風格研究——以〈放風箏的日子〉為例〉，《中國語文》，第704期（2016年2月），頁92-102；李桂媚，〈詩歌交疊——論向陽〈我有一個夢〉的音樂性〉，《吹鼓吹詩論壇》，第29號（2017年6月），頁60-63。

規則的塑造者——綜論向陽其人其詩〉等文，[7]均論及向陽現代詩對新格律的嘗試。其中蕭蕭便認為，儘管堅持行數並非向陽獨創，但在向陽筆下開展出新氣候。[8]

思想性的研究觸角最為寬廣，林于弘〈臺語詩中的反諷世界——以向陽《土地的歌》為例〉、方耀乾〈為父老立像，為土地照妖的論向陽的臺語詩〉、陳鴻逸〈「騷」與「體」——試論向陽《亂》的歷史技喻與文化圖像〉、林明理〈收藏鄉土的記憶——向陽的詩賞析〉、陳忠信〈震殤與治療——試析向陽新詩之九二一地震書寫及其治療義蘊〉、陳政彥〈向陽《四季》中的時間〉、劉益州〈他者的綿延——向陽《歲月》中自我與生命時間意識的表述〉、朱壽桐〈給他光，於是他有了詩——論向陽的燈光詩思〉等文，[9]論者分別從反諷、抵殖民、歷史敘事、臺灣

7　蕭蕭，〈悲與喜交集的新律詩——論向陽〉，《燈下燈》（臺北：東大圖書，1980），頁119-138；游喚，〈十行斑點·巧構形似——評介向陽新詩〈十行集〉〉，《文訊》，第19期（1985年8月），頁184-195；沙牧，〈提著籠子捉鳥——試論向陽的〈十行集〉〉，《藍星詩刊》，第3期（1985年4月），頁53-57；楊子澗，〈期待新格律詩時代的到來——我讀向陽的〈十行集〉〉，《文訊》，第16期（1985年2月），頁103-114；林燿德，〈遊戲規則的塑造者——綜論向陽其人其詩〉，《文藝月刊》，第200期（1986年2月），頁54-67。

8　蕭蕭，〈悲與喜交集的新律詩——論向陽〉，《燈下燈》（臺北：東大圖書，1980），頁129。

9　林于弘，〈臺語詩中的反諷世界——以向陽《土地的歌》為例〉，《群星熠熠——臺灣當代詩人析論》（臺北：秀威資訊，2012），頁155-177；方耀乾，〈為父老立像，為土地照妖——論向陽的臺語詩〉，《海翁臺語文學》，第38期（2005年2月），頁4-33；陳鴻逸，〈「騷」與「體」——試論向陽《亂》的歷史技喻與文化圖像〉，收錄於黎活仁、白靈、楊宗翰主編，《閱讀向陽》（臺北：秀威資訊資訊，2013），頁180-215；林明理，〈收藏鄉土的記憶——向陽的詩賞析〉，《乾坤詩刊》，第54期（2010年4月），頁124-128；陳忠信，〈震殤與治療——試析向陽新詩之九二一地震書寫及其治療義蘊〉，《臺灣文獻》，第57卷2期（2006年6月），頁235-254；陳政彥，〈向陽《四季》中的時間〉，《臺灣現代詩的現象學批評：理論與實踐》（臺北：萬卷樓，2011），頁169-187；劉益州，〈他者的綿延——向陽《歲月》中自我與生命時間意識的表述〉，收錄於黎活仁、白靈、楊宗翰主編，《閱讀向陽》（臺北：秀威資訊，2013），頁155-179；朱壽桐，〈給他光，於是他有了詩——論向陽的燈光詩思〉，收錄於白靈、

記憶、文學治療、時間書寫、燈光意象等不同角度切入，揭示詩人從土地出發的書寫精神。

　　整體而言，目前對於向陽詩作音樂性、建築性、思想性的討論較多，對於其繪畫性經營的關注略少。針對詩的「繪畫性」，向陽曾經論及：「繪畫性指的是『詩中有畫』，詩用文字寫成，但得用圖像來完成；內心的想法、感覺或思維，不能直接說出，而是依靠意象來徵顯，這就叫繪畫性。」[10]好的詩人與作品，正是能夠透過物象的安排與擺置，通過圖像拓展詩的外在空間，而後又收攏於書寫者的內在空間，高度表現出詩的繪畫性，一種建築於圖像表現的空間詩學。向陽的詩作自然也相當靈巧的駕馭著詩的繪畫性，其不只展現在圖像詩的創作，也表現在詩作中大量色彩字詞之運用。

　　向陽目前出版有《銀杏的仰望》、《種籽》、《歲月》、《四季》、《心事》、《亂》、《向陽臺語詩選》（即《土地的歌》再版）等八冊詩集，[11]扣除重複收錄之詩作，計有253首現代詩，詩題與內文都能看到色彩字的出現，觀察向陽筆下顏色字的使用頻率（詳參表1），可以發現以黑色系（黑、烏、墨、玄、黛）210次最多，其次為藍色系（青、藍）137次、白色系（白、

　　傅天虹主編，《臺灣中生代詩人兩岸論》（臺北：創世紀詩雜誌社，2014），頁222-232。

[10]　向陽演講、莊志豪記錄，〈現代詩創作的四道門檻——詩的四性〉，《INK印刻文學生活誌》，第153期（2016年5月），別冊頁12-30。

[11]　《向陽詩選》收錄詩作均可見於其他詩集，因此本研究不再重複採計。再者，整理向陽詩作色彩字詞時發現，〈阿爹的飯包〉收錄於第一本詩集《銀杏的仰望》時，其中一行詩句寫作「天還黑黑」，但其後出版的《向陽臺語詩選》，改詩句則改為「天猶黑黑」，又《種籽》收錄之詩作〈血帘十行〉，到了《十行集》易名作〈窗帘〉，早期的十行詩作品會在詩題後加上「十行」，但全數收錄進《十行集》時，詩題已刪去「十行」，有鑑於部分詩作收錄於新版詩集時做了修改，本文選用的詩集以新版為主。

素、粉）130次。其中，黑色意象頻繁出現，且次數明顯多過其他色彩，基此，本文在探討的脈絡上，嘗試聚焦於向陽現代詩的黑色色彩意象，第二節先是爬梳向陽詩作中黑、烏、墨、玄、黛等黑色系顏色詞之應用，繼而關注同時運用黑色意象與白色意象的詩行，第三節進一步析論詩作常出現的黑暗、黑夜與烏雲等黑色意象，以多次運用黑色意象的詩作為例，探討詩人如何透過黑色意象，以「繪畫性」銜接「思想性」，傳達他的人生哲思與社會關懷。

表1　向陽現代詩顏色字使用次數統計

色系	顏色字	次數	累計	色系	顏色字	次數	累計
黑色系	黑	132	210	紅色系	紅	58	75
	烏	59			朱	8	
	墨	17			赤	1	
	玄	1			丹	8	
	黛	1		黃色系	黃	72	72
藍色系	青	104	137	灰色系	灰	41	41
	藍	33		金色系	金	36	36
白色系	白	126	130	銀色系	銀	22	22
	素	1		其他	蒼	18	18
	粉	3		橘色系	橘	1	3
綠色系	綠	46	79		橙	1	
	翠	18			褐	1	
	碧	15		紫色系	紫	2	2

貳、時間、空間與心理的表徵：多層次的黑色字運用

黃仁達在《中國顏色》一書將黑細分為「黑色」、「玄色」、「墨色」、「漆黑」、「皂色」、「烏黑」、「黛

色」，[12]觀察向陽91首運用黑色的詩作（詳參附表1），其中除了華語詩的「黑」，以及臺語詩的「烏」，尚有「墨」、「玄」、「黛」等字詞，同樣意指黑色。黑、烏、墨、玄、黛雖然都有黑色之意，但不同顏色字所指涉的是不同的黑色，向陽詩作〈在砂卡礑溪〉中「玄黑曲折的大理石紋」[13]，即以「玄」與「黑」描繪自然界不同色澤的黑。

許慎《說文解字》對「黑」的釋義為「火所熏之色也」[14]，即燃燒燻成的黑色；「墨」的字形為上黑下土，意味著「煤灰固化的狀態」[15]，是書畫顏料的黑色，〈無獨有偶〉裡的「墨汁」[16]是書法繪畫使用的黑色液體，〈在雨中航行〉則以書畫的「潑墨」[17]技法來形容雨滴灑落。「烏」因烏鴉的黑羽毛而成為黑色的象徵，「烏字的造形是因為烏鴉的顏色是全黑的，連眼睛也黑得不容易分辨出來」[18]，是泛有青光的黑色；[19]「玄」是「天空高遠深奧的暗深色彩」[20]，天地初始的天空並不是大家現在所看到的藍天，而是黑中有紅；「黛」則是畫眉的染料，屬於含有青色的黑，〈野渡〉裡的「粉黛」[21]正是女子妝容的顏色。

綜觀向陽詩作黑色系顏色詞之運用，黑、烏、墨、玄、黛都曾在詩中出現，從次數分布來看，黑132次、烏59次、墨17次、

[12] 黃仁達，《中國顏色》（臺北：聯經，2011），頁250-271。

[13] 向陽，〈在砂卡礑溪〉，《亂》（臺北：印刻，2005），頁157。

[14] 許慎撰、段玉裁注，《新添古音說文解字》（臺北：洪葉文化，1998），頁492。

[15] 廿一世紀研究會原著，張明敏譯，《色彩的世界地圖》（臺北：時報，2005），頁67-68。

[16] 向陽，〈無獨有偶〉，《銀杏的仰望》（臺北：故鄉，1979再版），頁211。

[17] 向陽，〈在雨中航行〉，《歲月》（臺北：大地，1985），頁93、97。

[18] 曾啟雄，《色彩的科學與文化》（臺北縣：耶魯國際文化，2003），頁271。

[19] 黃仁達，《中國顏色》（臺北：聯經，2011），頁266。

[20] 林昆範，《色彩原論》（臺北：全華科技，2005），頁103。

[21] 向陽，〈野渡〉，《心事》（臺北：漢藝色研，1987），頁52。

玄1次、黛1次，可以發現，黑、烏這些比較常見的黑色字詞還是佔了絕對的多數，「黑」佔了其中六成以上，而「烏」一方面以出現在臺語詩為大宗，另一方面也在華語詩中以烏雲、烏黑、烏鬱等形象出現。

表2　黑色的色彩聯想

顏色	具體聯想	抽象象徵
黑	晚上、夜空、雷雲、頭髮、木炭、墨、煤、汙泥、葬儀、喪服、禮服、黑人、黑布、烏鴉、黑貓、輪胎、鋼琴、穴、煙、影、瞳孔	北方、黑暗、死亡、陰鬱、恐怖、恐懼、骯髒、錯誤、犯罪、罪惡、邪惡、惡魔、汙點、不正當、神祕、秘密、凶兆、不安全、不吉利、閉鎖、絕望、重壓感、苦、病、力、深淵、不幸、悲哀、孤獨、冷酷、不安、後悔、鈍感、意志、穩重、剛健、深沉、堅硬、壓迫、威權、嚴肅、嚴格、中立、高級、高貴、優雅、科技、莊嚴、靜寂、無、無限、結束、沉默、靜止、陰間、異次元

　　不只是多個字詞表徵黑色，黑色的具體聯想與抽象象徵亦相當多元（詳參表2）[22]，色彩聯想是「以現在的色彩，喚起回憶過去的色彩」[23]，與過去經驗相關，觀察向陽詩作的黑色運用，可以發現其象徵意涵非常豐富，時而是時間的表徵，時而是場景的刻畫，時而是筆墨的濃淡，可說是多層次的顯現在時間、空間與心理的表徵上。例如黑色具體聯想的頭髮與夜空，向陽在〈阿母的頭鬘〉[24]一詩以「烏金」描摹頭髮，透過髮色純黑表徵

---

[22] 大智浩著，陳曉冏同譯，《設計的色彩計劃》（臺北：大陸書店，1982），頁36；何耀宗，《色彩基礎》（臺北：東大圖書，1984），頁69-71；李銘龍編著，《應用色彩學》（臺北：藝風堂，1994），頁34；谷欣伍編，《色彩理論與設計表現》（臺北：武陵，1992），頁184；林書堯，《色彩認識論》（臺北：三民書局，1986），頁170；林磐聳、鄭國裕編著，《色彩計劃》（臺北：藝風堂，1999），頁66；戴孟宗，《現代色彩學：色彩理論、感知與應用》（新北：全華圖書，2015三版），頁144。

[23] 林書堯，《色彩認識論》（臺北：三民，1986），頁150。

[24] 向陽，〈阿母的頭鬘〉，《向陽臺語詩選》（臺南：真平企業，2002），頁30。

青春；〈阿爹的飯包〉[25]裡，「天猶黑黑」代表天未亮的時候；〈聲聲慢〉中的「摸黑」[26]形容環境伸手不見五指；〈原野〉首句「夜已靜謐，濃黑緩緩落下來」[27]，藉由黑色的塗佈，營造多層次的想像空間，「濃黑」是天色越來越深的描摹，為夜增添了幾分神祕，也是時間越來越晚的暗示；〈夜過小站聞雨〉同樣以景寓情，「翻過暗黑的山巒無語的夜」[28]，夜幕為山巒籠罩上一層黑色，更顯環境的靜寂、旅人的孤獨。

　　〈咬舌詩〉將黑色與夜晚連結，「搞不清楚我的白天比你的黑夜光明還是你的黑夜比我的白天美麗？」[29]改寫羅福助前立委的名言「我的黑夜比你的白天還光明」，以白天象徵光明，黑夜代表美麗。〈旅途〉詩末：「即使只是野菰一株，我一路／突破夜黑，引妳仰望第一顆啟明」[30]，藉由「夜黑」象徵未來的不確定及挑戰，傳達與妳攜手共度人生旅程的決心，雖然黑色代表不安、壓力，但「仰望第一顆啟明」揭示了追尋希望的信念，正如〈立春〉所言：「黑暗，許是星星發光的理由」[31]，白色的星光雖然微弱，但星星將為黑夜帶來一絲光明，象徵著黑暗中的希望。

　　〈角色〉一開場，「幕啟時他已站好在臺上／無涯際的黑把光線極力壓低」[32]，舞臺無盡的漆黑將主角包覆其中，等待鎂光燈亮起的聚焦。〈子夜〉第一段分隔出屋外漆黑與室內有燈的兩個世界：

---

[25] 向陽，〈阿爹的飯包〉，《向陽臺語詩選》（臺南：真平企業，2002），頁28。
[26] 向陽，〈聲聲慢〉，《銀杏的仰望》（臺北：故鄉，1979再版），頁63。
[27] 向陽，〈原野〉，《十行集》（臺北：九歌，2004二版），頁98。
[28] 向陽，〈夜過小站聞雨〉，《歲月》（臺北：大地，1985），頁71。
[29] 向陽，〈咬舌詩〉，《亂》（臺北：印刻，2005），頁103。
[30] 向陽，〈旅途〉，《心事》（臺北：漢藝色研，1987），頁60。
[31] 向陽，〈立春〉，《四季》（臺北：有鹿文化，2017），頁27。
[32] 向陽，〈角色〉，《十行集》（臺北：九歌，2004二版），頁186。

不寐是最和平的戰爭

腳跡與眼光的焦距之調整

窗外：一望漆黑；窗內

燈下有蛾慢慢撿拾沖洗後

鮮豔的，愛情[33]

　　在睡不著的夜晚，視線向外探，只見窗外一片漆黑，環視房間則是飛蛾在燈下徘徊，蛾隱喻著對愛情的奮不顧身，而為情所苦正是子夜失眠之因，內在的苦悶之情疊合外在觸目所及的黑暗，可說是愁上加愁。值得注意的是，詩作以「鮮豔」形容愛情，對比上前述的「漆黑」，不只是形成色彩繽紛與無色彩的對比，也帶來暖與冷、動與靜的心理感受差異。

　　向陽筆下的黑色常常是具象畫面與抽象意涵兼具的，〈鏡子看不見〉[34]以「炭黑」刻畫米糠油中毒的皮膚病變，詩中「一望漆黑」不僅指涉著失明的不見天日，同時象徵生命自此黯淡；〈小寒〉[35]裡，天空對發出求救訊號的小鳥「垂下厚重的烏雲」，「烏雲」是風雨欲來的暗示，也意指政治專制時期的肅殺氛圍；〈暗雲〉[36]一詩有「黑漆漆的街道」、「暗天　黑地　暗黑的心」，更以「烏鬱」形容臺灣，隱喻著島嶼的歷史傷痕。

　　〈汙點〉一詩從墨滴出發，透過墨的黑來辯證人生：

寫在宣紙上和落入清水中的

[33] 向陽，〈子夜〉，《十行集》（臺北：九歌，2004二版），頁58-59。
[34] 向陽，〈鏡子看不見〉，《歲月》（臺北：大地，1985），頁36-37。
[35] 向陽，〈小寒〉，《四季》（臺北：有鹿文化，2017），頁100。
[36] 向陽，〈暗雲〉，《亂》（臺北：印刻，2005），頁96-101。

墨，可能都來自同一個瓶裏

只是一滴——由於際遇造化

各自不同，通過相同的空間

而演繹出了截然兩異的一生

所謂污點，大概是墨所始料

未及。在賦予紙生命與宣布

水死亡之間，墨其實也無法

自主——決定榮耀或羞辱的

是在墨黑處左右為難的價值[37]

　　黑墨是書畫創作的工具，中國水墨相當重視黑色，尤其是書法，更是「以單純的黑色，表現出優美的造形美感」[38]，詩作起始就道出墨的兩種命運，一是「寫在宣紙上」，成為書畫作品，二是「落入清水中」，創作後殘餘的墨被水沖洗掉。然而，一滴墨可以是藝術，也可能是意外潑上的瑕疵，會變成流傳千古的白紙黑字，或者淪為污點，並非墨本身能夠抉擇的，由此開展出事物都有正反兩面之寓意。值得一提的是，全詩共出現4次墨、1次黑，一層一層強化黑之印象，而黑色本身亦可作為污點的象徵，正好呼應著詩題「污點」。

　　從搭配顏色的使用上來看，向陽的詩作中最常出現，與黑色同時使用的是白色。黑與白是相對應的顏色，在色彩學上同樣被歸類為無彩度，談到黑色，不能不提到白色。白與黑是人類最

[37]　向陽，〈污點〉，《十行集》（臺北：九歌，2004二版），頁170-171。
[38]　李銘龍編著，《應用色彩學》（臺北：藝風堂，1994），頁35。

早認知到的色彩語言，用來代表光明與黑暗，[39]黑是吸收全部光線後呈現的顏色，白則是反射了所有的光線，黑與白不只是色彩的兩端，在色彩意涵上亦經常成為二元對比，賴瓊琦即曾指出：「白與黑正好相反，黑看不見裡面有什麼，白則是一切都可以看清楚，因此就有明瞭、清楚、沒有文飾等的意思。」[40]，李銘龍也說：「黑色和白色正是兩種相反的顏色，意象非常複雜」[41]，舉凡「黑暗／光明」、「黑夜／白晝」、「神秘／清楚」、「邪／正」、「柔軟／堅硬」等都是黑白關係的延伸意涵，誠如李蕭錕對黑與白的闡釋：

> 彼此輝映、彼此消融、互為表裡、互為內外。像古中國易經裡所記述的天地乾坤、陰陽始終的相對關係，天地萬物無一不是由它們而始，由他們而終，人們形容生命的始末，亦經常以這種相對的關係去涵蓋生滅的哲學內涵。譬如生死、善惡、老少、高低、輕重、上下、美醜、優劣、清濁、明暗、好壞、男女、陰陽等等二元對立的名詞。[42]

　　向陽曾言，寫詩追求的是對稱及平衡，「詩人是在左跟右、陰跟陽、黑跟白，或者冷跟熱當中去感應，去找到一個覺得還可以平衡、協調的某種方式」[43]，觀察向陽運用黑色意象的詩作，

---

39 卡西亞・聖・克萊兒作，蔡宜容譯，《色彩的履歷書──從科學到風俗，75種令人神魂顛倒的色彩故事》（臺北：本事，2017），頁34。

40 賴瓊琦，《設計的色彩心理：色彩的意象與色彩文化》（臺北縣：視傳文化，1997），頁226。

41 李銘龍編著，《應用色彩學》（臺北：藝風堂，1994），頁34。

42 李蕭錕，《臺灣色》（臺北：藝術家，2003），頁86。

43 陳瀅州記錄整理，〈從經典回歸現實，以現實締構經典──從向陽詩集《亂》談起〉，收錄於張德本等作，《漫遊的星空：八場臺灣當代散文與詩的心靈饗宴》（臺南：國立臺灣文學館，2007），頁132-133。

亦不乏黑與白的同臺演出，例如〈秋訊〉、〈額紋〉、〈咬舌詩〉、〈城市，黎明〉、〈出口〉、〈魚行濁水〉等詩，都在同一行詩句使用到黑與白，賦予詩作更豐富的意義。

〈秋訊〉裡，「從戀時就保存至今的照片／黑白的色距中夸飾著對比的明暗」[44]，藉由灰階已褪色的黑白照片刻畫時間的痕跡。〈額紋——給媽媽〉寫道：「在時光與家事不斷的洗染下／您的頭髮從黑洗到白／又染成了灰，一如錯落的蘆葦」[45]，黑髮是年輕的象徵，白髮代表時間的滄桑，此處一方面透過髮色由黑轉白，象徵青春的流逝、母親無怨無悔的付出，另一方面，蘆葦屬於白色意象，詩句裡安排了黑、白、灰、白的變化，揭示了黑髮變白髮、白髮染黑又褪色的過程。

臺語詩〈黑天暗地白色老鼠咬布袋〉從詩題就可見到黑與白，詩末以「偷減兩桶水泥偷加三桶水，黑天暗地／一隻白色老鼠更在咬我賒來的布袋」[46]作結，透過老鼠咬破布袋想偷吃米的行為，暗喻施工偷斤減兩的狡猾，詩人轉化俗諺「飼鳥鼠咬布袋」為「黑天暗地白色老鼠咬布袋」，添加了黑色與白色的鮮明對比，畫面感更加強烈。另一首臺語詩〈魚行濁水〉開頭便是：「公車轎車機車腳踏車／白煙黑煙灰煙黑白煙」[47]，兩句詩行相對照，正好一種車輛配一種色彩的煙，畫面感十足，對應上詩題「魚行濁水」，來來往往的車流配上白、黑、灰色交錯的煙，就好像一條一條魚穿梭在混濁的河流之中，無形中也揭示了環境汙染問題。

[44] 向陽，〈秋訊〉，《十行集》（臺北：九歌，2004二版），頁71。

[45] 向陽，〈額紋——給媽媽〉，《十行集》（臺北：九歌，2004二版），頁160。

[46] 向陽，〈黑天暗地白色老鼠咬布袋〉，《向陽臺語詩選》（臺南：真平企業，2002），頁69。

[47] 向陽，〈魚行濁水〉，《向陽臺語詩選》（臺南：真平企業，2002），頁133。

圖像詩〈城市，黎明〉其中四行詩句並置了黑與白：「白色的布，黑色的字」、「黑色的血，白色的淚」、「亦黑　亦白」、「且白　且黑」，不只是空間色彩的呈現，更點出城市其實是白與黑、善良與邪惡、光明與黑暗等等的並存。〈出口〉寫著：「這天地一無分際／榮耀與羞辱塗抹黑也塗抹白」[48]，一方面運用黑與白象徵汙點與光環、失意與得意，另一方面，世間一切都無法以二元思考絕對區分，事物往往一體兩面，詩人也以「進退，都在方寸之中／出口，則在撒手之後」[49]提醒大家，看似無路可出之際，反而處處皆為出口。

　　再者，〈說是去看雪〉一詩裡，「將那山下的燈火／用雪包住，丟到孤寂暗黑的叢林裡」[50]，雖然未直接寫白色，但雪本身就是白色意象，同樣傳達了白與黑、光與暗的兩極對照；類似的手法也表現在〈迎接〉中，「黑夜用明月的嘴唇迎接亡故的靈魂」[51]，月光是黑色夜空裡稀有的白，黑夜與明月分別代表著死亡的哀傷與重生的希望，傳達了期盼災難過去、亡者安息的心情。

　　使用4次「黑」的〈處暑〉，從中元節放水燈的場景出發，詩末寫道：「給最黑給最黯，以微光以微熱／陰沈的風將會破涕歡樂／給乾渴的井以水聲／愛，澆息了恨火」[52]，「最黑」與「微光」、「最黯」與「微熱」，不只是黑與白的寫真，也代表著情緒的消長，愛終究可以融化仇恨。

　　通過前述詩作之討論，可以觀察到，向陽筆下的黑色，一方面以不同的黑色字詞出現，另一方面，黑常與白搭配運用，被用

---

[48] 向陽，〈出口〉，《亂》（臺北：印刻，2005），頁167。

[49] 向陽，〈出口〉，《亂》（臺北：印刻，2005），頁168。

[50] 向陽，〈說是去看雪〉，《心事》（臺北：漢藝色研，1987），頁14。

[51] 向陽，〈迎接〉，《亂》（臺北：印刻，2005），頁142。

[52] 向陽，〈處暑〉，《四季》（臺北：有鹿文化，2017），頁69。

於象徵時間的流動，也被用來形容自然界的色彩，或是意象的筆墨、抽象的靈感，含括時間、空間與心理層面的流轉。

參、黑暗、黑夜與烏雲：黑色意象的人間關懷

　　黑除了以色彩字出現，在向陽的詩作中，也常與其他物象或字詞連結，成為鮮明的黑色意象，並帶出詩人的人間想像與現世關懷。從附表1的相關統計，可以察覺向陽使用頻率最高的黑色意象，無疑是「黑暗」、「黑夜」與「烏雲」這三種，而這三種意象也經常的相互搭配出現，創造出獨特的氛圍與指涉。〈黑暗沉落下來〉[53]一詩及其臺語版〈烏暗沉落來〉[54]，詩題即可見到黑色字詞的使用，其中「黑」與「烏」各出現17次（包含詩題），光這兩首詩在整體的黑色意象上，就佔了34次，而其關鍵意象即為「黑暗」（烏暗），現代詩為求語言精煉，通常會避免詞彙重複，但詩人在詩中逆其道而行，刻意讓「黑」頻繁出現，自有其用意。

　　〈黑暗沉落下來〉是向陽在1999年九二一大地震隔日所完成的詩作，詩人蕭蕭曾經為文指出，這首詩寫在事件發生隔日，不但是最早出現的相關作品，更是最傑出的一首地震哀悼詩作，傳達了深切的感傷與真摯之情意。[55]黑色是「死亡的顏色」[56]，綜觀這兩首詩作，其刻劃的焦點都在於「黑暗沉落下來」（「烏暗沉落來」）一句，整首詩透過黑色與「地震」、「死亡」的聯繫，以及在詩作中的重複出現和變化，展現詩人對創傷下生理與

[53]　向陽，〈黑暗沉落下來〉，《亂》（臺北：印刻，2005），頁134-136。
[54]　向陽，〈烏暗沉落來〉，《亂》（臺北：印刻，2005），頁138-140。
[55]　白靈、張默主編，《八十八年詩選》（臺北：創世紀詩雜誌社，2003.3），頁155。
[56]　呂月玉譯，《色彩的發達》（臺北：漢藝色研，1986），頁134。

心理層次的關注，及其相應的人道關懷。

陳忠信在〈震殤與治療——試析向陽新詩之九二一地震書寫及其治療義蘊〉一文中便曾提到，面對九二一地震所帶來的巨大傷亡，詩人不是用「地牛」、「鰲龜」等地震神話中的「負地者」來詮釋地震的發生，而是以「黑暗」意象，來轉化地震所帶來的死亡與恐懼。他認為：

> 黑暗不但是因巨震所帶來的停電，更是災民內心對於生離死別的投射。對向陽而言，黑暗更代表著作者對於遠在南投震央親人平安與否的難以名狀苦刑與忐忑不安的煎熬。黑暗在詩人的心中不限圍於巨變所帶來的漆黑，而是死神與恐懼的轉化。[57]

這首詩分成四個大段落，首段著墨於事件發生當下的瞬間，次段點出災難對於家的摧毀，第三段進一步拉開視野描寫災難的毀滅性與對整個母土的創傷，末段則是回歸於內在，祈禱美麗島嶼上的人們都能夠平安度過此次災害，由小而大，由外而內，有層次地帶出觀看的視野與詩人的關懷。最值得注意的，是詩中連續出現16次的「黑暗沉落下來」，而每一段又都剛好出現了4次，由此可以推知，詩人是有意透過類疊修辭表現的方式，有節奏、有步調的反覆強化與凸顯，災難所帶來的巨大恐懼和創傷。

〈黑暗沉落下來〉一詩甫開頭出現的，便是「黑暗沉落下來」：

---

57 陳忠信，〈震殤與治療——試析向陽新詩之九二一地震書寫及其治療義蘊〉，《臺灣文獻》，第57卷2期（2006年6月），頁240-241。

黑暗沉落下來

在臺灣的心臟地帶

黑暗沉落下來

於我們憂傷的胸懷

黑暗沉落下來

當屋瓦牆垣找不到棲腳的所在

黑暗沉落下來

我的同胞陷身斷裂的生死之崖

「臺灣的心臟地帶」指的是這次災難的中心「南投」，那是詩人的故鄉，亦是眾人心中「憂傷的胸懷」。地震來臨時，一瞬之間眾人失去了「棲腳的所在」，也深陷「斷裂的生死之崖」。次段，則是以「黑暗沉落下來」，「在蝴蝶飛舞花香的鄉野」、「在小鳥啁啾南風的山谷」、「在煦和的燈前，在晚安的唇間」、「在香甜的夢裡，在舒坦的床上」，點出平凡的幸福在當下立即遭受災難性的摧毀，「黑暗」是現實生活的苦難，更是內心的恐懼與悲傷。

到了第三段時，「黑暗沉落下來」一句的句法開始有了改變：

黑暗，未經允許，重冪冪沉落下來

撕開平野，撕開山丘，撕開我們牽手相攜的路

撕開我們，交頭許諾永不分開的愛

黑暗，毫不知會，黑壓壓沉落下來

壓垮房舍，壓垮屋壁，壓垮我們用心維護的家宅

壓垮我們，闔眼許願美麗的未來

黑暗，碎瓦紛飛，沉落下來

黑暗，亂石堆疊，沉落下來

在前四句裡頭「未經允許」對上「毫不知會」，「重奠奠」則是對上「黑壓壓」，透過這種對稱的句法，詩人有意的讓「黑暗」成為災難的代名詞。在這一大段裡頭，「黑暗」二字都被獨立斷句出來，並反復出現，彷若一個被獨立觀看的客體，不被允許卻硬生生的「沉落下來」，毀壞的不僅是我們的家，還有曾經被許願的美麗未來。

到了末尾，詩行「黑暗沉落下來」的句法又有了兩種不同的呈現：

黑暗，沉落，下來

我心戚戚，祈求世紀末的悲劇速去

黑暗，沉落，下來

我心寂寂，冀望美麗島的裂傷早癒

黑暗沉落下來

我心憂憂，願冤死的魂魄永得居所

黑暗沉落下來

我心葛葛，盼倖存的生者堅強走過

透過斷句，「黑暗，沉落，下來」呈現出一種紓緩而又綿長的感覺，儘管我們祈願「悲劇遠去」、「裂傷早癒」，但現實卻是這樣的創傷所帶來的影響，是長遠而讓人記憶深刻的。到了最後四句「黑暗沉落下來」又回復到前兩段的斷句模式，作為一種有意的首尾呼應與收攝方式，詩人真心期望這一切終究能夠度

過，生者能夠繼續前行，母土能夠再恢復美麗的樣貌。在這首詩中，黑色的意象既代表創傷與疼痛，同時也顯現著詩人的現實關懷。

另外，大量出現黑色意象的還有〈霧社〉[58]這首詩作，同樣相當值得探討。〈霧社〉這首長達三百四十行的長篇敘事詩，是向陽在1979年、二十四歲時所寫，獲得1980年《中國時報》文學獎敘事詩優等獎，寫的是1930年泰雅族人（今「賽德克族」）抗日事件，史稱「霧社事件」的始末。當時的評審，鄭愁予五年後還特別撰文〈為詩獎拔起高峰的一首詩——向陽的〈霧社〉一詩〉[59]，從四點來肯定這首詩的藝術成就，一為選用「地支」來標註章次，鄭愁予認為此舉「象徵時間的切身與對生靈的關注」；二是作者對於古典詞彙及現代意象之融合，對話安排與白描闡述的並進，相當清楚且精準，顯見其語言掌控能力之精巧；三則是整首詩建立於一個完整的詩想上，人稱視角的設定與轉換都可見到詩人之用心；四是題材展現的人文關懷，鄭愁予指出：「從肯定人性尊嚴和從人類必須在一個平等互榮的基礎上才能生存下去的觀點上來看鄭，這首詩的主題就有了永恆性和普遍性。」

在1970年代末尾尚未解嚴的當時，向陽此詩的寫作大有以詩為臺灣寫史的企圖，詩人蕭蕭在評論〈霧社〉時即曾指出：

> 霧社事件雖然只是臺灣史上一個抗日事蹟而已，卻也可以是臺灣生存的一個暗喻，這是向陽的史觀，臺灣歷史的縮

[58] 向陽，〈霧社〉，《歲月》（臺北：大地，1985），頁125-151。
[59] 鄭愁予，〈為詩獎拔起高峰的一首詩——向陽的〈霧社〉一詩〉，原載於《中國時報·人間副刊》，1984年9月28日，收入向陽，《歲月》（臺北：大地，1985），頁155-161。

影。……霧社事件，向陽不寫事件發生的經過，不直接描繪日本施放毒氣的悲慘無人道，卻在醞釀悲劇氣氛中，步步進逼，讓詩劇情緒在達致臨界點之前飽漲而爆，這是向陽的史才。[60]

　　〈霧社〉共分為六個章節，用劇場處理的方式，由「子‧傳說」、「丑‧英雄莫那魯道」、「寅‧花岡獨白」、「卯‧末日的盟敵」、「辰‧運動會前後」與「巳‧悲歌，慢板」組成，要再現的是霧社事件爆發前後，賽德克族人的悲壯行動及其氛圍。在這首向陽早期相當具代表性的詩作中，黑色的意象也先後的出現過11次，貝蒂‧愛德華指出：「黑色一向與夜晚連在一起，暗夜無光，因此黑色也代表了無知、神秘，以及陰謀」[61]，〈霧社〉出現了4次「黑夜」，首段開頭，詩人旋即寫到：「傳說渾濛初開，所謂黑夜是沒有的／所謂陰陽疑懼即使夢也是看不到的」。「黑夜」的沒有，代表著光明在這塊土地的降臨，因此詩中可以看到，詩人不斷反覆申述著太陽與黑夜／黑暗間的關係：

　　　　太陽每天複述偉大而且不死的軌跡
　　　　為世界驅逐黑夜，為人間散佈光明
　　　　沒有黑夜，因此沒有恐懼不要鬼神
　　　　一切光明，所以禁絕隱私剝奪休息
　　　　連晨露也凝結不起來便無所謂幻滅

60　蕭蕭，〈向陽的詩，蘊蓄臺灣的良知〉，《臺灣詩學季刊》，第32期（2000年9月），頁158。
61　貝蒂‧愛德華著，朱民譯，《像藝術家一樣彩色思考》（臺北：時報，2006），頁174。

連晚霞也飛飄不上來更無需乎驚醒

所謂黑暗是沒有的，一切如此光明

在泰雅族的創世神話中，天地曾經永畫而沒有黑暗，「一切如此光明」代表著的是未遭受破壞、最原初的世界。隨著祖靈泰耶（或稱「泰耶爾」）的誕生，天地開始改變，詩中云：「第二日，風吹西北西，太陽照不停／依舊，依舊是西方初落東方昇一顆／族人惶懼，所謂黑夜，一點點休息／是必要的，」在這裡，「黑夜」除了是與白畫的時間區別，亦代表著人們希望在日間的活動中，能夠獲得喘息與休憩的機會，於是，也創造出了射日的故事與神話，讓永不落的太陽能夠歇下。

事實上，「子·傳說」中對於這則傳說的描寫，要對應的其實是1930年代日人對原住民的殘忍無道，因此，「丑·英雄莫那魯道」也就順應的帶出「莫那魯道垂目說：我們／都是那泰耶的子孫，當要牢記／天上的太陽無道，猶可誅之／何況地下一切殘暴的鷹犬」，在這首詩中，「黑暗」、「黑夜」反而成為對應於殘酷之日（與日人）的救贖。

除了「黑暗」與「黑夜」，「烏雲」也是向陽詩作常見的黑色意象，長度僅有二十行的詩作〈對著一顆星星〉，總計共出現3次烏雲、2次黑（黝黑、漆黑），寫的是詩人在夜裡的觀察與凝思：

對著一顆星星，在闇夜

黝黑高樓闃寂的牆角下

我的眼裏也見證著星星

幽微的亮光，它閃爍著

努力要打開明日的天空
又得提防不被烏雲隨時
在不留意間，將它刷掉
它逡巡、它徘徊也憂傷
除了自己誰來陪它站崗
對著這顆星星，我黯然

對著這顆星星，我冷然
把身子拋出高樓的陰影
站到風與夜都能目擊的
空地上，仰頭望向天空
追尋它熠熠含光的方位
而風鼓動著烏雲，烏雲
令夜淒其，我眸中所見
僅是無盡漆黑，那星星
已撤了崗哨，留置給我
天與地間止不住的孤寒[62]

　　高樓的黑、夜空的黑與烏雲，一幕幕強化了「無盡漆黑」的形象，呼應著詩末之孤寒，值得注意的是，詩中「闇夜」、「闃寂」、「幽微」、「憂傷」、「黯然」、「冷然」、「陰影」、「孤寒」等詞彙，也都和黑色的色彩感覺直接或間接相關，與黑色象徵孤獨、寂靜等抽象意涵相互映照，詩人透過黑色意象的多次運用，形塑出夜晚的黯淡無光。一顆努力亮光幽微，要打開明

---

[62] 向陽，〈對著一顆星星〉，《歲月》（臺北：大地，1985），頁11-12。

日天空，又要提防被烏雲掩蓋的星星，既是與詩人相互對望，也可以說是詩人的投射或化身，在第二段中連續出現的「烏雲」，一方面藉由意象的重複，表現風的流動、烏雲的飄移，另一方面，烏雲也為眼眸帶來無盡的黑，黑是夜空的畫面、心底的感受，更代表著現實的考驗與困頓。

肆、結語

作為一個時時關心著母土的詩人，向陽詩中的黑傳遞著的，是他對現實的關懷與生命的哲思。自詡為向陽哥哥的詩人向明，曾經一語見地的指出：

> 向陽是很有思想個性的。他的詩沒有一首是無病呻吟，每一首都有骨頭可啃。雖然他思想主張向陽，可他的詩的觸角卻也敏銳地伸向那些不見天日的地方，和不公不義的暗室。因為他感覺到「這是一個快樂與悲哀同在的時代，七月半鴨不知死活的世界」，因此詩人有義務為快樂而歌唱陽光，更有責任為悲哀而刺痛靈魂的覺醒。[63]

向明的這段話，無疑揭示了詩人向陽，既歌詠於這塊母土上正向力量的昂揚；同時也要我們關注，那些存在於歷史或是現實之中，有待於重新詮釋或改變的黑暗面。

從上述相應的分析我們可以知道，與筆名「向陽」的陽光形象相比，黑色意象在詩中的大量出現，代表的並非負面、邪

---

[63] 向明，〈我有一個寫詩的弟弟——管窺向陽的詩和人〉，《文訊》，第170期（1999年12月），頁11。

惡或墮落；相反的，顯現出的其實是詩人對人性幽微的內在覺察，對社會現實與弱勢的關照，以及對歷史真相的挖掘與書寫，正如向陽自言，他的詩是從「人間愛」出發的，「將視野放在人類及其悲喜上」[64]。前述對黑色字詞與三個常見黑色意象相關詩作的討論，無疑的有助於我們更加清楚地理解與印證此點。

整體來看，向陽現代詩的黑色意象經營，一方面以黑、烏、墨、玄、黛等顏色詞出現，透過多層次的黑色圖譜，傳達具體或者抽象的情感暗示。黑既是用來形容自然界的色彩，或是意象的筆墨、抽象的靈感，也含攝進時間、空間與心理層面的流轉。此外，在黑白意象搭配的詩作中，亦可窺見他對協調、對稱的美學追求，以及黑白、善惡、光影等議題的深刻思辨。

另一方面，向陽詩作裡的黑常與自然意象相結合，用以闡釋詩人對臺灣島嶼的愛、對社會的關懷，這也是向陽現代詩中黑色意象所呈顯出的一大特點。像是書寫九二一大地震的〈黑暗沉落下來〉、〈烏暗沉落來〉以及記錄臺灣歷史的敘事詩〈霧社〉，展現而出的是詩人的社會關懷。至於〈對著一顆星星〉一詩，則由外在環境轉向內心，透過物我相互觀照，傳達詩人對現實的凝思與美好未來的企盼。進一步來看，黑夜、烏雲皆屬於自然意象，自然意象實際上也是向陽色彩經營的一大特徵；而談到自然意象，就不能不提到在向陽詩人也佔不小比例的青色系，相關論述可參另文〈向陽現代詩的青色意象〉。

---

[64] 向陽，〈情調的節點——一個寫詩人的自述〉，《銀杏的仰望》（臺北：故鄉，1979再版），頁211。

引用書目

詩集

向陽，《十行集》（臺北：九歌，2004二版）。

向陽，《心事》（臺北：漢藝色研，1987）。

向陽，《四季》（臺北：有鹿文化，2017）。

向陽，《向陽詩選》（臺北：洪範書店，1999）。

向陽，《向陽臺語詩選》（臺南：真平企業，2002）。

向陽，《亂》（臺北：印刻，2005）。

向陽，《歲月》（臺北：大地，1985）。

向陽，《種籽》（臺北：東大圖書，1980）。

向陽，《銀杏的仰望》（臺北：故鄉，1979再版）。

專書

大智浩著，陳曉冏譯，《設計的色彩計劃》（臺北：大陸書店，1982）。

廿一世紀研究會原著，張明敏譯，《色彩的世界地圖》（臺北：時報，2005）。

卡西亞·聖·克萊兒作，蔡宜容譯，《色彩的履歷書——從科學到風俗，75種令人神魂顛倒的色彩故事》（臺北：本事，2017），頁34。

白靈、張默主編，《八十八年詩選》（臺北：創世紀詩雜誌社，2003）。

白靈、傅天虹主編，《臺灣中生代詩人兩岸論》（臺北：創世紀詩雜誌社，2014）。

何耀宗，《色彩基礎》（臺北：東大圖書，1984）。

呂月玉譯，《色彩的發達》（臺北：漢藝色研，1986）。

李銘龍編著，《應用色彩學》（臺北：藝風堂，1994）。

李蕭錕，《臺灣色》（臺北：藝術家，2003）。

谷欣伍編，《色彩理論與設計表現》（臺北：武陵，1992）。

貝蒂·愛德華著，朱民譯，《像藝術家一樣彩色思考》（臺北：時報，2006）。

林于弘，《群星熠熠——臺灣當代詩人析論》（臺北：秀威資訊，2012）。

林昆範，《色彩原論》（臺北：全華科技，2005）。

林書堯，《色彩認識論》（臺北：三民，1986）。

林磐聳、鄭國裕編著，《色彩計劃》（臺北：藝風堂，1999）。

許慎撰、段玉裁注，《新添古音說文解字》（臺北：洪葉文化，1998）。

陳政彥，《臺灣現代詩的現象學批評：理論與實踐》（臺北：萬卷樓，2011）。

陳瀅州記錄整理，〈從經典回歸現實，以現實締構經典──從向陽詩集《亂》談起〉，收錄於張德本等作，《漫遊的星空：八場臺灣當代散文與詩的心靈饗宴》（臺南：國立臺灣文學館，2007），頁122-135。

曾啟雄，《色彩的科學與文化》（臺北縣：耶魯國際文化，2003）。

黃仁達，《中國顏色》（臺北：聯經，2011）。

黎活仁、白靈、楊宗翰主編，《閱讀向陽》（臺北：秀威資訊資訊，2013）。

蕭蕭，《燈下燈》（臺北：東大圖書，1980）。

賴瓊琦，《設計的色彩心理：色彩的意象與色彩文化》（臺北縣：視傳文化，1997）。

戴孟宗，《現代色彩學：色彩理論、感知與應用》（新北：全華圖書，2015三版）。

顧蕙倩，《在巨人的國度旅行──當代語文研究、教學與實踐》（臺北：秀威經典，2017）。

期刊

方耀乾，〈為父老立像，為土地照妖──論向陽的臺語詩〉，《海翁臺語文學》38期（2005.02），頁4-33。

向明，〈我有一個寫詩的弟弟──管窺向陽的詩和人〉，《文訊》170期（1999.12），頁10-12。

向陽演講、莊志豪記錄，〈現代詩創作的四道門檻─詩的四性〉，《INK印刻文學生活誌》153期（2016.05），別冊頁12-30。

李桂媚，〈詩歌交疊──論向陽〈我有一個夢〉的音樂性〉，《吹鼓吹詩論壇》29號（2017.06），頁60-63。

沙牧，〈提著籠子捉鳥──試論向陽的〈十行集〉〉，《藍星詩刊》3期（1985.04），頁53-57。

岩上，〈亂中的秩序——析論向陽詩集《亂》〉，《當代詩學》8期
　　（2013.02），頁209-242。

林明理，〈收藏鄉土的記憶——向陽的詩賞析〉，《乾坤詩刊》54期
　　（2010.04），頁124-128。

林燿德，〈遊戲規則的塑造者——綜論向陽其人其詩〉，《文藝月刊》200期
　　（1986.02），頁54-67。

邱妍慈，〈向陽兒童詩之音韻風格研究——以〈放風箏的日子〉為例〉，《中
　　國語文》704期（2016.02），頁92-102。

茅雅媛，〈向陽《四季》的多元色彩〉，《臺灣詩學學刊》26期（2015.11），
　　頁149-166。

陳忠信，〈震殤與治療——試析向陽新詩之九二一地震書寫及其治療義蘊〉，
　　《臺灣文獻》57卷2期（2006.06），頁235-254。

陳意平，〈向陽兒童詩〈臺灣的孩子〉音韻風格研究〉，《中國語文》689期
　　（2014.11），頁84-94。

游喚，〈十行斑點‧巧構形似——評介向陽新詩〈十行集〉〉，《文訊》19期
　　（1985.08），頁184-195。

楊子澗，〈期待新格律詩時代的到來——我讀向陽的〈十行集〉〉，《文訊》
　　16期（1985.02），頁103-114。

蕭蕭，〈向陽的詩，蘊蓄臺灣的良知〉，《臺灣詩學季刊》32期（2000.09），
　　頁141-160。

學位論文

張琰英，《土地的回聲——向陽臺灣河洛語詩的歌謠性格》，（新北：真理大
　　學臺灣文學系學士論文，2001）。

陳彥文，《向陽《十行集》之音韻風格研究》，（彰化：國立彰化師範大學國
　　文學系碩士論文，2011）。

葉紅序，《謝宗仁《向陽臺語童詩四首》之探究》，（臺北：國立臺北藝術大
　　學音樂學系碩士在職專班碩士論文，2018）。

附錄

附表1　向陽現代詩黑色系色彩字統計

序號	詩名	詩句	詩集	頁碼
1	〈落雨的小站〉	在東部，一個烏雲擁吻陽光的午後	《銀杏的仰望》	3
			《歲月》	65
2	〈秋的箋註〉	春天的筆墨是秋天最令人掩卷的箋註	《銀杏的仰望》	5
3	〈花想〉	在黑夜中猶執著於容顏的花	《銀杏的仰望》	19
4	〈說是去看雪〉	用雪包住，丟到孤寂暗黑的叢林裡	《銀杏的仰望》	26
			《心事》	14
5	〈髮殤〉	似乎有婉拒的愛情，浣洗妳烏鬱的眸	《銀杏的仰望》	37
			《心事》	37
6	〈夜雨〉	眼不見茫茫的去路不見烏黑的林徑不見	《銀杏的仰望》	44
		眼不見茫茫的去路不見烏黑的林徑不見	《銀杏的仰望》	44
		便可在黑夜裏轟轟烈烈地走它一遭幹它一場	《銀杏的仰望》	44
		便可在黑夜裏靈靈光光地除盡蛇狼剷盡荊莽	《銀杏的仰望》	45
7	〈聲聲慢〉	摸黑走進了滿地垃圾堆積的屋裏	《銀杏的仰望》	63
8	〈無獨有偶〉	一枝彩筆蘸著墨汁可以隱瞞	《銀杏的仰望》	67
		一瓶墨汁抓著草書可以舞爪	《銀杏的仰望》	67
		一群草書抓住墨汁可以升值	《銀杏的仰望》	68
		一瓶墨汁蘸住彩筆可以變相	《銀杏的仰望》	68
10	〈子夜十行〉	窗外：一望漆黑；窗內	《銀杏的仰望》	85
	〈子夜〉		《十行集》	58
11	〈秋訊十行〉	黑白的色距中夸飾著對比的明暗	《銀杏的仰望》	97
	〈秋訊〉		《十行集》	71
12	〈雨之假面〉	在易水在烏江在鏖戰的眾河，花般開落	《銀杏的仰望》	142

序號	詩名	詩句	詩集	頁碼
13	〈輪軸〉	從揚子到珠江，從黑水到黃河	《銀杏的仰望》	147
14	〈河悲〉	經緯皆零，據聞有火篝一逕以黧黑前行	《銀杏的仰望》	153
		訣別的濾網，網外一望漆黑	《銀杏的仰望》	153
		以烏墨染黑湛藍的紙，塑我為星	《銀杏的仰望》	154
		以烏墨染黑湛藍的紙，塑我為星	《銀杏的仰望》	154
		以烏墨染黑湛藍的紙，塑我為星	《銀杏的仰望》	154
		我看到不齒的烏汙雙唇，冷冷	《銀杏的仰望》	160
		不意沙灘寸斷，一縷孤煙黧黑	《銀杏的仰望》	161
		我是自昇至降全身黧黑的一冊書	《銀杏的仰望》	161
15	〈秋聲四葉〉	鱸鰻的水域烏雲外自有天青	《銀杏的仰望》	168
16	〈阿爹的飯包〉	有一日早起時，天還黑黑	《銀杏的仰望》	178
		有一日早起時，天猶黑黑	《向陽臺語詩選》	28
		有一日早起時，天還黑黑	《銀杏的仰望》	178
		有一日早起時，天猶黑黑	《向陽臺語詩選》	28
17	〈阿母的頭鬃〉	頭鬃，烏金柔軟又滑溜	《銀杏的仰望》	179
			《向陽臺語詩選》	30
18	〈暗中的玫瑰〉	唯鬱黑是一切眾色的出航	《種籽》	3
			《歲月》	69
19	〈夜過小站聞雨〉	翻過暗黑的山巒無語的夜	《種籽》	5
			《歲月》	71
		歎唷迅即被黑夜的嘴吞噬	《種籽》	6
			《歲月》	72
20	〈青空律〉	更多莫名的血墨沒沒而終	《種籽》	8
			《歲月》	74

序號	詩名	詩句	詩集	頁碼
21	〈悲回風〉	那在鬱黑中冷然迸放的光	《種籽》	10
			《歲月》	84
22	〈野渡〉	讓你記得我的粉黑	《種籽》	30
			《心事》	52
		我烏汙的唇色，因你的熱吻	《種籽》	30
			《心事》	52
23	〈旅途〉	烏鬱的山群背後，就是花蓮呢	《種籽》	33
			《心事》	59
		妳的淚落，要是在黑夜	《種籽》	34
			《心事》	60
		突破夜黑，引妳仰望第一顆啟明	《種籽》	34
			《心事》	60
24	〈信痕〉	遙望漆黑闐闐的野原，緊貼著	《種籽》	36
			《心事》	64
25	〈血帘十行〉	漆黑中傳下溫暖的酒令	《種籽》	49
	〈窗帘〉		《十行集》	53
26	〈楚漢十行〉	烏江北畔不至騅止風起	《種籽》	51
	〈楚漢〉		《十行集》	54
27	〈孤煙十行〉	烏青地，你緩緩站起，	《種籽》	59
	〈孤煙〉	烏青地，你緩緩站起，甚至	《十行集》	94
28	〈原野十行〉	夜已靜謐，濃黑緩緩落下來，	《種籽》	63
	〈原野〉		《十行集》	98
	〈原野十行〉	燈火一旋身，便將秋燃成滿天稠黑，	《種籽》	63
	〈原野〉	燈火一旋身，便將秋燃成滿天稠黑。	《十行集》	98
29	〈風燈十行〉	你摸黑來小站駐足，然後離我——	《種籽》	79
	〈風燈〉		《十行集》	114
	〈風燈十行〉	向黑裏走了，在簷瓦與支柱間，	《種籽》	79
	〈風燈〉		《十行集》	114
	〈風燈十行〉	邁過身影你走入漆黑大地。	《種籽》	79
	〈風燈〉	你踏過身影走入漆黑大地。	《十行集》	115
30	〈水月十行〉	泊靠我眼睫微顫入夜後黯黑的心情	《種籽》	95
	〈水月〉		《十行集》	130

序號	詩名	詩句	詩集	頁碼
31	〈仰望的旗幟〉	淚雨踏悲憤的腳步阻止不了巨椽筆**墨**之涸竭	《種籽》	110
32	〈穀雨〉	而您瘦**黑**，回去凍頂舊厝	《種籽》	118
			《歲月》	33
33	〈別愁〉	投給不斷湧來的**黑**夜	《種籽》	127
			《歲月》	88
		不被突然掩至的**烏**雲吞噬	《種籽》	127
			《歲月》	88
		修遠迢遠，下紹子孫接續的筆**墨**	《種籽》	129
			《歲月》	90
34	〈霧社〉	傳說渾濛初開，所謂**黑**夜是沒有的	《種籽》	131
			《歲月》	125
		為世界驅逐**黑**夜，為人間散佈光明	《種籽》	132
			《歲月》	126
		沒有**黑**夜，因此沒有恐懼不要鬼神	《種籽》	132
			《歲月》	126
		所謂**黑**暗是沒有的，一切如此光明	《種籽》	132
			《歲月》	126
		族人惶懼，所謂**黑**夜，一點點休息	《種籽》	134
			《歲月》	128
		染**黑**天地花草和森林	《種籽》	148
			《歲月》	144
		天空已沉，**烏**雲密佈	《種籽》	148
			《歲月》	144
		各路人馬乘**黑**再回到莫那魯道身旁	《種籽》	148
		各路人馬乘**黑**再回莫那魯道身旁	《歲月》	145
		莫那魯道抬眼望向漆**黑**的天際	《種籽》	148
			《歲月》	145
		留置在此，灰黯**烏**鬱的麻海堡岩窟	《種籽》	151
			《歲月》	148
35	〈校長先生來勸募〉	無嫌阮庄腳人兩手**烏**糜糜	《種籽》	171
			《向陽臺語詩選》	62

序號	詩名	詩句	詩集	頁碼
36	〈黑天暗地白色老鼠咬布袋〉	當初我和他競爭，黑天暗地	《種籽》	173
			《向陽臺語詩選》	68
		我只敢偷兩分，他黑落去的就五分	《種籽》	174
			《向陽臺語詩選》	68
		偷偷減兩桶水泥加三桶水，黑天暗地	《種籽》	175
		偷減兩桶水泥偷加三桶水，黑天暗地	《向陽臺語詩選》	69
37	〈三更半暝一隻貓仔喵喵哮〉	想到跨過臭水溝一腳一腳黑金的皮鞋	《種籽》	179
		想起跨過臭水溝一腳一腳黑金的皮鞋	《向陽臺語詩選》	73
38	〈猛虎難敵猴群論〉	猛虎黑張飛者在庄是我	《種籽》	181
			《向陽臺語詩選》	78
		刀劍閃光拳頭暗黑好奸險	《種籽》	183
			《向陽臺語詩選》	79
		猛虎黑張飛者在庄是我	《種籽》	184
			《向陽臺語詩選》	80
39	〈青暝雞啄無蟲說〉	天若黑，地就黯	《種籽》	186
	〈青盲雞啄無蟲說〉		《向陽臺語詩選》	81
	〈青暝雞啄無蟲說〉	囝仔腹肚餓啼哭四邊鳥	《種籽》	186
	〈青盲雞啄無蟲說〉	囝仔腹肚枵啼哭四邊鳥	《向陽臺語詩選》	81
40	〈鳥矸仔裝豆油證〉	天頂若無鳥雲就不落雨	《種籽》	190
			《向陽臺語詩選》	88
		玻璃矸仔若鳥恐驚是乞食假大仙	《種籽》	190

序號	詩名	詩句	詩集	頁碼
40	〈烏矸仔裝豆油證〉	玻璃罐仔若烏恐驚是乞食假大仙	《向陽臺語詩選》	88
		鹿仔仙，頭路無半項一襲短褲兩手烏	《種籽》	191
			《向陽臺語詩選》	88
		玻璃矸仔若烏大仙假乞食	《種籽》	192
		玻璃罐仔若烏大仙假乞食	《向陽臺語詩選》	89
		天頂若無烏雲夕講照常會落雨	《種籽》	192
			《向陽臺語詩選》	89
41	〈水太清則無魚疏〉	老師得食黑板粉筆兼生氣	《種籽》	196
			《向陽臺語詩選》	94
42	〈白鷺〉	便烏雲狂風疾雨也無需畏懼	《十行集》	149
43	〈額紋〉	您的頭髮從黑洗到白，從白	《十行集》	160
44	〈汙點〉	墨，可能都來自同一個瓶裏	《十行集》	170
		所謂汙點，大概是墨所始料	《十行集》	171
		水死亡之間，墨其實也無法	《十行集》	171
		是在墨黑處左右為難的價值	《十行集》	171
		是在墨黑處左右為難的價值	《十行集》	171
45	〈角色〉	無涯際的黑把光線極力壓低	《十行集》	186
46	〈對著一顆星星〉	黝黑高樓闃寂的牆角下	《歲月》	11
		又得提防不被烏雲隨時	《歲月》	11
		而風鼓動著烏雲，烏雲	《歲月》	12
		而風鼓動著烏雲，烏雲	《歲月》	12
		僅是無盡漆黑，那星星	《歲月》	12
47	〈歲杪抄詩〉	一株曇花在黑鬱中	《歲月》	14
48	〈欲曙〉	打開籠罩身旁無邊的黑幕	《歲月》	18
49	〈破曉〉	隱隱畏縮在最黑最暗處	《歲月》	19
50	〈鏡子看不見〉	到處看得到一張張炭黑的小臉，	《歲月》	36
		他們的世界漆黑依舊，平靜的	《歲月》	36

序號	詩名	詩句	詩集	頁碼
50	〈鏡子看不見〉	然則在一望漆黑中你們也知道	《歲月》	37
		看不見老師臉上蜂巢似的黑痘	《歲月》	39
51	〈在廊柱和落葉之間〉	交給了黑鬱深蓋的門後的虛空	《歲月》	42
		想像天黑後一個老人默然搖首	《歲月》	42
52	〈關上那光　打開那暗〉	休憩，一點點，黑暗	《歲月》	52
53	〈唸給寶寶聽〉	黑暗。舒開眉頭	《歲月》	58
54	〈在雨中航行〉	在綿密的雨中，潑黑般的	《歲月》	93
		我們努力航行！在黑夜與黎明	《歲月》	94
		為燈，在黑與夜裏叫出	《歲月》	94
		而在此際綿密的雨中，潑黑般的	《歲月》	97
55	〈在寬闊的土地上〉	利刃同時在最黑最幽最暗處	《歲月》	101
56	〈到竹山看竹〉	連天上的烏雲也羨慕	《歲月》	106
57	〈立春〉	黑暗，許是星星發光的理由	《四季》	27
58	〈雨水〉	烏魚群躲避著羅網	《四季》	28
		黑潮不捨，由南北上	《四季》	28
		黑潮沖激，沿島的東域	《四季》	29
59	〈小滿〉	打破樹上烏鴉的睡意	《四季》	46
		打破樹上烏鴉的睡意	《四季》	47
60	〈芒種〉	線裝、霉爛、粗黑的宋體字	《四季》	49
61	〈小暑〉	推開窗子，首先是烏雲	《四季》	56
62	〈處暑〉	潛伏在最黑最黯處	《四季》	68
		暗戀著光明的黑夜	《四季》	68
		給水燈燭，黑才有依靠	《四季》	69
		給最黑給最黯，以微光以微熱	《四季》	69
63	〈秋分〉	黑濁的廢水	《四季》	75
64	〈寒露〉	通過鬱黑的甬道	《四季》	78

序號	詩名	詩句	詩集	頁碼
65	〈霜降〉	沿黑亮的鐵軌,幻影	《四季》	80
66	〈小寒〉	垂下厚重的烏雲歡迎她	《四季》	100
67	〈一首被撕裂的詩〉	黑是此際□□□□□	《亂》	18
68	〈我有一個夢〉	不許廢水、黑煙汙染家園	《亂》	32
69	〈月亮已經回家去了〉	灰黑煙灰纏綿明豔的唇膏	《亂》	40
70	〈火與雪溶成的〉	從靜浦、舞鶴到烏漏	《亂》	52
71	〈亂〉	墨藍的天空隱藏迷幻的紅	《亂》	56
		囚車烏黑,滿載叛徒顛簸前行	《亂》	57
		囚車烏黑,滿載叛徒顛簸前行	《亂》	57
72	〈龍的文本以及它的四種變體〉	從黑髮　朝思	《亂》	71
73	〈掌中集〉	找不到我要的黑	《亂》	82
74	〈日的文本及其左右上下〉	在黑夜裡點燈	《亂》	90
		照亮黑夜	《亂》	90
		以防止我們在黑夜裡繼續點燈	《亂》	91
75	〈在大街上走失〉	當成黑漆漆的馬路	《亂》	95
76	〈暗雲〉	潑灑在天馬茶房外黑漆漆的街道	《亂》	96
		暗天　黑地　暗黑的心	《亂》	97
		暗天　黑地　暗黑的心	《亂》	97
		暗暗黑黑久被植民的山川河海淒淒然	《亂》	97
		暗暗黑黑久被植民的山川河海淒淒然	《亂》	97
		劃下黑框,劃出禁區	《亂》	97
		盤據在烏鬱的美麗島上	《亂》	99
77	〈咬舌詩〉	搞不清楚我的白天比你的黑夜光明還是你的黑夜比我的白天美麗?	《亂》	103
		搞不清楚我的白天比你的黑夜光明還是你的黑夜比我的白天美麗?	《亂》	103

序號	詩名	詩句	詩集	頁碼
78	〈光的跋涉〉	抗拒黑暗的燈	《亂》	111
79	〈城市，黎明〉	深了，以一口濃黑的痰，吐	《亂》	128
		從黑色的夜中掙出頭來的	《亂》	128
		A大樓第68層窗口的燈居然還亮在烏雲要散不散處	《亂》	129
		白色的布，黑色的字	《亂》	129
		黑色的血，白色的淚	《亂》	129
		亦黑　亦白	《亂》	131
		且白　且黑	《亂》	131
80	〈黑暗沉落下來〉	黑暗沉落下來	《亂》	134
		黑暗沉落下來	《亂》	134
		黑暗沉落下來	《亂》	134
		黑暗沉落下來	《亂》	134
		黑暗沉落下來	《亂》	135
		黑暗沉落下來	《亂》	135
		黑暗沉落下來	《亂》	135
		黑暗沉落下來	《亂》	135
		黑暗，未經允許，重莫莫沉落下來	《亂》	135
		黑暗，毫不知會，黑壓壓沉落下來	《亂》	135
		黑暗，毫不知會，黑壓壓沉落下來	《亂》	135
		黑暗，碎瓦紛飛，沉落下來	《亂》	136
		黑暗，亂石堆疊，沉落下來	《亂》	136
		黑暗，沉落，下來	《亂》	136
		黑暗，沉落，下來	《亂》	136
		黑暗沉落下來	《亂》	136
		黑暗沉落下來	《亂》	136
81	〈烏暗沉落來〉	烏暗沉落來	《亂》	138
		烏暗沉落來	《亂》	138
		烏暗沉落來	《亂》	138
		烏暗沉落來	《亂》	138
		烏暗沉落來	《亂》	139

序號	詩名	詩句	詩集	頁碼
81	〈烏暗沉落來〉	烏暗沉落來	《亂》	139
		烏暗沉落來	《亂》	139
		烏暗沉落來	《亂》	139
		烏暗，無得著咱的允准，重晃晃沉落來	《亂》	139
		烏暗，攏無給咱通知，烏嘛嘛沉落來	《亂》	139
		烏暗，攏無給咱通知，烏嘛嘛沉落來	《亂》	139
		烏暗，破瓦亂亂飛，沉落來	《亂》	140
		烏暗，砂石盈盈滾，沉落來	《亂》	140
		烏暗，沉，落來	《亂》	140
		烏暗，沉，落來	《亂》	140
		烏暗沉落來	《亂》	140
		烏暗沉落來	《亂》	140
82	〈迎接〉	黑夜用明月的嘴唇迎接亡故的靈魂	《亂》	142
83	〈春回鳳凰山〉	在鄉人黧黑的臉上烙出自信的光芒	《亂》	152
84	〈在砂卡礑溪〉	跟隨紅嘴黑鵯在山黃麻枝頭	《亂》	156
		逐一走進玄黑曲折的大理石紋	《亂》	157
		逐一走進玄黑曲折的大理石紋	《亂》	157
85	〈戰歌〉	挾持烏煙、陰寒與灰濁	《亂》	160
86	〈出口〉	扒開厚沉沉的烏雲，怒目相看	《亂》	166
		榮耀與羞辱塗抹黑也塗抹白	《亂》	167
87	〈被恐懼佔領的城堡〉	恐懼一切烏有在恐懼中我們測量體溫心跳	《亂》	179
88	〈銘刻〉	在生命中最暗黑的那一剎	《亂》	182
89	〈著賊偷〉	轉來一看天烏烏	《向陽臺語詩選》	108
		轉來一看天烏烏	《向陽臺語詩選》	108

序號	詩名	詩句	詩集	頁碼
90	〈虎入街市〉	伊只要亂吼一陣，黑煙一噴	《向陽臺語詩選》	130
91	〈魚行濁水〉	白煙黑煙灰煙黑白煙	《向陽臺語詩選》	133
		白煙黑煙灰煙黑白煙	《向陽臺語詩選》	133

向陽現代詩的青色意象

壹、前言

　　作為臺灣1950世代相當具代表性的作家，向陽（1955-）的詩作中經常可見自然意象的出現，從詩集名稱《銀杏的仰望》、《種籽》、《土地的歌》等，即可窺見一二。在〈好山好水好臺灣——我的地誌詩書寫〉一文中，向陽就曾明白地指出，從13歲開始寫詩時，他的故鄉南投縣鹿谷鄉的名山秀水，就已涵養著他的文學夢想。換言之，向陽在文學道路的出發上，一開始便與「好山好水」繫上不解之緣：

> 高中時我瘋狂追求我的文學夢，創立了笛韻詩社，刻鋼版
> 油印出詩刊，每年寒暑假都在竹山鹿谷的風景名勝野營，
> 談文論藝。溪頭、鳳凰、竹林、桶頭、凍頂、杉林溪……
> 這些地方都融入我年輕的生命。……我與青山綠水有緣，
> 上大學時我讀文化學院，陽明山、七星山、大屯山又與我
> 朝夕相見。[1]

　　學者們在研究向陽的詩作時，也多半注意到了這個現象。論者如游喚在評介《十行集》時就曾談到，這本詩集從目錄到內

---

[1] 向陽，〈好山好水好臺灣：我的地誌詩書寫〉，《全國新書資訊月刊》，第174期（2013年6月），頁13。

文，不乏「天地自然之象」[2]；蕭蕭也曾指出：「向陽的詩，每每藉由大自然物象涵蘊曲折的心思」[3]；詩人劉益州則觀察到，「植物的意象在向陽詩中常具有時間的意義」[4]；林婉瑜曾論及，《向陽詩選》一書常見花草植物意象[5]；渡也則認為，向陽詩作大量使用山林元素，一方面是受屈原《楚辭》影響，另一方面與南投鹿谷的成長歷程，以及陽明山文化大學的求學經驗有關[6]。

筆者在〈向陽現代詩的黑色意象〉一文中，嘗試爬梳向陽現代詩黑色色彩意象使用之特色，發現在向陽扣除重複收錄後的253首現代詩中，色彩使用頻率以黑色系（黑、烏、墨、玄、黛）210次為最高，其次則是藍色系（青、藍）的137次；而顯明的，其筆下的黑常與自然意象結合，藍色系也與自然意象緊密相關。換言之，向陽詩作中的顏色運用，與其自小朝夕相處的山水，其實是脫離不了干係的。

從色彩學的角度來看，一如Alexander Theroux所言：「中國詩中形容天和草用的是同一個字『青』」[7]。Ruben Pater也說：「有許多語文藍色和綠色是同一個字」[8]。因此，可將藍色系與

2 游喚，〈十行斑點・巧構形似——評介向陽新詩〈十行集〉〉，《文訊》，第19期（1985年8月），頁189。

3 蕭蕭，〈現實主義美學——臺灣新詩驗證的現實主義美學〉，《臺灣新詩美學》（臺北：爾雅，2004），頁256。

4 劉益州，〈他者的綿延——向陽《歲月》中自我與生命時間意識的表述〉，收錄於黎活仁、白靈、楊宗翰主編：《閱讀向陽》（臺北：秀威資訊資訊，2013），頁166。

5 林婉瑜，〈光合作用——讀向陽詩〉，收錄於胡衍南主編：《紅樓文薈——第三屆全球華文作家論壇文集》（臺北：臺灣學生書局，2016），頁25。

6 渡也，〈山林向陽與向陽山林〉，《新詩新探索》（臺北：秀威資訊，2016），頁83。

7 Alexander Theroux著，冷步梅譯，《三原色：藍、黃、紅》（臺北：聯經，1997），頁39。

8 Ruben Pater作，蔡伊斐譯，《設計政治學：視覺影像背後的政治意義、文化背景

綠色系共同納入青色系系譜來討論。「青」介於藍綠之間，是由藍提煉成的色彩，屬於藍色的一種；但「青」有時也具備綠色意涵，可以用來形容草木的顏色，植物意象屬於綠色意象，同樣包含在自然意象中。

　　若將藍與綠合併來看，藍色字詞（青、藍）137次，加上綠色字詞（綠、翠、碧）79次，總計出現216次，青色系色彩字使用次數其實與最常出現的黑色意象不相上下。以單冊詩集觀之，每冊詩集都可見到為數不少的青色色彩詞（詳參表1），其中以「青」之使用最為頻繁，其次為「綠」、「藍」，《向陽臺語詩選》更是僅出現「青」字。從整體詩作來看，253首詩作高達96首詩（詳參附表1）運用青色意象，比例近四成，由此可推論青色之於詩人具有其特殊性。

表1　向陽詩集青色系色彩字使用統計（含詩題）

色彩字／詩集	青	藍	綠	翠	碧
《銀杏的仰望》	13首、27次	6首、12次	6首、11次	1首、1次	3首、3次
《種籽》	18首、38次	4首、4次	13首、14次	6首、9次	7首、11次
《十行集》	7首、8次	5首、5次	7首、7次	1首、1次	2首、2次
《歲月》	11首、26次	3首、3次	5首、6次	4首、6次	2首、3次
《四季》	6首、8次	3首、3次	10首、11次	3首、3次	無
《心事》	5首、6次	1首、1次	2首、2次	1首、1次	2首、2次
《亂》	10首、18次	8首、9次	7首、8次	4首、4次	1首、1次
《向陽臺語詩選》	10首、15次	無	無	無	無

　　如上述所言，前行研究多已關注到向陽現代詩運用自然意象

與全球趨勢》（臺北：麥浩斯，2017），頁75。

此一特色，但是尚無論者從青色意象切入，進行相關的討論。事實上，綠是植物本身的色彩，藍是銀杏仰望的天空，藍與綠都是詩人從小到大注目的風景，更是成長的重要記憶，本文將以青色意象為觀察對象，第二節析論向陽如何運用藍、綠色彩來書寫島嶼，第三節聚焦於其如何透過青色意象來形塑人物、刻劃現實，傳達他對臺灣母土的愛，期能一探向陽筆下的青色美學。

貳、青色意象的島嶼描繪

　　隨著明暗與色相的差別，世界上存在變化萬千的色彩，但回探色彩語彙之生成，並非一開始就擁有如此豐富的色彩字詞，而是逐漸發展、延伸出來的。根據美國人類學家Brent Berlin與Paul Kay之研究，色彩語彙的形成順序大致是白與黑、紅、綠或者黃，許多中美洲原住民語言僅有此五類色彩，其中，「藍色被包含在『綠色』的領域中」[9]。《色彩意象世界》、《色彩的世界地圖》等書則指出，日本的「青」字，語意範圍包含藍色及綠色[10]。

　　曾啟雄析論色彩名時，分別談到青與藍、青與綠的關聯，藍是從藍草延伸成的色彩字，選用藍草當染料所染成的顏色被稱為青色，青色與藍色擁有相通的色相。若從字體本身來看，「青」的上半部是草的形態，下半部為井，意指「井邊生長的草的顏色」，屬於綠色[11]。黃仁達亦指出：「古時『青』字的含義較複

---

[9]　呂月玉譯，《色彩的發達》（臺北：漢藝色研，1986），頁13-15。

[10]　呂月玉譯，《色彩意象世界》（臺北：漢藝色研，1987），頁122；廿一世紀研究會原著，張明敏譯，《色彩的世界地圖》（臺北：時報，2005），頁104。

[11]　曾啟雄，《色彩的科學與文化》（臺北縣：耶魯國際文化，2003），頁174-175。

雜，可分別當綠、藍、黑色使用」[12]，由此可見，不論西方或是東方，「青」均蘊含有藍與綠兩種意思，藍色和綠色的色彩聯想也有許多相似處（請參見表2）[13]：

表2　青色的色彩聯想

顏色	具體聯想	抽象象徵
藍	水、海洋、湖泊、河流、天空、遠山、宇宙、大氣、晴天、游泳、青鳥、青玉、制服	東方、青春、年輕、清爽、涼爽、涼快、開朗、忠實、誠實、磊落、優雅、理想、希望、悠久、永恆、無限、浩瀚、廣漠、廣大、寬闊、自由、飛翔、和平、正義、中性、沉靜、沉穩、穩重、理智、理性、準確、透明感、清潔、前進、速度、高科技、高深、深遠、遙遠、清高、權威、深奧、消極、憂鬱、陰氣、孤獨、寂寞、冥思、寒冷、冷淡、虛偽
綠	草木、草坪、植物、樹葉、山岳、森林、公園、田園、綠洲、青椒、香瓜、海藻、蔬菜、綠燈信號、安全信號、醫療救護、郵差	青春、生長、成長、生命力、清爽、涼爽、春天、春風、自然、新鮮、茂盛、清新、乾淨、輕快、活力、年輕、未成熟、和平、安詳、安和、平靜、舒適、舒服、穩和、安逸、安心、安定、安全、可靠、安慰、安息、休息、公平、希望、理智、理想、希望、健全、永遠、信任、實在、遠望、反對黨、旅行、純樸、環保、生態保育、自然

藍色與綠色皆是來自大自然的顏色，除了用來描繪景象，色彩本身的心理特性也負載著多元的意涵，一如林昆範所言：「藍色或青色的意象與聯想，都圍繞著天與水，加上藍色的收縮、後

---

[12] 黃仁達，《中國顏色》（臺北：聯經，2011），頁92。
[13] 大智浩著，陳曉同譯，《設計的色彩計劃》（臺北：大陸書店，1982），頁36；何耀宗，《色彩基礎》（臺北：東大圖書，1984），頁69-70；李銘龍編著，《應用色彩學》（臺北：藝風堂，1994），頁24-26；谷欣伍編，《色彩理論與設計表現》（臺北：武陵，1992），頁183；林書堯，《色彩認識論》（臺北：三民書局，1986），頁163-166；林磐聳、鄭國裕編著，《色彩計劃》（臺北：藝風堂，1999），頁66；戴孟宗，《現代色彩學：色理論、感知與應用》（新北：全華圖書，2015三版），頁143。

退等色彩特性，在印象中顯得高遠或深沉」[14]，「大自然的花草樹木、山林平野，無處不充滿著綠色，綠色蘊含著對自然界的豐富聯想力，使人感到平靜、安定與平和」[15]。藍、綠兩種顏色的具體聯想多與自然有關，在抽象象徵上，都有涼爽、和平、理智、希望等意涵。

　　觀察向陽筆下的藍，主要以「藍」或「青」的姿態出現，向陽的故鄉是全臺唯一不靠海的南投，因此海洋在他的成長經驗裡，便顯得格外新鮮。收錄於首部詩集《銀杏的仰望》的〈首航的唄頁〉，記錄著他到澎湖與東引的臺海印象，詩作開頭寫道：「那豈是燧人氏鑽木時奔逸的星火／在如此遼闊的藍色原野上」[16]，此處「藍色原野」是大海亦是天空，隨著船隻的航行，眼前盡是水波蕩漾與白雲流轉，詩人借鑽木取火的典故，形容此般美景就如黑暗綻放的火光，藍色是物象色彩的描摹，亦是寬廣深邃的象徵，同時負載著具象聯想與抽象意涵。

　　選用藍色來表現海洋的詩作尚有〈大屯小駐〉與〈海的四季〉，前者以「藍藍的海的漆著白沫的空曠」[17]，訴說白色浪花錯落於蔚藍海面，後者透過「蔚藍的海洋吻著漂泊的雲／浮動的雲層托住晴藍的天」[18]，刻畫海天一色的景象，藍色的水面映照著藍天的雲影，雲銜接起了天與海的關係。值得注意的是，雖然海洋與晴空同樣屬於藍色，但詩人形容海是「蔚藍」的，天則是「晴藍」的，藉由不同字詞的搭配，海和天於是有了明暗的區別：「蔚藍」是帶有綠色的藍，「晴藍」則是晴空萬里的天藍色。

---

[14] 林昆範，《色彩原論》（臺北：全華科技，2005），頁100。
[15] 林昆範，《色彩原論》（臺北：全華科技，2005），頁99。
[16] 向陽，〈首航的唄頁〉，《銀杏的仰望》（臺北：故鄉，1979再版），頁113。
[17] 向陽，〈大屯小駐〉，《銀杏的仰望》（臺北：故鄉，1979再版），頁129。
[18] 向陽，〈海的四季〉，《亂》（臺北：印刻，2005），頁42。

相較於描寫海洋，更多時候，向陽詩作中的藍是屬於天空的。像是〈白露〉中，天空是有層次的「漸藍」[19]。〈冬至〉一詩裡頭，「天色有時藍有時灰」[20]。這兩首詩都指出天空色澤並非永遠相同，而是隨著天氣變異的。再換個角度想，色彩感覺往往也受情緒波動而有所變化，此處不只可以解讀為視覺所見的藍，也是觀者心情的一種映照。再者，向陽現代詩中的藍色經營的相當多元，〈火與雪溶成的〉將「碧藍的穹蒼」配上「瑞雪皚皚」[21]，開展出藍與白的世界；詩作〈亂〉裡「墨藍的天空隱藏迷幻的紅」，深藍色與紅色是夜空與燈火的錯綜，也是思緒的紛雜；〈藤蔓〉的天空「藍而幽冷」[22]，藉由藍色強化遠與冷的感覺。

　　詩作〈信痕〉裡，「月光正努力滌洗碧海似的青空」[23]，一方面選用「碧海」來形容「青空」的色澤，另一方面，月光為夜空帶來光亮，因此夜空並非黑色，而是大海般的藍色，正如賴瓊琦談到青藍色時的闡述：「月明的晚上，天空仍然可以看見為藍色。」[24]同樣描寫夜空，〈霧社〉也有著「碧海似的／青空」[25]，〈河悲〉則是「夏夜黯藍」[26]。〈秋聲四葉〉以及〈淚痕〉的天空，同屬「黯藍」色系，前者「天色還一般黯藍，星呢

19　向陽，〈白露〉，《四季》（臺北：有鹿文化，2017），頁70。

20　向陽，〈冬至〉，《四季》（臺北：有鹿文化，2017），頁98。

21　向陽，〈火與雪溶成的〉，《亂》（臺北：印刻，2005），頁51。

22　向陽，〈藤蔓〉，《十行集》（臺北：九歌，2004二版），頁174。

23　向陽，〈信痕〉，《心事》（臺北：漢藝色研，1987），頁64。

24　賴瓊琦，《設計的色彩心理：色彩的意象與色彩文化》（臺北縣：視傳文化，1997），頁194。

25　向陽，〈霧社〉，《歲月》（臺北：大地，1985），頁138。

26　向陽，〈河悲〉，《銀杏的仰望》（臺北：故鄉，1979再版），頁153。

星在渺渺的遠方」[27]，後者「像黯藍天空中的一顆星」[28]。兩首詩中因為有著「星」的元素，可以推論出時間點為夜。

　　一如李素貞所言，「對於青山綠水、碧海藍天的描繪，也是向陽鍾愛的主題之一」[29]。天空與海洋是藍色系的，山與植物則是綠色系的，「青」的字形與植物生長有關，因此綠色也是生命力的象徵，這也是李蕭錕所說的，青綠色是「生命初發的代表色」[30]。向陽的詩作中常常可見到以植物表現生命力的例證，例如：〈夏至〉以「翠綠的山谷」[31]形容林木蔥蘢；〈山路〉以「蒼綠挺拔」[32]展現玉山生態；〈飛鳥〉以「青郁」[33]描寫水湄邊的草木茂盛；〈穀雨〉以「漫山菁綠」[34]表示茶的豐收；〈對月十行〉裡，「新綠的晨露」[35]以「綠」代指樹葉，以「新」暗喻清晨；〈驚蟄〉隨著春雷到來，萬物甦醒，「放眼是遠山近樹翻飛新綠」[36]。〈歲月跟著〉[37]，全詩計四個段落，依序是春、夏、秋、冬，各代表兒童、青年、老年、新生四個階段，借植物娓娓道出生命的循環。其中，「三月的青翠森林」以「青翠」傳達大地回春，「六月的綠色大地」以「綠色」表現萬物生氣蓬勃。

　　當然，不能夠忽略的是，所有的色彩都同時具備正負兩面意涵，青色自然也不例外，Betty Edwards提及綠色時即言：「雖然

---

27 向陽，〈秋聲四葉〉，《銀杏的仰望》（臺北：故鄉，1979再版），頁166。

28 向陽，〈淚痕〉，《十行集》（臺北：九歌，2004二版），頁157。

29 李素貞，《向陽及其現代詩研究：1974~2003》（臺南：國立臺南大學國語文學系國語文教學碩士班碩士論文，2006），頁102。

30 李蕭錕，《臺灣色》（臺北：藝術家，2003），頁57。

31 向陽，〈夏至〉，《四季》（臺北：有鹿文化，2017），頁52。

32 向陽，〈山路〉，《亂》（臺北：印刻，2005），頁163。

33 向陽，〈飛鳥〉，《十行集》（臺北：九歌，2004二版），頁90。

34 向陽，〈穀雨〉，《歲月》（臺北：大地，1985），頁33。

35 向陽，〈對月十行〉，《種籽》（臺北：東大圖書，1980），頁83。

36 向陽，〈驚蟄〉，《四季》（臺北：有鹿文化，2017），頁33。

37 向陽，〈歲月跟著〉，《歲月》（臺北：大地，1985），頁75。

綠色一般被認為代表健康和成長，它有時也是疾病的象徵」[38]，〈白鷺鷥之忌〉的「面色帶青」[39]，就是身體不適的徵兆，健康狀況反應在面容的色澤上；〈青盲雞啄無蟲說〉的「青盲」是眼睛看不到；〈魚行濁水〉的「人客面色青」[40]則是生氣到臉色發青的模樣。

整體來看，向陽的綠色字詞相當豐富，包含「綠」、「青」、「翠」、「碧」，此外可觀察到，向陽的青色字詞時常連接使用，例如：青青、青綠、青翠、翠綠、碧藍……〈過山〉[41]首句「這是夏末，再高一點就是秋」點出時間，此時森林呈現「三分青綠而七分黃熟」的景緻，綠色與黃色的比例揭示著秋天即將到來，樹葉漸漸轉黃；〈火與雪溶成的〉一詩裡，「群山攜手圍出翠綠領襟」[42]將山脈的形狀形容為領襟，「翠綠」是植物的茂盛，亦是深淺綠色並置的面貌。

其實色彩不論是疊字運用或者兩個色彩字組合，都代表著明暗不一的色彩交錯，正如陳魯南對青色系之詮釋，「翠」是顏色鮮明的綠，「碧」屬於青綠色，可用來指青白結合的淺綠色，也可以形容濃厚的深綠色[43]。源自於大自然的藍綠色系，原本就不只有一種顏色，向陽之所以有如此細膩的區別，或許與其南投山林的成長經驗有關，鹿谷童年所見風景成為詩人的養分，開展出詩作的色彩圖譜。

---

[38] Betty Edwards著，朱民譯，《像藝術家一樣彩色思考》（臺北：時報，2006），頁175。

[39] 向陽，〈白鷺鷥之忌〉，《向陽臺語詩選》（臺南：真平企業，2002），頁49。

[40] 向陽，〈魚行濁水〉，《向陽臺語詩選》（臺南：真平企業，2002），頁134。

[41] 向陽，〈過山〉，《心事》（臺北：漢藝色研，1987），頁71-72。

[42] 向陽，〈火與雪溶成的〉，《亂》（臺北：印刻，2005），頁50。

[43] 陳魯南：《織色入史箋：中國顏色的理性與感性》（臺北：漫遊者文化，2015），頁98-101。

參、青色意象的精神象徵

前一節已論及向陽以青色描繪自然之特色,向陽書寫自然的同時,亦常以景寫人,例如〈說是去看雪〉一詩,「去夜色裡,撫那悽悽的婉約／握妳的小手,臥在我大衣的口袋裡／若握住一瓢溫溫的湘江水碧」[44],此處的碧水並非真正的江水,而是以碧形容情人之美與愛情的溫度。〈草根〉[45]則是以植物喻人的例子,詩人透過轉化,以植物寫臺灣人堅韌的精神,小草面對「再莽撞再劇烈的劇掘」,依然會努力向下紮根,用「媚綠的微笑」回應外界的挑戰,蕭蕭認為此詩描寫「臺灣人在艱彌堅,咬牙哭戰,卻仍然還人以微笑,仍然蔓延自己,鋪展大地」[46]。

詩人描寫大自然生意盎然之際,更帶著省思之眼,〈秋分〉藉由今昔色彩對比,呼籲大家重視環保議題:

> 給我一塊土地
> 黃澄的稻穗
> 掃出晴藍的天
> 鮮紅的楓葉
> 喚醒翠綠的山
> 給我一塊土地
> 清水漾盪在河中
> 白雲徘徊到窗前

---

[44] 向陽,〈說是去看雪〉,《心事》(臺北:漢藝色研,1987),頁13。

[45] 向陽,〈草根〉,《十行集》(臺北:九歌,2004二版),頁104-105。

[46] 蕭蕭,〈現實主義美學——臺灣新詩驗證的現實主義美學〉,《臺灣新詩美學》(臺北:爾雅,2004),頁265。

給我這個夢
夢中的夢想昨天已被實現

給我一塊土地
黑濁的廢水
養肥腥臭的魚
灰茫的毒氣
充實迷路的雲
給我一塊土地
稻穗蛻變成煙囪
森林精簡為廠棚
給我這個夢
夢中的夢想明天將會完成[47]

　　第一段依序出現了黃、藍、紅、綠、白等色彩,「黃澄的稻
穗」象徵大地豐饒,「鮮紅的楓葉」及「翠綠的山」代表著萬物
生生不息,「晴藍的天」、「白雲」與「清水」是環境的美麗與
純淨。然而,進入第二段後,詩人筆鋒一轉,原來明亮的顏色變
得灰暗,只剩下「黑濁」和「灰茫」,兩個段落前後陳列,形成
鮮明的對比,從有色到無色,突顯出工業發展衍生的環境汙染問
題,陳政彥談到此詩時,即點出:「美好的生存環境只能在夢中
懷念,而煙囪廠棚林立卻是即將完成的未來進行式。向陽對於這
種惡化不得不提出質疑」[48]。

[47] 向陽,〈秋分〉,《四季》(臺北:有鹿文化,2017),頁74-75。
[48] 陳政彥,〈向陽《四季》中的時間〉,《臺灣現代詩的現象學批評:理論與實
　　 踐》(臺北:萬卷樓,2011),頁178-179。

向陽也以植物的生長來呼應人的生長，刻畫親情的溫暖，章綺霞析論向陽臺語詩時便曾指出：「向陽將血緣至親的身體髮膚（目屎、頭鬃）與貼身物件（薰吹、飯包），以轉喻的手法指向鄉土的自然景致（葉仔頂的露水、鏡同款的溪仔水、替人搬沙石的溪埔），同時也指向深邃的心靈層面的故鄉記憶（美麗的渺茫的故事）」[49]，例如〈阿媽的目屎〉第二段寫道：

　　　　阿媽的目屎
　　　　是早起時葉仔頂的露水
　　　　照顧著闇時的阮
　　　　疼痛著青葉的孫[50]

　　詩人將阿媽的眼淚轉化為大自然的露水，將孫子比擬為樹葉，因為有露水的滋養，葉子方能成長苗壯，一方面描寫阿媽對兒孫無怨無悔的付出與愛，另一方面，此處的「青」也有長青的意思，代表孫子在阿媽眼中永遠充滿活力。我們可以發現，向陽經營的青色意象常與人物形象連結，舉凡青春、青年、青絲等詞彙，都與人相關，詩作〈村景〉中，「潺潺不息的溪水啊，刷洗著／苔石；水湄或蹲或站的婦女／也在晨曦中默默刷洗著青春」[51]，畫面先是溪水的流動，接著轉為苔石特寫，其後是河畔洗衣的婦人們，日復一日的洗衣家務被詩人形容為「刷洗著青春」，展現出女性的任勞任怨。
　　詩作書寫自然的詩人，有時會被套上缺乏社會關懷的帽子；

49　章綺霞，〈以書寫建構鄉土：濁水溪流域作家的鄉土書寫（1970-2000）〉，《修平人文社會學報》，第10期（2008年3月），頁89。
50　向陽，〈阿媽的目屎〉，《向陽臺語詩選》（臺南：真平企業，2002），頁26。
51　向陽，〈村景〉，《十行集》（臺北：九歌，2004二版），頁152。

但事實上有不少詩人，善於從自然的角度出發，去觀看人類文明與社會進程中的醜陋與迷霧。向陽即是此中的佼佼者，他以青色意象作為精神象徵的這些作品，既有人道關懷的本質，也有對土地、歷史、政治事件等的省思，值得進一步的探析與觀看。寫在九二一大地震後四個月的〈春回鳳凰山──寫給九二一災後四個月的故鄉〉[52]，一開始寫的是：

> 彷彿還是昨天
> 妳為我的行路鋪上青翠絨毯
> 要漫山鳥鳴陪我一段
> 沿途草花隨風綻放妳的叮嚀
> 依依難捨飄灑而下的竹葉
> 在林間含淚送我離鄉

　　從一個送別而離情依依的畫面開始，以「青翠絨毯」標誌著最原初的美好，繼而寫到在經歷九二一大地震之後，歸鄉所看到的滿目瘡痍。末段「寒流躲回北方，太陽重又升起／我看到新綠，踦跳於回鄉的路上」，「新綠」是災後重生的景象，更是再次站起來的希望。

　　描寫「霧社事件」的〈霧社〉[53]一詩，詩中反覆出現著「青年」，在這裡意旨的不僅僅只是年輕世代，更是反抗霸權、追求自由與正義的象徵；同樣的，〈暗雲〉[54]裡青色意象與臺灣的歷史傷痕亦有其相關之處。陳逸鴻認為，此詩「將事件具體入詩，

---

[52] 向陽，〈春回鳳凰山〉，《亂》（臺北：印刻，2005），頁150-152。

[53] 向陽，〈霧社〉，《歲月》（臺北：大地，1985），頁125-151。

[54] 向陽，〈暗雲〉，《亂》（臺北：印刻，2005），頁96-101。

似在還原一個歷史現場，並且召喚人們共同面對過去的歷史傷痕」[55]。1947年的二二八事件爆發後，政府採取暴力鎮壓與清鄉行動，許多臺灣社會菁英被捕殺或牽連。這首詩中即寫到，無數家庭在當時無力的面對「白髮送走青絲」的悲劇，然而隨著五十年過去了，當年的「青絲洗成白髮」，「那一攤攤臺灣青年的血」，卻只「換來冷冰冰的紀念碑」。

　　另一首與二二八相關的詩作〈嘉義街外——寫給陳澄波〉[56]，同樣使用了青色意象，〈嘉義街外〉發表於2000年2月28日的《中國時報・人間副刊》，寫的是日治時期臺灣畫家陳澄波（1895-1947）的故事。1926年，陳澄波以描繪故鄉的畫作「嘉義街外」入選第七屆的「帝展」[57]，成為臺灣首位以西畫入選日本官展的畫家。二二八事件期間，時任嘉義市參議員的陳澄波被推為和談代表，最後被國民政府以莫須有罪名逮捕，並槍決於嘉義火車站前。向陽這首詩要寫的，是這位悲壯的畫家，如何「用他的鮮血畫下了臺灣與祖國相遇的悲哀。」這首詩的首段，即是如此開場：

　　　　你倒下來時天都暗了
　　　　日正當中的嘉義驛前
　　　　嘉義人張著的驚嚇的眼睛
　　　　和你一樣憤怒地睜視

[55] 陳鴻逸，〈「騷」與「體」——試論向陽《亂》的歷史技喻與文化圖像〉，收錄於黎活仁、白靈、楊宗翰主編，《閱讀向陽》（臺北：秀威資訊資訊，2013），頁209。

[56] 向陽，〈嘉義街外——寫給陳澄波〉，《亂》（臺北：印刻，2005），頁146-149。

[57] 1919年至1936年在日本內地所舉辦的官方美術展覽活動，稱為「帝國美術展覽會」（簡稱「帝展」）。由於這個展覽具有相當的影響力，在日留學的臺人也先後參與，並將入選帝展視為一項重要的目標。

這暗無天日的青天

在這首詩中，「青天」先後出現了三次。其中，「這暗無天日的青天」就出現了兩次，這裡的「青天」指的是不見希望的黑夜，更是正義的象徵。詩行的倒數第二段，則出現這樣的句子：「沿著你從小熟悉的中山路來到嘉義驛前／面對青天，祖國用一顆子彈獎賞你的胸膛」。這邊的「青天」，既指畫家心胸的坦蕩，也有無語問蒼天之意。

肆、結語

蕭蕭曾言，向陽的作品足以作為「臺灣現實主義的經典」[58]，通過本文對青色意象運用之討論，正可應證向陽對現實生活的觀察，以及對臺灣社會的關心。向陽透過色彩意象之經營，傳達他的土地關懷，這份關懷是從鄉野出發的，更是充滿人道精神的。因此在青色意象的詩例中，除了可以看到島嶼的風景描繪，更能見到詩人對歷史的省思，正如林婉瑜對向陽詩作之評價：「詩中的敘述者總是眼光向外，閱讀山川林木、時間季節、語言人物，再把這些宏觀的景物、具體的依憑帶進詩裡，作為想像的背景、思考的出發點」[59]。

銀杏林是向陽故鄉南投鹿谷溪頭的景點，也是他從小看到大的風景，第一本詩集以《銀杏的仰望》為名，由此可見其對家

---

[58] 陳瀅州記錄整理，〈從經典回歸現實，以現實締構經典——從向陽詩集《亂》談起〉，收錄於張德本等作，《漫遊的星空：八場臺灣當代散文與詩的心靈饗宴》（臺南：國立臺灣文學館，2007），頁124。

[59] 林婉瑜，〈光合作用——讀向陽詩〉，收錄於胡衍南主編：《紅樓文薈——第三屆全球華文作家論壇文集》（臺北：臺灣學生書局，2016），頁28。

鄉的愛戀，詩中頻頻出現的植物意象，代表的是向陽與自己的對話，也是他詩作最原初的出發。沈玲曾指出：「大自然中觸目能及的尋常瑣細是向陽詩歌舞臺的常客，詩人的詩思詩情就在這庸常的生活裏豐滿充盈起來」[60]，一如詩作〈泥土與花〉[61]所描繪的，向陽既重視生命根源所繫的「泥土」，也由此開出面向現實絢麗的「花」。故鄉南投的生長經驗，讓詩人藉由山林的餵養，開展出詩作的多彩的圖譜，另一方面，在描繪自然的同時，他又將觸角伸往對母土歷史與現實的考察，這也是為何青色意象勾勒出的精神象徵，是人道的，也是悲憫的。

引用書目

詩集

向陽，《十行集》（臺北：九歌，2004二版）。

向陽，《心事》（臺北：漢藝色研，1987）。

向陽，《四季》（臺北：有鹿文化，2017）。

向陽，《向陽臺語詩選》（臺南：真平企業，2002）。

向陽，《亂》（臺北：印刻，2005）。

向陽，《歲月》（臺北：大地，1985）。

向陽，《種籽》（臺北：東大圖書，1980）。

向陽，《銀杏的仰望》（臺北：故鄉，1979再版）。

專書

Alexander Theroux著，冷步梅譯，《三原色：藍、黃、紅》（臺北：聯經，

---

60 沈玲，〈向陽詩歌中「無聊」意義的建構〉，收錄於黎活仁、白靈、楊宗翰主編，《閱讀向陽》（臺北：秀威資訊資訊，2013），頁95。

61 向陽，〈泥土與花〉，《歲月》（臺北：大地，1985），頁54-56。

1997）。

Betty Edwards著，朱民譯，《像藝術家一樣彩色思考》（臺北：時報，2006）。

Ruben Pater作，蔡伊斐譯，《設計政治學：視覺影像背後的政治意義、文化背景與全球趨勢》（臺北：麥浩斯，2017）。

大智浩著，陳曉冏譯，《設計的色彩計劃》（臺北：大陸書店，1982）。

廿一世紀研究會原著，張明敏譯，《色彩的世界地圖》（臺北：時報，2005）。

何耀宗，《色彩基礎》（臺北：東大圖書，1984）。

呂月玉譯，《色彩的發達》（臺北：漢藝色研，1986）。

呂月玉譯，《色彩意象世界》（臺北：漢藝色研，1987）。

李銘龍編著，《應用色彩學》（臺北：藝風堂，1994）。

李蕭錕，《臺灣色》（臺北：藝術家，2003）。

谷欣伍編，《色彩理論與設計表現》（臺北：武陵，1992）。

林昆範，《色彩原論》（臺北：全華科技，2005）。

林書堯，《色彩認識論》（臺北：三民書局，1986）。

林婉瑜，〈光合作用——讀向陽詩〉，收錄於胡衍南主編：《紅樓文薈——第三屆全球華文作家論壇文集》（臺北：臺灣學生書局，2016），頁24-29。

林磐聳、鄭國裕編著，《色彩計劃》（臺北：藝風堂，1999）。

陳政彥，〈向陽《四季》中的時間〉，《臺灣現代詩的現象學批評：理論與實踐》（臺北：萬卷樓，2011），頁169-187。

陳魯南，《織色入史箋：中國顏色的理性與感性》（臺北：漫遊者文化，2015）。

陳澄州記錄整理，〈從經典回歸現實，以現實締構經典——從向陽詩集《亂》談起〉，收錄於張德本等作：《漫遊的星空：八場臺灣當代散文與詩的心靈饗宴》（臺南：國立臺灣文學館，2007），頁122-135。

曾啟雄，《色彩的科學與文化》（臺北縣：耶魯國際文化，2003）。

渡也，《新詩新探索》（臺北：秀威資訊，2016）。

黃仁達，《中國顏色》（臺北：聯經，2011）。

黎活仁、白靈、楊宗翰主編，《閱讀向陽》（臺北：秀威資訊資訊，2013）。

蕭蕭，《臺灣新詩美學》（臺北：爾雅，2004）。

賴瓊琦，《設計的色彩心理：色彩的意象與色彩文化》（臺北縣：視傳文化，1997）。

戴孟宗，《現代色彩學：色彩理論、感知與應用》（新北：全華圖書，2015三版）。

期刊

向陽，〈好山好水好臺灣：我的地誌詩書寫〉，《全國新書資訊月刊》，第174期（2013年6月），頁11-23。

章綺霞，〈以書寫建構鄉土：濁水溪流域作家的鄉土書寫（1970-2000）〉，《修平人文社會學報》，第10期（2008年3月），頁75-132。

游喚，〈十行斑點・巧構形似——評介向陽新詩〈十行集〉〉，《文訊》，第19期（1985年8月），頁184-195。

學位論文

李素貞，《向陽及其現代詩研究：1974~2003》（臺南：國立臺南大學國語文學系國語文教學碩士班碩士論文，2006）。

附錄

附表1　向陽現代詩青色系色彩字統計

序號	詩名	色彩字	詩集	頁碼
1	〈秋的箋註〉	若果，春天是一枚不經意催成的翠郵簡	《銀杏的仰望》	5
2	〈銀杏的仰望〉	你猶壯碩，枝遒葉翠愛情也忠實	《銀杏的仰望》	10
			《歲月》	26
3	〈初綻〉	鄉土的新聞，黥藍的天空呵	《銀杏的仰望》	14
			《歲月》	67
4	〈灞陵行〉	竹葉青，即是	《銀杏的仰望》	16
			《歲月》	28
		青衫的，竹葉	《銀杏的仰望》	16
			《歲月》	28
		青青，君且前行	《銀杏的仰望》	18
			《歲月》	30

序號	詩名	色彩字	詩集	頁碼
		青青，君且前行	《銀杏的仰望》	18
			《歲月》	30
5	〈或者燃起一盞燈〉	悠遊，要不就採你青睞，燃起一盞燈	《銀杏的仰望》	24
			《心事》	9
6	〈說是去看雪〉	如握住一瓢溫溫的湘江，水藍	《銀杏的仰望》	25
		如握住一瓢溫溫的湘江水藍	《心事》	13
7	〈即使雨仍落著〉	走也走不盡，在路泥上吻妳頰邊青澀的暈紅	《銀杏的仰望》	28
		走也走不盡，在路泥上吻妳頰邊青澀的	《心事》	17
8	〈雲霧雷雨〉	趕著羊群的牧童已迷上了山壑的青綠	《銀杏的仰望》	46
		趕著羊群的牧童已迷上了山壑的青藍	《銀杏的仰望》	46
9	〈草詠二章〉	青衫一襲一襲飄飄的苦苓。在夜鬱的淺塘裏	《銀杏的仰望》	52
		孤兀的燈火。在湛藍的窗前，慢，慢，燃燒	《銀杏的仰望》	52
		並且俯仰天地天地間唯一閃亮的，丹青燭照	《銀杏的仰望》	53
10	〈無獨有偶〉	一朵花沒有藍葉無以被裝扮	《銀杏的仰望》	66
		一張藍葉沒有蟲無以被搶劫	《銀杏的仰望》	67
		一條蟲沒有藍葉無以被支撐	《銀杏的仰望》	68
		一張藍葉沒有花無以被證明	《銀杏的仰望》	69
11	〈天問十行〉	一隻青鳥，翩翩飛向關山去	《銀杏的仰望》	79
	〈天問〉		《十行集》	46
12	〈獨酌十行〉	沖破阻窄的堤防，青筋暴怒地	《銀杏的仰望》	83
	〈獨酌〉		《十行集》	57
13	〈斜暉十行〉	林間葉影輕覆，泣血的青苔上	《銀杏的仰望》	102
	〈斜暉〉		《十行集》	75
14	〈首航的唄頁〉	在如此遼闊的藍色原野上	《銀杏的仰望》	113
15	〈大屯小駐〉	一青晴空中陽光顯赫的季夏昂然	《銀杏的仰望》	123
		澄澈的郁藍，夏是古老而且可愛的	《銀杏的仰望》	124

序號	詩名	色彩字	詩集	頁碼
		前是**藍**藍的海的漆著白沫的空曠	《銀杏的仰望》	129
		前是藍**藍**的海的漆著白沫的空曠	《銀杏的仰望》	129
16	〈翾翾三疊〉	**青**山遠水之後會是怎樣一種悠悠	《銀杏的仰望》	137
17	〈雨之假面〉	而旌旗兀自飄飄飄飄外君是一襲**青**衫一襲	《銀杏的仰望》	139
		一襲**青**衫一輪明月一是俠氣一把劍一橫眉	《銀杏的仰望》	140
17	〈雨之假面〉	鷗鳥焚為夕陽夕陽裏那襲**青**衫呵衣缽上鏡中之蝶	《銀杏的仰望》	141
		竹葉**青**青青青竹葉在揮劍一轉瞬間冷颯颯	《銀杏的仰望》	141
		竹葉青**青**青青竹葉在揮劍一轉瞬間冷颯颯	《銀杏的仰望》	141
		竹葉青青**青**青竹葉在揮劍一轉瞬間冷颯颯	《銀杏的仰望》	141
		竹葉青青青**青**竹葉在揮劍一轉瞬間冷颯颯	《銀杏的仰望》	141
		斷崖上的蹀躞終究是鷗翔的**青**衫	《銀杏的仰望》	143
		千百年前千百年後一縷孤煙含**青**的血紋	《銀杏的仰望》	143
18	〈輪軸〉	一切恥辱的黥刑帶淚的刺**青**	《銀杏的仰望》	147
		羞辱再淺，刺**青**的顏面已存	《銀杏的仰望》	148
19	〈河悲〉	其後是紗窗以**綠**髮縱橫梭織	《銀杏的仰望》	153
		逼入裸裎的草原，夏夜黯**藍**	《銀杏的仰望》	153
		以烏墨染黑湛**藍**的紙，塑我為星	《銀杏的仰望》	154
		你們宴飲並且爭議並且**青**筋暴怒並且	《銀杏的仰望》	156
		河，穿**藍**色夾克，在綠林中劈出淘淘血路	《銀杏的仰望》	158
		河，穿藍色夾克，在**綠**林中劈出淘淘血路	《銀杏的仰望》	158

序號	詩名	色彩字	詩集	頁碼
20	〈秋聲四葉〉	天空藍得令剛剛睜起眼來趕路的陽光有點	《銀杏的仰望》	162
		只是苦苓撑藍天的那個樣子真叫人受不了	《銀杏的仰望》	164
		從冬到秋她是不經春的雖然綠了枝葉	《銀杏的仰望》	165
		天色還一般黯藍，星呢星在渺渺的遠方	《銀杏的仰望》	166
		一種規則關於江湖的交通關於紅綠的燈	《銀杏的仰望》	168
		鱸鰻的水域烏雲外自有天青	《銀杏的仰望》	168
20	〈秋聲四葉〉	天色青血是最痛快而乾燥的鐘聲	《銀杏的仰望》	168
		天色青血是最痛快而乾燥的鐘聲	《銀杏的仰望》	168
21	〈阿媽的目屎〉	疼痛著青葉的孫	《銀杏的仰望》	175
			《向陽臺語詩選》	26
22	〈青空律〉	你是碧血鎔鑄的史頁丹青	《種籽》	7
			《歲月》	73
		你是碧血鎔鑄的史頁丹青	《種籽》	7
			《歲月》	73
		也許是青山最高峯的巍峩	《種籽》	8
			《歲月》	74
		唯蔚青是你的最初和完結	《種籽》	8
			《歲月》	74
23	〈歲月跟著〉	馳過了三月的青翠森林	《種籽》	11
			《歲月》	75
		馳過了三月的青翠森林	《種籽》	11
			《歲月》	75
		翻閱著六月的綠色大地	《種籽》	11
			《歲月》	75
24	〈瀑布十分〉	前去，想又是漫山青草囉」	《種籽》	22
		是潺潺不斷的山青水流	《種籽》	23

序號	詩名	色彩字	詩集	頁碼
25	〈庭階〉	為我們，站滿杉樹的綠谷	《種籽》	31
			《心事》	55
		伸擁而來兩臂灰藍的屋簷	《種籽》	31
			《心事》	55
		教時間靜默，泊靠青石階前	《種籽》	32
			《心事》	55
		像青翠並生而分枝相隨的	《種籽》	32
			《心事》	56
		像青翠並生而分枝相隨的	《種籽》	32
			《心事》	56
26	〈信痕〉	月光正努力滌洗碧海似的青空	《種籽》	36
			《心事》	64
		月光正努力滌洗碧海似的青空	《種籽》	36
			《心事》	64
27	〈過山〉	三分青綠而七分黃熟，風動	《種籽》	40
			《心事》	72
		三分青綠而七分黃熟，風動	《種籽》	40
			《心事》	72
28	〈愛貞〉	勁竹向藍空喊出了最柔的一聲愛	《種籽》	44
			《心事》	79
29	〈山色十行〉	帽以青天鞋以大地	《種籽》	53
	〈山色〉		《十行集》	89
	〈山色十行〉	衣以堅持的常綠	《種籽》	53
	〈山色〉		《十行集》	89
30	〈飛鳥十行〉	螢飛蟲鳴，草木青郁，浪波引燃花香……	《種籽》	55
	〈飛鳥〉		《十行集》	90
	〈飛鳥十行〉	但待明晨日白天青，我即用翅膀證明：	《種籽》	56
	〈飛鳥〉		《十行集》	90
31	〈孤煙十行〉	烏青地，你緩緩站起，	《種籽》	59
	〈孤煙〉	烏青地，你緩緩站起，甚至，	《十行集》	94
32	〈原野十行〉	用血與淚染綠行過的土地——	《種籽》	64
	〈原野〉		《十行集》	99

序號	詩名	色彩字	詩集	頁碼
33	〈殘菊十行〉	仰望遠藍的天空，南奔的飛鳥，	《種籽》	67
	〈殘菊〉		《十行集》	102
	〈殘菊十行〉	山河讓開，讓我滾出一片晴藍原野來！	《種籽》	67
	〈殘菊〉		《十行集》	102
34	〈草根十行〉	我歉然還你媚綠的微笑。	《種籽》	70
	〈草根〉		《十行集》	105
35	〈對月十行〉	透過林梢，新綠的晨露，透過冷靜的稜線，	《種籽》	83
36	〈野原十行〉	我是春風綠遍，被廢棄的明天	《種籽》	90
	〈野原〉		《十行集》	125
37	〈心事十行〉	迴映碧樹蒼空的小湖	《種籽》	91
	〈心事〉		《十行集》	126
38	〈種籽十行〉	隨風飄散。除非拒絕綠葉掩護	《種籽》	93
	〈種籽〉		《十行集》	128
39	〈晚晴十行〉	怕也雙唇半闔於滿園春碧吧	《種籽》	97
	〈晚晴〉		《十行集》	132
40	〈秋辭十行〉	蔚藍的天空，而秋是深得很深了	《種籽》	100
	〈秋辭〉		《十行集》	135
41	〈仰望的旗幟〉	邁上灑滿黃花碧血的大地	《種籽》	109
		面向萬里青天白日的高空	《種籽》	109
		在黯藍而微帶淚痕的天空中	《種籽》	110
		凋謝了，在黃花碧血的故土上	《種籽》	111
		邁上灑滿黃花碧血的大地	《種籽》	116
		面向萬里青天白日的高空	《種籽》	116
42	〈穀雨〉	只有漫山菁綠、溫柔的茶樹	《種籽》	118
			《歲月》	33
43	〈大進擊〉	我們小草一樣揺青凝香	《種籽》	122
		您眸中驚醒白日青天的旗向	《種籽》	122
		丹心照汗青，盜寇強梁不能挫	《種籽》	123
		碧血貫日月，經天緯地如急梭	《種籽》	123
		小草一樣要綠遍中國的山河輿地	《種籽》	123
		我們便是碧血澎湃的紅嫣紫姹	《種籽》	125
		血灑中國，與您復我日白天青	《種籽》	125

向陽現代詩的青色意象

序號	詩名	色彩字	詩集	頁碼
44	〈別愁〉	蚤蟬泣淚，莽莽山岳青翠	《種籽》	130
			《歲月》	91
		蚤蟬泣淚，莽莽山岳青翠	《種籽》	130
			《歲月》	91
45	〈霧社〉	樹下各社議決：即派六名青年武士	《種籽》	134
			《歲月》	128
		離開雞籠碼頭時，長天碧海	《種籽》	136
			《歲月》	131
		小草如何衝破地表，始得長青	《種籽》	137
			《歲月》	132
45	〈霧社〉	冷杉和青竹形貌不同，勁直則一	《種籽》	141
			《歲月》	136
		但我，還有所有泰耶的青年	《種籽》	141
			《歲月》	137
		櫻樹詭異的枝枒戳入碧海似的	《種籽》	143
			《歲月》	138
		青空，油火在遠近的屋舍搖曳	《種籽》	143
			《歲月》	138
		青年垂首說道：我們不也是嗎	《種籽》	143
			《歲月》	139
		青綠，而後果是，埋到冷硬的土地裏	《種籽》	144
			《歲月》	139
		翠青，而後果是，埋到冷硬的土地裏	《種籽》	144
			《歲月》	139
		真是樹葉索求青翠而被秋天摧毀	《種籽》	144
			《歲月》	140
		真是樹葉索求青碧而被秋天摧毀	《種籽》	144
			《歲月》	140
		左側的青年狠狠踢著石子，說	《種籽》	144
			《歲月》	140
		段落。斯夜各社青年潮水般	《種籽》	147
			《歲月》	143

序號	詩名	色彩字	詩集	頁碼
		莫那魯道和青年們屏息著	《種籽》	149
			《歲月》	145
		那時新生的綠芽將吸汲我們的	《種籽》	152
			《歲月》	149
46	〈白鷺鷥之忌〉	彼暝伊腰痠背痛面色帶青	《種籽》	158
			《向陽臺語詩選》	49
47	〈三更半暝一隻貓仔喵喵哮〉	彼蕊早起時開得好好的水仙竟來變青去	《種籽》	180
		彼蕊早起時開得好好的水仙竟然變青去	《向陽臺語詩選》	73
48	〈猛虎難敵猴群論〉	山搖地動花蕊見羞草木面色青	《種籽》	181
		山搖地動花蕊見笑草木面色青	《向陽臺語詩選》	78
		目腫面青耳孔陳雷聲東就走西	《種籽》	183
			《向陽臺語詩選》	79
49	〈青瞑雞啄無蟲說〉	雞若青瞑不知風颱著倒返	《種籽》	186
	〈青盲雞啄無蟲說〉	雞若青盲不知風颱得倒轉	《向陽臺語詩選》	81
	〈青瞑雞啄無蟲說〉	青瞑雞仔啄無蟲	《種籽》	186
	〈青盲雞啄無蟲說〉	青盲雞仔啄無蟲	《向陽臺語詩選》	81
50	〈好鐵不打菜刀辯〉	在外漂流，青燈戶中	《種籽》	187
		在外漂流，青燈戶中	《向陽臺語詩選》	83
51	〈烏矸仔裝豆油證〉	大厝未起護龍先造，青瞑不驚蛇	《種籽》	191
		大厝未起護龍先造，青盲不驚蛇	《向陽臺語詩選》	88
52	〈白鷺〉	澄藍寂靜的天空	《十行集》	149
53	〈村景〉	也在晨曦中默默刷洗著青春	《十行集》	152
54	〈春秋〉	枝繁葉茂的綠樹，要我們仰目	《十行集》	155
55	〈淚痕〉	像黯藍天空中的一顆星	《十行集》	157

序號	詩名	色彩字	詩集	頁碼
56	〈藤蔓〉	井緣劃出來，藍而幽冷的天空	《十行集》	174
57	〈盆栽〉	較諸粗俗，他寧取盆中長綠	《十行集》	181
58	〈請勿將頭手伸出〉	俟候你，猶如窗外的青空	《歲月》	4
59	〈驚蟄吟〉	放眼是遠山近樹翩飛新綠	《歲月》	22
	〈驚蟄〉		《四季》	33
60	〈泥土與花〉	而嫵媚的臉頰仰望青空	《歲月》	54
61	〈唸給寶寶聽〉	更像一棵青翠的樹苗	《歲月》	58
		更像一棵青翠的樹苗	《歲月》	58
		嫩綠地向著藍色的天空	《歲月》	58
		嫩綠地向著藍色的天空	《歲月》	58
62	〈到竹山看竹〉	看雨珠裏昨日的青春	《歲月》	107
		青春在微風中橫逸斜出	《歲月》	107
63	〈向千仞揮手〉	招呼青苔、蜉蝣與野兔	《歲月》	112
		我們不惜血汗，繪下美麗藍圖	《歲月》	115
64	〈春分〉	我盤根，你蔚綠	《四季》	35
65	〈穀雨〉	三月，也在綠的盛粧中	《四季》	40
		以及微笑。我們是綠的族群	《四季》	40
66	〈立夏〉	呼叫青翠的稻禾，呼叫	《四季》	44
		呼叫青翠的稻禾，呼叫	《四季》	44
		不是茫漠的霧，是綠	《四季》	45
67	〈小滿〉	一隻青蛙撲通跳下池塘	《四季》	46
		一隻青蛙撲通跳下池塘	《四季》	47
68	〈夏至〉	翠綠的山谷，三色堇沿途	《四季》	52
		翠綠的山谷，三色堇沿途	《四季》	52
69	〈小暑〉	萬年青青在牆角	《四季》	57
		萬年青青在牆角	《四季》	57
		一半兒嫩綠一半兒熟黃	《四季》	57
70	〈立秋〉	褪去是青澀	《四季》	66
		歲月殘憾猶如綠葉	《四季》	67
71	〈白露〉	微微傾墜，把漸藍的天	《四季》	70
72	〈秋分〉	掃出晴藍的天	《四季》	74
		喚醒翠綠的山	《四季》	74
		喚醒翠綠的山	《四季》	74

序號	詩名	色彩字	詩集	頁碼
73	〈寒露〉	橫向綠燈，川流湧動	《四季》	78
		洗掉了青春	《四季》	78
74	〈立冬〉	一路奔逐青苔咬住的地表	《四季》	88
		不為季候風所動的綠	《四季》	88
75	〈冬至〉	天色有時藍有時灰	《四季》	98
76	〈月亮已經回家去了〉	指尖揮霍著空虛的青春	《亂》	39
77	〈海的四季〉	蔚藍的海洋吻著漂泊的雲	《亂》	42
		浮動的雲層托住晴藍的天	《亂》	42
		點點妝扮是青翠的苔草	《亂》	42
		點點妝扮是青翠的苔草	《亂》	42
78	〈火與雪溶成的〉	群山攜手圍出綠領襟	《亂》	50
		群山攜手圍出翠綠領襟	《亂》	50
		碧藍的穹蒼會鉤出	《亂》	51
		碧藍的穹蒼會鉤出	《亂》	51
79	〈亂〉	墨藍的天空隱藏迷幻的紅	《亂》	56
		淺綠的窗簾飄搖虛空的白	《亂》	56
80	〈龍的文本以及它的四種變體〉	青春　悲喜與榮辱	《亂》	71
81	〈日的文本及其左右上下〉	青絲被照成了白髮	《亂》	92
82	〈暗雲〉	白髮送走青絲	《亂》	98
		青絲洗成白髮	《亂》	98
		那一攤攤臺灣青年的血	《亂》	101
83	〈咬舌詩〉	喝不完可樂咖啡紅茶綠茶烏龍、還有嗨頭仔白蘭地威士忌，	《亂》	103
84	〈我的姓氏〉	奇異的帆船、紅髮藍眼的兵士	《亂》	119
85	〈城市，黎明〉	搖　在風中　　　　鐵青	《亂》	130
86	〈迎接〉	青山用溪河的歌聲迎接翠綠的莊園	《亂》	142
		青山用溪河的歌聲迎接翠綠的莊園	《亂》	142
		青山用溪河的歌聲迎接翠綠的莊園	《亂》	142

序號	詩名	色彩字	詩集	頁碼
		張開不再緊閉的眼，迎接我們張開的湛[藍]的天	《亂》	143
87	〈嘉義街外〉	這暗無天日的[青]天	《亂》	146
		受到殖民帝國的垂[青]	《亂》	147
		面對[青]天，祖國用一顆子彈獎賞你的胸膛	《亂》	148
		這暗無天日的[青]天	《亂》	148
88	〈春回鳳凰山〉	妳為我的行路鋪上[青]翠絨毯	《亂》	150
		妳為我的行路鋪上青[翠]絨毯	《亂》	150
		[青]綠的絨毯一夕變成皺縮的碎紙版	《亂》	151
88	〈春回鳳凰山〉	青[翠]的絨毯一夕變成皺縮的碎紙版	《亂》	151
		我心中惦念長[青]的鳳凰山	《亂》	151
		我心中惦念的長[青]的鳳凰山	《亂》	151
		我看到新[綠]，跰跳於回鄉的路上	《亂》	152
89	〈在砂卡礑溪〉	到此際還晴[藍]如昔	《亂》	156
90	〈戰歌〉	從湛[藍]空中轟隆直落	《亂》	160
91	〈山路〉	[藍]色的天俯視大水窟、大關山和馬博拉斯	《亂》	162
		蒼[翠]挺拔，是二葉松擎起整座天空	《亂》	163
92	〈雲說〉	黝[翠]的圓柏蹲踞	《亂》	174
93	〈在陽光升起的所在〉	稻穗尾隨竹影翩翩掃落爬上石階的[青]苔	《亂》	176
94	〈虎入街市〉	見著[青]燈，伊倏一下就過	《向陽臺語詩選》	130
95	〈魚行濁水〉	紅燈黃燈[青]燈閃爍燈	《向陽臺語詩選》	133
		人客面色[青]，我也歹心情	《向陽臺語詩選》	134
		[青]燈短，紅燈長	《向陽臺語詩選》	135
96	〈龍鑽溪埔〉	[青]紅燈，算什麼？	《向陽臺語詩選》	138

旅人的當代抒情
——須文蔚與嚴忠政詩作色彩美學析論

壹、前言

本文以「旅人的當代抒情——須文蔚與嚴忠政詩作色彩美學析論」為題,聚焦於創世紀中生代詩人[1]須文蔚(1966-)、嚴忠政(1966-)的詩作色彩意象及其運用,透過相應的創作背景與文本分析,探索兩位詩人如何透過詩作中的色彩及其美學運用,建構觀看這個島嶼的當代抒情與想像。本研究議題的生成,主要導因於以下三點思考:

第一,現今學界對創世紀中生代詩人,諸如須文蔚、嚴忠政等的研究,尚有相當大的學術空白。歷來對「創世紀詩社」的研究,大多關注於洛夫(1928-)、管管(1929-)、商禽(1930-2010)、張默(1931-)、瘂弦(1932-)、辛鬱(1933-)、葉維廉(1937-)等前行代詩人所樹立的精彩傳統;相形之下,後起中生代詩人的相關討論則顯得較為匱乏。事實上,發展已有六十年傳統的「創世紀詩社」,早擁有不少後起之秀,且已陸續

---

[1] 據孟樊《臺灣中生代詩人論》中所進行的界定,「中生代詩人」指的是約略出生於1949-1969年之間,在1970-90年代陸續在詩壇嶄露頭角的詩人。因其崛起的社會背景差異可再分為「前中生代」與「後中生代」。前中生代詩人約莫崛起於1970年代初期,年齡約為50-60歲之間;後中生代詩人則多數成長於1980年代以後,年齡約為四十到五十之間。並以出生於1959或1960年前後,作為兩個次中生代的分水嶺。參見孟樊,《臺灣中生代詩人論》(臺北:揚智文化,2012),頁4-7。

交出亮眼的成績單。建構「詩路：臺灣現代詩網路聯盟」的靈魂人物須文蔚，1991年加入這個社群，隔年即獲選為中華民國新詩學會「優秀青年詩人」[2]，並於1996年3月至1998年6月負責《創世紀》詩刊編務[3]，他不僅是簡政珍眼中「值得重視的『詩壇新姿』」[4]，也被評價為創世紀「年輕一代中的佼佼者[5]」。另外，曾獲《中國時報》、《聯合報》兩大文學獎的嚴忠政[6]，雖然遲至2006年才加入創世紀，卻早被莫渝譽為不可忽視的「崛起的新勢力[7]」。這兩人在「創世紀詩社」的中生代詩人中，有其不可忽略的代表性。須文蔚兼具詩人與評論家雙重身份，對現代詩、數位文學、報導文學多有著墨，然而他的學者光環遠大於詩人桂冠，現今提及他的評述文字多集中於談述他在數位文學領域上的表現，少見對其詩作的專論。至於屢獲文學獎肯定的嚴忠政，雖被譽為「大獎詩人[8]」，但評論他詩作的資料一樣不多，相關評述文字以書評和單一詩作析論為主，大多篇幅不長。因之，兩位詩人皆有值得後續研究者探索的空間。

　　第二，從世代、背景等層面來看，須文蔚與嚴忠政二人具有一定的同質性。須文蔚與嚴忠政同樣出生於1966年，都是「創世紀詩社」中生代詩人，早年也都曾參與過「曼陀羅詩社」。此

2　洛夫、沈志方主編，〈須文蔚詩選〉，《創世紀四十年詩選：1954-1994》（臺北：創世紀詩雜誌，1994），頁333。

3　解昆樺，〈隱匿的群星：八○年代後創世紀發展史與一九五○年代詩人的新典律性〉，《創世紀詩雜誌》，第140、141期（2004年10月），頁77。

4　簡政珍，〈須文蔚簡介〉，《幼獅文藝》，第468期（1992年12月），頁97。

5　張默、蕭蕭主編，〈須文蔚（一九六六—）稻草人〉，《新詩三百首（下）》（臺北：九歌，2007），頁907。

6　嚴忠政曾獲第24、25屆聯合報文學獎，第27、30屆時報文學獎。

7　莫渝，〈鋪設一條福爾摩沙詩路〉，《臺灣詩人群像》（臺北：秀威資訊科技，2007），頁432。

8　林德俊，〈大獎詩人面對面：李進文V.S.嚴忠政〉，《乾坤詩刊》，第34期（2005年4月），頁107-111。

外，須文蔚在國立東華大學服務多年，並曾擔任華文系主任，嚴忠政則是靜宜大學等校兼任助理教授，並曾在南華大學文學系兼課，兩人都屬於學院詩人，具有學院詩人精通文學理論的特點，熟悉現代詩的發展史，部分作品也特見知識性，整體表現有明顯的書卷氣[9]。在創作上也相當符合陳義芝在論述學院派詩人時，列舉的幾個共同的特色：形式體制的追求、抽象意念的玩賞、文化意識與信仰基礎的開展、學術行話與典籍的運用等[10]。

　　第三，顏色元素在須文蔚與嚴忠政的詩作中皆占有一席之地。創世紀前輩詩人張默認為，須文蔚詩作具有「聲色意」緊密結合的特色[11]。年經詩人楊寒在討論須文蔚的詩作時，也指出其精細綿密地在詩中運用意象，調合聲、色、意的詩境[12]。進一步來看，須文蔚的第二本詩集取名為《魔術方塊》（2013）[13]，「魔術方塊」是翻轉六面色彩的益智遊戲，顯現的正是詩人擅用各式意象組成文字調色盤，勾勒人生風景的重要特色。另外，李進文曾以「偏愛立體與色彩強烈奇譎的抽象藝術，美術與雕塑的美感經驗融於筆端[14]」來形容嚴忠政，指出色彩意象運用是其詩創作上的一大特徵。

　　綜合上述三點思考，本文嘗試透過文本細讀的分式，藉由色

9　李瑞騰，〈「學院詩人」遊走門牆內外　結合多位「教書詩人」的作品聯手推廣新詩〉，《民生報・讀書週刊》，1997年4月3日。

10　陳義芝，〈臺灣「學院詩人」的名與實——《學院詩人群年度詩集》綜論〉，《當代詩學》第3期（2007年12月），頁8-20。

11　張默，〈創發「聲、色、意」的新景〉，《創世紀詩雜誌》，第160期（2009年9月），頁39。

12　楊寒，〈雙重向度的詩旅程——讀須文蔚《旅次》〉，《創世紀詩雜誌》，第170期（2012年3月），頁54-55。

13　須文蔚，《魔術方塊》（臺北：遠流，2013）。

14　李進文，〈意象的激進分子——評介嚴忠政《黑鍵拍岸》詩集〉，《臺灣日報》（2004年5月7日），第17版。

彩學的觀點分析須文蔚與嚴忠政詩作中的顏色運用。觀看這兩位分別成長於臺灣北部、中部的詩人，在塗繪個人抒情色彩與紀錄島嶼真實時，究竟透顯出怎樣的詩觀與創作美學；而這又將提供何種觀看「創世紀詩社」與中生代詩人的角度。

貳、須文蔚與嚴忠政詩作的色彩圖譜

　　從西洋美術發展史的角度來看，色彩形式的經營早成為現代美術發展的重心。俄國抽象藝術家康丁斯基（Василий Кандинский，1866-1944）在談論色彩於繪畫中的重要性時，便曾指出：「色彩是一個媒介，能直接影響心靈[15]」。色彩不只是感官作用的生理感受，更牽引著精神世界的想像與經驗，換言之，「我們對於色彩的認識，不應僅止於物理現象或機能方面，同時必須注意色彩對心理的影響及意象方面的問題[16]。」所謂的「色彩意象」，根據李銘龍的論述，指的是「色彩引起的感覺，經過心理的直覺反應、經驗聯想及價值判斷等綜合運作之後，所形成的對色彩的『印象』[17]。」色彩雖是一種生理感覺，但加入了個人經驗後，色彩意象將具備個人傾向。同時，當色彩採取文字的形態來表情達意，讀者所觀看到的也非色彩本身，而是經由色彩詞彙的表達，喚醒讀者記憶中的色彩樣貌與感覺，進而引發聯想，形構出色彩想像。正因色彩有此特性，觀察作品中的色彩呈現，將有助於了解作者的精神世界。

　　相較於繪畫領域中對色彩意象的探討，色彩在文學作品中

---

[15] Kandinsky, Wassily原著，吳瑪悧譯，《藝術的精神性》（臺北：藝術家，2006），頁48。

[16] 李銘龍編著，《應用色彩學》（臺北：藝風堂，1994），頁11。

[17] 李銘龍編著，《應用色彩學》（臺北：藝風堂，1994），頁16。

所發揮作用的相關研究，仍有待於學者們的開發。就詩歌領域而言，色彩在詩作中運用的研究以古典詩為要。黃永武在《詩與美》一書中，對古典詩中的色彩設計就有著精彩的著墨：

> 把色彩巧妙地應用在詩中，如果色彩的調合與色彩的秩序，能符合色彩學的原則，那麼所引起的色彩感覺一定格外靈動，所造成的氣氛就非常美。所以詩中的色彩字，對意象的視覺效果，有著強烈的顯示功能。因而如何選擇色彩字，是詩人下筆時必爭的技巧之一。至於詩人對色彩的偏愛，以及詩人生活的時代環境等等，都影響到詩中明麗或黯淡的色澤，這就從色彩字中自然流露出個人的性情與時代的風尚。[18]

對黃永武來說，「色彩字在詩中的價值，不啻是繪采設色的外表工夫，還可以透視詩心活動的內層世界[19]。」蕭蕭論及古典詩歌的色彩時，則指出現代詩和古典詩一樣充滿色彩，「欣賞詩不可忽略了色彩力量[20]」，其認為：「以色彩激引讀者視覺，再進而觸發意識聯想，以達成情意交流、感染的效果，古今詩人似乎有志一同[21]。」這樣的「有志一同」點出的是，現代詩中不乏運用色彩意象來加強詩作效果的創作者，若能將古典詩中色彩研究的成果擴及現代詩，色彩具多樣意涵的特質將提供現代詩更寬廣的詮釋可能。誠如宋澤萊所言：「文學家也是一個美學

---

[18] 黃永武，《詩與美》（臺北：洪範，1987），頁21-22。
[19] 黃永武，《詩與美》（臺北：洪範，1987），頁21。
[20] 蕭蕭，《青紅皂白》（臺北：新自然主義，2000），頁201。
[21] 蕭蕭，《青紅皂白》（臺北：新自然主義，2000），頁200。

家[22]！」詩人在詞彙與意象中對色彩的運用，經常讓詩更往美學的高峰前進。論者如謝欣怡在談論新詩的意象美時，就曾提醒我們：「色彩詞在詩中佔有舉足輕重的地位[23]。」

從實際的文本分析來看，須文蔚與嚴忠政確實是偏好運用色彩的詩人。他們詩集中所收錄的詩作，幾乎有超過一半的作品使用到色彩詞。其中，須文蔚的《魔術方塊》與嚴忠政的《黑鍵拍岸》（2004）[24]，更是高達七成以上的詩作運用色彩。平均來看，須文蔚詩作出現色彩的比例約65％，嚴忠政詩作出現色彩的頻率則是59％（請參見表1和表2），顯見色彩運用在兩位詩人的作品中不容忽視。

表1　須文蔚詩集使用色彩比例

詩集	使用色彩篇數	總收錄篇數	使用色彩比例
《旅次》	45	76	59.2%
《魔術方塊》	33	43	76.7%
總數	78	119	65.5%

表2　嚴忠政詩集使用色彩比例

詩集	使用色彩篇數	總收錄篇數	使用色彩比例
《黑鍵拍岸》	36	50	72%
《前往故事的途中》	32	55	58.2%
《玫瑰的破綻》	27	56	48.2%
總數	95	161	59%

進一步從所運用的色彩分布來看，須文蔚和嚴忠政詩作使

[22] 宋澤萊，〈論詩中的顏色〉，《宋澤萊談文學》（臺北：前衛，2004），頁42。
[23] 謝欣怡，《色彩詞的文化審美性及其運用——以新詩的閱讀與寫作教學為例》（臺北：秀威資訊，2011），頁287。
[24] 嚴忠政，《黑鍵拍岸》（臺中：綠可，2004）。

用的色彩詞種類相當多樣化。須文蔚筆下曾出現黑、白、綠、青、黃、紅、藍、灰、銀、金、紫、褐、透明等色澤（請參見表3）；嚴忠政詩作則可見到白、黑、金、青、紅、藍、黃、綠、銀、透明、灰、咖啡、紫、橘、粉紅、卡其等色彩（請參見表4）。不謀而合的是，兩位詩人作品都以「黑色」[25]和「白色」[26]出現的頻率最高。

---

[25] 須文蔚使用「黑」字的詩作依序為：〈那些張望著你的靈魂〉、〈劇終〉、〈連環圖畫書〉、〈千百個夜〉、〈妳的沉默是我的冬天〉、〈這是我們的平原〉、〈夜曲〉、〈晨曦〉、〈或許〉、〈黑暗〉、〈頭條笑料〉、〈歌〉、〈兩岸〉、〈你沉默如雷〉、〈自由與特菲爾的舞者〉、〈西撒〉、〈旅次〉、〈當代繪畫回顧展〉、〈滬寧高速公路上聞蟬聲〉、〈解凍懷念〉、〈沉睡在七星潭〉、〈蛙鳴〉、〈當機〉、〈非常性男女〉、〈在子虛山前哭泣〉、〈木蘭辭〉、〈煙花告別〉、〈與流動相遇〉，共28首，計43次。嚴忠政使用「黑」字的詩作依序為：〈如果黑鍵拍岸〉、〈破譯虛空〉、〈童話聽寫簿〉、〈老人與牆〉、〈攝於市民廣場〉、〈懺情書〉、〈如果遇見古拉〉、〈警察手記〉、〈將軍的病房手記〉、〈放下〉、〈愉悅（II）〉、〈未竟之書〉、〈行道樹與故事的構成〉、〈一場古典的雨〉、〈焚林的煙火〉、〈雨夜花〉、〈死亡向我展示他的權力〉、〈白馬，不是馬〉、〈人質〉、〈星期一的聚餐〉、〈回到光中〉、〈我們的晦澀〉、〈蹉跎如火柴的美學姿態〉、〈蕭邦的女人〉、〈黑色奇萊〉、〈大盜之行〉、〈七月條件〉、〈霧中航線〉、〈同學會〉、〈回到直覺〉，共30首，計41次。

[26] 須文蔚使用「白」字的詩作依序為：〈如果星星都不見了〉、〈劇終〉、〈晨星〉、〈舞會〉、〈燭光〉、〈連環圖畫書〉、〈沈吟〉、〈秋夜瑣言〉、〈域外夜讀〉、〈頭條笑料〉、〈證言〉、〈南陽劉子驥言〉、〈酒泉街〉、〈西撒〉、〈旅次〉、〈魔術方塊〉、〈解凍懷念〉、〈雲樣的誓言〉、〈悄聲〉、〈橄仔樹〉、〈懷想淡水〉、〈玉山學第0章〉、〈苦澀〉、〈攔截風華的左外野手〉、〈打嘴砲〉、〈盲夢〉、〈在子虛山前哭泣〉、〈木蘭辭〉、〈與流動相遇〉，共29首，計43次。嚴忠政使用「白」字的詩作依序為：〈衣架〉、〈聽人說起妳〉、〈窺伺〉、〈一隻斑馬，死在斑馬線上〉、〈複製畫〉、〈單腳練習〉、〈老人與牆〉、〈懺情書〉、〈時差〉、〈在和平的長廊讀畫〉、〈將軍的病房手記〉、〈住址〉、〈單行道〉、〈放下〉、〈愉悅（I）〉、〈未竟之書〉、〈復活〉、〈前往故事的途中〉、〈再致亡夫〉、〈巴別塔〉、〈臭鼬〉、〈南灣〉、〈海〉、〈白馬，不是馬〉、〈玫瑰的破綻〉、〈狙擊手在看我，2049年11月〉、〈骰子的信徒〉、〈回到光中〉、〈她的出現〉、〈蕭邦的女人〉、〈東遊要到琵琶湖，他說〉、〈虞兮，虞兮〉、〈大盜之行〉、〈太歲〉、〈王老先生〉、〈在一些自由裡，看山〉、〈備份蹤跡〉、〈海的選擇和遺忘〉，共38首，計45次。

表3　須文蔚詩作色彩使用統計

顏色	《旅次》出現次數	《魔術方塊》出現次數	總計
黑	26	17	43
白	23	20	43
綠	20	11	31
青	17	7	24
黃	12	8	20
紅	8	12	20
藍	7	5	12
灰	5	4	9
銀	4	4	8
金	2	3	5
紫	1	0	1
透明	1	0	1
褐	1	0	1

※統計範圍：《旅次》、《魔術方塊》兩本詩集。

表4　嚴忠政詩作色彩使用統計

顏色	《黑鍵拍岸》出現次數	《前往故事的途中》出現次數	《玫瑰的破綻》出現次數	副刊出現次數（詩集出版後）	總計
白	16	11	13	5	45
黑	12	9	14	6	41
金	14	5	7	1	27
青	5	8	5	3	21
紅	7	6	5	2	20
藍	4	7	6	3	20
黃	9	3	7	0	19
綠	5	4	3	2	14
銀	7	0	0	0	7
透明	2	2	1	0	5
灰	2	1	1	0	4
咖啡	0	1	1	0	2
紫	1	1	0	0	2

顏色	《黑鍵拍岸》出現次數	《前往故事的途中》出現次數	《玫瑰的破綻》出現次數	副刊出現次數（詩集出版後）	總計
橘	1	0	0	0	1
粉紅	0	0	1	0	1
卡其	0	0	1	0	1

※統計範圍：《黑鍵拍岸》、《前往故事的途中》、《玫瑰的破綻》三本詩集，以及2009年4月至2013年12月發表在報紙副刊的14首詩作。

　　參照前述統計可以發現，嚴忠政與須文蔚詩作中的常用顏色元素有其雷同性，卻也各自發展出不同色彩運用上的喜好。須文蔚雖然和嚴忠政一樣常用黑白，但詩作卻更常出現「青」或「綠」[27]。在中文的傳統語彙中，「青」有時候指的是綠色，有的時候則意指藍色。須文蔚的「青」經常以「青苔」、「青翠」等詞彙出現，因此更靠近於「綠」。如果把他詩作中的「青」歸類進「綠」，那麼須文蔚筆下的「綠」，出現次數更勝於黑白。由此可以推論，須文蔚的色彩圖譜是以綠、黑、白為主。至於嚴忠政的詩作中，可以廣泛地看見「海」的蹤跡[28]。「海」所代表

---

[27] 須文蔚使用「綠」或「青」字的詩作依序為：〈流程〉、〈讓我們停止追逐繽紛的聲色〉、〈啟航儀式的致詞〉、〈答友人書〉、〈連環圖畫書〉、〈沈吟〉、〈秋夜瑣言〉、〈枯井〉、〈曬太陽的詩〉、〈這是我們的平原〉、〈樹〉、〈春日寓言〉、〈年少日記的火葬禮〉、〈證言〉、〈南陽劉子驥言〉、〈征夫〉、〈酒泉街〉、〈迪化街〉、〈你沉默如雷〉、〈自由與特菲爾的舞者〉、〈西撒〉、〈旅次〉、〈料理〉、〈當代繪畫回顧展〉、〈魔術方塊〉、〈解凍懷念〉、〈奧義〉、〈橄仔樹〉、〈苦澀〉、〈木頭人〉、〈吾等皆是夢的產物〉、〈在子虛山前哭泣〉、〈煙花告別〉、〈與流動相遇〉、〈鑄風於銅〉，共首35，計55次。

[28] 嚴忠政使用「海」字的詩作依序為：〈如果黑鍵拍岸〉、〈玉山薄雪草〉、〈破譯虛空〉、〈窺伺〉、〈一尾游離梵音的木魚〉、〈城鄉的末梢神經〉、〈奇萊碑林〉、〈南投奏鳴曲〉、〈遙遠的抵達〉、〈警察手記〉、〈流亡〉、〈未竟之書〉、〈死亡向我展示他的權力〉、〈你為海洋命名的時候〉、〈前往故事的途中〉、〈再致亡夫〉、〈寫給遠離〉、〈一枚核彈在胸前投下〉、〈鞋帶或者蚯蚓〉、〈讀者反應理論〉、〈南灣〉、〈水晶音樂〉、〈海〉、〈屬於太平洋〉、〈作品，一九七八〉、〈三十年〉、〈人質〉、〈地下化運動〉、〈狙擊

的藍色意象，在三本詩集中都曾出現20次以上[29]，比其使用頻率最多的白色更常見。其對海洋意象的偏好，從第一本詩集以《黑鍵拍岸》命名，已可窺見一二。在2011年獲國藝會補助的詩集創作計畫，更是直接選用《海的選擇和遺忘》為名[30]。由此來看，海所開展的藍色意象，亦是嚴忠政詩作的色彩基調，他的色彩圖譜可說是藍、白、黑的搭配運用。

翻閱須文蔚和嚴忠政的詩集，可以發現在色彩的塗繪下，兩位詩人對於所生所長的土地都有一份特殊的情感，透過色彩美學與意象圖景大量書寫了這個島嶼的種種。在這樣的共通性下，兩人雖然都以黑白當基礎，卻搭配著綠與藍的色彩美學，開展出不同的書寫面貌。以下將針對其具有同質性的黑白美學與具歧異性的綠藍美學，分別進行相應的分析與討論。

參、須文蔚、嚴忠政詩作的黑白美學

在所有的顏色中，黑與白是生命最基礎的原色，也是最接近內省的兩種顏色。黑與白的色相描繪一如繪畫中的炭筆素描，

手在看我，2049年11月〉、〈星期一的聚餐〉、〈新本土論〉、〈回到光中〉、〈海外的一堂中文課〉、〈內海〉、〈東遊要到琵琶湖，他說〉、〈海角的海角〉、〈有時我也聽簡單的歌〉、〈七月條件〉、〈備份蹤跡〉、〈妳應該被愛〉、〈認識〉，共41首，計71次。

[29] 嚴忠政詩作海字使用統計：

色彩意象	《黑鍵拍岸》出現次數	《前往故事的途中》出現次數	《玫瑰的破綻》出現次數	副刊出現次數（詩集出版後）	總計
海	21	21	24	5	71

※統計範圍：《黑鍵拍岸》、《前往故事的途中》、《玫瑰的破綻》三本詩集，以及2009年4月至2013年12月發表在報紙副刊的14首詩作。

[30] 國家文化藝術基金會／各項常態補助分享／詩集《海的選擇和遺忘》創作計畫，網址http://www.ncafroc.org.tw/Content/subsidy-online-content.asp?show_no=1&ser_no=11404

用無彩度的顏色去調和大自然的景物，在簡單的勾勒中就能凸顯詩人對生命議題最原初的思考。從相應的色彩學相關資料中[31]，我們可以發現，黑、白兩色的色彩意涵大致呈顯如下（請參見表5）：

表5　黑色、白色的色彩意涵

顏色	情感	象徵與聯想	屬性
黑	嚴肅、深沉、端莊、悲哀、寂寞	錯誤、罪惡、惡魔、骯髒、汙點、死亡、凶兆、恐怖、黑暗、邪惡、閉鎖、絕望、冷酷、壓迫、重壓、陰鬱、孤獨、悲哀、悲哀、畏懼、不安、陰氣、不幸、苦、後悔、病、犯罪、不安全、沉默、深沉、嚴肅、嚴格、莊嚴、優雅、穩重、高級、高貴、科技、力、神祕、秘密、異次元、地獄、深淵、無、無限、靜、結束、北方	無彩度[32]
白	純潔、坦蕩、輕快	純潔、樸素、清潔、乾淨、涼爽、寂靜、真誠、善良、單純、新鮮、率直、信仰、虔誠、神聖、空靈、虛無、空白、空洞、透明、光明、明亮、正確、完全、未來、幸福、天真、自由、可能性、無限、和平、正義、原點、永遠、空間、冷淡、柔弱、寒冷、投降、背叛、恐怖、冷峻、西方	無彩度

從上述色彩意涵的分布來看，不難理解黑與白為何經常成為一種顯明的對比；同時，這種對比經常以「黑暗／光明」、「黑夜／白天」、「邪惡／聖潔」、「絕望／幸福」的方式出現。然而，黑與白的相互關係並非只是大家熟常理解的那樣。黑在負面

---

[31] 參見：何耀宗，《色彩基礎》（臺北：東大，1984），頁71；吳東平，《色彩與中國人的生活》（北京：團結，2000），頁18-24；李銘龍編著，《應用色彩學》（臺北：藝風堂，1994），頁32-35；谷欣伍編，《色彩理論與設計表現》（臺北：武陵，1992），頁184；林昆範，《色彩原論》（臺北：全華科技，2005），頁103-104；林書堯，《色彩認識論》（臺北：三民，1986），頁169-171；林磐聳、鄭國裕編著，《色彩計劃》（臺北：藝風堂，1999），頁66。

[32] 色彩飽和度或色彩純粹程度稱為彩度，黑、白、灰三色屬於無彩度的顏色，給人中庸、穩健的感覺。

的引申外，還含括了高級、高貴、優雅、穩重等正面詮釋，至於白在光亮的解釋外，尚有柔弱、寒冷、恐怖等負面譯解，其關係顯然比一般人所認知的還要複雜。論者如李蕭錕認為：「黑與白存在著一種極不尋常的連帶關係，彼此輝映、彼此消融、互為表裡、互為內外[33]。」換言之，黑與白的關係亦有相互流動，互為解構的多元情狀，端賴創作者與詮釋者如何賦予其意義。

　　從附表的詩例來看，在須文蔚的諸多詩作中，黑色的運用呈顯出兩種明顯的意義傾向。一是與黑暗、黑夜劃上等號，表現出一種僵固的、無法掙脫的生命情境。像是〈劇終〉的「黑暗壓上了山坡[34]」、「紡織娘在黑夜的梧桐樹下低鳴[35]」，〈連環圖畫書〉裡「枯坐的雪人被頑童鎖在黑暗中[36]」、「最後凝聚成黑暗[37]」，〈千百個夜〉中的「引領妳出入黑暗固守的夜晚[38]」、「黑暗固守的欲念的悵望的死亡中的快樂[39]」，〈滬寧高速公路上聞蟬聲〉裡「無數的車輪潑墨在黝黑的畫軸上[40]」、「那是夏蟬蟄伏在黑暗中十七年後[41]」等等，都是相當顯明的例子。最具代表性者，是名為〈黑暗〉的這首詩：

　　　　風織雲成一面蔽天的大網

33　李蕭錕，《臺灣色》（臺北：藝術家，2003），頁86。
34　須文蔚，〈劇終〉，《旅次》（臺北：創世紀，1996），頁46。
35　須文蔚，〈劇終〉，《旅次》（臺北：創世紀，1996），頁47。
36　須文蔚，〈連環圖畫書〉，《旅次》（臺北：創世紀，1996），頁63。
37　須文蔚，〈連環圖畫書〉，《旅次》（臺北：創世紀，1996），頁67。
38　須文蔚，〈千百個夜〉，《旅次》（臺北：創世紀，1996），頁85。
39　須文蔚，〈千百個夜〉，《旅次》（臺北：創世紀，1996），頁85。
40　須文蔚，〈滬寧高速公路上聞蟬聲〉，《魔術方塊》（臺北：遠流，2013），頁49。
41　須文蔚，〈滬寧高速公路上聞蟬聲〉，《魔術方塊》（臺北：遠流，2013），頁50。

月弓、星子似昏迷的身姿

墜入——

黑暗深聚為一濃稠

輕聲泛著一層層誘惑的淵藪

子夜才剛吊在網上

潮水已漲到胸膛了

多撥開一叢草茨，遂有

多一分觸覺上的認識

夜說：風莫散去[42]

在詩作〈黑暗〉中，黑既為誘惑的淵藪，那麼夜更為其無可
逃脫的棲息地。

黑色在這些詩作中的運用，經常是作為一種需要解脫、渴
望被救贖的生命情境出現。但是，詩人並未固守於此，在不少詩
作中也可以看到，其利用黑色代表蟄伏的生命要衝出限制的前哨
站，或者用以強化感情的堅定。像是〈自由與特菲爾的舞者〉裡
「特菲爾的舞者們在黑暗中憩息[43]」，〈旅次〉中「一個個無夢
的黑夜我懷舊地祈望彩繪宗周的智慧於天地[44]」，〈沉睡在七星
潭〉裡「讓黑潮不斷淘洗上岸的鵝卵石上[45]」。在〈這是我們的
平原〉裡，則可以看到須文蔚如何運用黑色的意象迎接即將要到
來的光明：

---

[42] 須文蔚，〈黑暗〉，《旅次》（臺北：創世紀，1996），頁120。

[43] 須文蔚，〈自由與特菲爾的舞者〉，《旅次》（臺北：創世紀，1996），頁196。

[44] 須文蔚，〈旅次〉，《旅次》（臺北：創世紀，1996），頁207。

[45] 須文蔚，〈沉睡在七星潭〉，《魔術方塊》（臺北：遠流，2013），頁75。

火車鑽進黝暗的山洞
我握著妳皺紋編成的雙手
一如多年前妳驚慌地拉起
我強作鎮靜的手掌，陪我闖進
我們從未經驗過，在前方
如此漆黑又漫長的隧道

火車穿過一陣又一陣的風雨
返鄉途上，早秋的蘆花
泛上河畔的蒼綠
妳的側影疊映在車窗內急速變幻的光影中
一霎時，風停雨息
妳說：這是我們的平原
無風無雨的所在[46]

　　詩作第一行以「黝暗」來描摹山洞裡的不見天日，首段末句
繼以「漆黑」象徵充滿著未知的將來，誠如莫渝所言：「山洞是
實景，隧道是虛景，暗喻人生旅程的不可知。[47]」然而，黑的存
在並不是為了要強調「黑色」，而是利用「黑」這個背景，凸顯
白茫茫的「早秋的蘆花」、綠意盎然的「河畔的蒼綠」，以及
詩中我不斷注視著的「妳的側影」，傳達夫妻多年來始終如一
的愛情。

　　與須文蔚相較，嚴忠政在黑色的運用上相對較為多元。在

46　須文蔚，〈這是我們的平原〉，《旅次》（臺北：創世紀，1996），頁90-91。
47　莫渝，〈須文蔚●這是我們的平原〉，《新詩隨筆》（臺北縣：北縣文化局，
　　2001），頁305。

〈死亡向我展示他的權力〉裡，是「烏雲」的存在；在〈同學會〉中，是教室裡頭的「黑板」；在〈星期一的聚餐〉裡，則是「漆黑的臉」與「漆黑的炭」；在〈回到光中〉又有「黑色石膏像」、「黑色維納斯」與「黑函」。當然，在這種多元的運用中，也有兩個較為明顯的趨向：一是，與須文蔚相同的是，也有不少「黑夜」與「黑暗」的色彩意象出現，但是其正向的詮釋多於負面；二是，黑所指涉的意象或物件，經常作為該詩的詩眼或其情節鋪展的關鍵所在。就第一點來說，黑暗與黑夜對嚴忠政而言，顯然是更具神祕氣息與曖昧暗示的場景與存在。在〈蹉跎如火柴的美學姿態〉中，詩人以擦亮火柴看細小木條緩緩延燒，比喻愛情與生命中許多美好的事物，本該細細琢磨、品嚐與醞釀，而非如打火機的便利與匆促。詩中，他以「我們要蹉跎，不以電光火石摩擦黑夜[48]」作為全詩最重要的警句，「黑夜」在這裡既是曖昧滋生的場景，也是其蹉跎美學姿態的原發之處。

　　另外，在〈黑色奇萊〉一詩中，嚴忠政透過描摹一冊武林傳奇，描寫神祕莫測的奇萊山。由於從合歡山的角度望向奇萊山，其主峰經常因為背對陽光以及其複雜的氣候變化，顯得闃黑與千變萬化，因此素有「黑色奇萊」之稱。詩人在描摹其神祕的姿影時，是這麼寫的：

　　　　該是一冊古老的武林傳奇

　　　　稜線裝訂了頁岩

　　　　人物拔地而起

　　　　無以復刻，因為是你

---

[48] 嚴忠政，〈蹉跎如火柴的美學姿態〉，《玫瑰的破綻》（臺北：寶瓶，2009），頁111。

......

眼見側峰露出半截胳臂

那是時間的肌腱，陡峭，有力

出掌是雲，收掌是霧

要挑戰你好不容易

好不容易到了這個章回

從驚悸這頭望去

龐大的黑色身影

沒有一件披風比你還武俠

除了喧囂

你還會有什麼江湖仇家[49]

　　在這首詩中，題目本身的「黑」既是奇萊山的慣稱，也暗示著這座山的奇特之處。在詩行的後段，詩人再以「龐大的黑色身影」的具體武俠形象來呼應題目，奇萊山的姿影也更加清晰地為讀者所理解。

　　就第二點而言，嚴忠政對黑色的偏好，顯現在他的首本詩集即名之為《黑鍵拍岸》。論者如賴芳伶曾經指出，嚴忠政的這一本詩集就是「以如浪的『黑鍵』拍擊『生命海岸』的音頻[50]」。「黑鍵」這樣一個意象對於嚴忠政，顯然有其特殊的意義。這本詩集的第一首詩，即名為〈如果黑鍵拍岸〉，詩作末段寫道：

你來論述我的詩嗎

49　嚴忠政，〈黑色奇萊〉，《玫瑰的破綻》（臺北：寶瓶，2009），頁134-135。
50　賴芳伶，〈若遠處的距離等於青春——《黑鍵拍岸》讀後〉，收錄於嚴忠政，
　　《黑鍵拍岸》（臺中：綠可，2004），頁6。

如果暗潮可以決定洶湧，那是你

撐起海床的脊柱；譬如

如果黑鍵拍岸

那是某種音準，或斷句

擊中

我的胸腔[51]

　　「如果」描繪的是某種生命狀態的假設，表露的也是詩人詩意／詩藝的想像。在這首詩裡，詩人運用海洋意象傳達對寫詩深層的渴望。其中，「黑鍵」指的是創作者的筆墨，當然也是評論家的鉛字。「黑鍵拍岸」實際上是詩人以鍵盤對生命發出的叩問，更是作品動人心弦的象徵。此外，「黑鍵」也出現在刻畫死亡的詩作〈放下〉中，現實中的鋼琴是白鍵比黑鍵多的，在這裡詩人卻刻意營造「只有黑鍵沒有白鍵的鋼琴[52]」，用黑鍵的單一來強化黑的視覺感受，用黑來作為生命中不可承受之重——死亡——的隱喻。

　　除了顯明的黑色之外，兩位詩人對於「玄」、「墨」、「烏」的運用也有值得一看之處。論者黃仁達在《中國顏色》一書中曾經指出：「黑與玄、幽、皁（皂）字義相通，是泛指北方天空長時間黯然深邃與神秘的色調」，並進一步將黑色系，細分為黑色、玄色、墨色、漆黑、皂色、烏黑、黛色[53]。兩位詩人眼中的黑色同樣不單是「黑」，也以「玄」、「墨」、「烏」等色彩詞呈顯。須文蔚的〈西撒〉穿插了「玄鳥」的靜觀、嘶鳴

---

[51]　嚴忠政，〈如果黑鍵拍岸〉，《黑鍵拍岸》（臺中：綠可，2004），頁13-14。

[52]　嚴忠政，〈放下〉，《黑鍵拍岸》（臺中：綠可，2004），頁158。

[53]　黃仁達編撰，《中國顏色》（臺北：聯經，2011），頁252-271。

與飛去，隱喻歷史人物的起落。嚴忠政筆下的「玄」，則幾乎都是「玄黃」。〈愉悅（Ⅱ）〉一詩透過「此時玄黃早已轉為蔚藍[54]」，描摹未明的天色已隨著時間亮起，〈懺情書〉則以「墨色」的夜呼應男孩用毛筆寫下的留言。此外，須文蔚的〈滬寧高速公路上聞蟬聲〉、〈解凍懷念〉、〈蛙鳴〉、〈在子虛山前哭泣〉，嚴忠政的〈放下〉、〈一場古典的雨〉、〈死亡向我展示他的權力〉、〈星期一的聚餐〉、〈回到光中〉等詩，也都可見到「烏雲」的蹤跡，用以呈顯哀傷、陰鬱或沈悶的場景。

　　與黑色相較，白色在須文蔚與嚴忠政的詩中，都顯得更加靈活多變。蕭蕭曾經指出：「色彩不可能單獨存在詩句中，必定附著於一件具體的事物上[55]」。以此來檢視須文蔚詩作中的「白」，剛好可驗證此一論述。在他的詩中，「白」時而是「白紗」、「白袍」、「白衫」、「白傘」、「白銀項鍊」，時而是「白雲」、「白髮」、「白鍵」、「白楊」，有時則是「白鷺鷥」、「白鳥」、「白豬」。整體來看，在這些作品裡頭，「白」所聯繫的事物與意象，大多具有單純、美好、飄逸的形象。它們或是具有顯明的童趣，或是在詩人抒情的筆法中成為聯繫情感與回憶的重要樞紐。

　　以須文蔚的〈沈吟〉為例，詩人以分布在前面三段的三次「一襲白衫」，作為貫串全詩的關鍵意象，白衫是你慣常穿著的衣服，自然也是你的代稱。最後，以「我的雙瞳因缺少一襲白衫子而黯然[56]」，來表達對你的思念。同樣的，在〈雲樣的誓言〉中，詩人也透過白點出生命的純粹之處。該詩詩行以「是誰？／

---

[54] 嚴忠政，《前往故事的途中》（臺中：中市文化局，2007），頁18。
[55] 蕭蕭，《青紅皂白》（臺北：新自然主義，2000），頁30。
[56] 須文蔚，〈沈吟〉，《旅次》（臺北：創世紀，1996），頁69。

以利刃自船舷卸下一行詩句／幻想著，以誓言劃過冰封的江面／
一行白鷺銜起激豔的餘音／衝上雲端[57]」作為起始，用「白鷺」
衝上雲端來點出詩句的美好，接著在第二段透過「白雲」、「白
鳥」指出鷺鷥的需要伴侶，以雲的誓言暗喻著人對情感的渴求。
在相當具代表性的〈魔術方塊〉中，詩人如此以白來帶出生命值
得回味與美好之處：

> 於是我暗暗決心
>
> 不再用蒼白來博取妳的愛戀
>
> 當妳再次旋轉到天體的對面
>
> 隔著春日注滿綠光的水田
>
> 我會珍惜時空歪斜的一剎那
>
> 化身千萬隻白鷺銜給妳會發光的花朵
>
> 讓妳種在夢中的荒原　　照亮
>
> 妳珍惜孤寂的幸福[58]

當然，在須文蔚的詩中，白色也不全然是光明美好的，有時
候也是對某種現實情境的殘酷揭示。在〈證言〉中，詩人以「保
持史冊上緘默般的空白[59]」以及「崔杼冷白的面容[60]」，活靈活現
地再現現實，帶我們一窺齊崔杼弒君的歷史事件。再者，在〈木
蘭辭〉中則是寫道：「馬克杯裡／漂浮在番茄汁上的冰塊／是一
張張戰死沙場的士兵／蒼白的臉孔／把淚融入血中[61]」，詩人將

[57]　須文蔚，〈雲樣的誓言〉，《魔術方塊》（臺北：遠流，2013），頁62。

[58]　須文蔚，〈魔術方塊〉，《魔術方塊》（臺北：遠流，2013），頁52-53。

[59]　須文蔚，〈證言〉，《旅次》（臺北：創世紀，1996），頁150。

[60]　須文蔚，〈證言〉，《旅次》（臺北：創世紀，1996），頁155。

[61]　須文蔚，〈木蘭辭〉，《魔術方塊》（臺北：遠流，2013），頁160。

透明略帶白色的冰塊與紅色的番茄汁，擬人化為傷亡士兵蒼白的臉，以及殺戮的鮮血，一點一滴融化的冰塊，彷彿正流著眼淚，控訴戰場的無情。此處的白是慘白的面容，更是蒼白的心情。

有別於須文蔚對於白有更多純情的召喚，嚴忠政對白色的運用則大量集中於多層次的狀態描繪與不同類型物件的擺設。白色雖然是沒有彩度的顏色，但嚴忠政的詩人之眼卻看見「白」的多層次。他的詩作中白色除了以「白」的形式出現，還有「蛋白色」、「錫白」、「琺瑯白」、「雪白」等變化，甚至是比白色更潔白的色澤。在〈復活〉一詩裡，他寫道：「妳的純潔是一種染料，比白還白[62]」。白色原本就具有純潔、乾淨、完美等意涵，詩人透過「比白還白」的重複，達到增強的效果，強調詩中妳的無比純潔，幾乎比完美更加完美。

另一方面，像是〈單行道〉一詩，則是利用文字的歧義性賦予白更多的想像空間：

自由路

和媽媽站在遠東百貨門口等計程車的那個小孩
將車泊在白白的大樓招租廣告前面，憋了許久
終於沿地磚裂縫撇出幾個人字。這些「人」，
騎樓底下就只有這些　　　　　　　　　人[63]

詩人透過小孩的視角觀看，點出「將車泊在白白的大樓招租廣告前面」，「白白的」可能是指大樓玻璃反射著白光，或者是

---

[62] 嚴忠政，〈復活〉，《前往故事的途中》（臺中：中市文化局，2007），頁51。
[63] 嚴忠政，〈單行道〉，《黑鍵拍岸》（臺中：綠可，2004），頁147。

招租廣告本身使用了大量的白色，也可能是招租廣告乏人問津的空白。陳威宏論及此詩時，就曾指出：「遠東百貨臺中店於1969年開業，2000年結束營業，此處的『白白的大樓招租廣告』，暗示百貨倒閉的事實[64]。」其實白色和黑色一樣，在某些情況底下也會被用來代表死亡，像是嚴忠政的〈王老先生〉一詩，透過「最白的菅芒告別最紅的夕陽[65]」的紅白對比，讓白色的菅芒象徵白髮蒼蒼的老先生告別了人世。至於〈在和平的長廊讀畫──讀陳澄波先生〉裡頭，卡車上的「白旗子」指的不是投降，而是死刑的宣判。

此外，我們還需注意的是，在所有的物件中嚴忠政相當偏好運用「白鳥」與「白鴿」的意象，這一點在須文蔚的詩中同樣可見。這樣的意象隱喻來自於《聖經》「諾亞方舟」的故事。在這個故事的最末，諾亞放出白鴿去看洪水是否消退，白鴿銜著冒出新葉的橄欖枝條飛回，諾亞因而得知大地已獲重生[66]。這個典故讓「白鴿」與「橄欖葉」成為和平、新生、希望的象徵。在嚴忠政的〈骰子的信徒〉一詩裡，「一排小學生跟著白鴿踏上紀念館石階／他們進到骰子裡[67]」，白鴿沒有在天空自由飛翔，反而帶著小朋友進入紀念館，這個大人與社會製造出的框架，此處的白鴿可說是對自由的嘲諷。須文蔚的〈橄仔樹〉末段，同樣以白鴿和橄仔樹（西洋橄欖樹）來傳達失而復得的幸福：

---

[64] 陳威宏，《臺灣戰後出生第三代詩人(1965-1974)之都市書寫》（桃園：國立中央大學中國文學研究所碩士論文，2008），頁113。

[65] 嚴忠政，〈王老先生〉，《聯合報》（2009年11月23日），第D3版。

[66] 廿一世紀研究會原著，張明敏譯，《色彩的世界地圖》（臺北：時報，2005），頁129。

[67] 嚴忠政，〈骰子的信徒〉，《玫瑰的破綻》（臺北：寶瓶，2009），頁82。

從來我們就以橄仔樹當作紀念碑

　　颱風也吹不走流浪的碑文

　　教白鴿在枝枒間朗誦且棲止出一叢叢美夢

　　教野百合在濃蔭下歡唱且綻開出

　　去而復返的幸福[68]

　　橄仔樹是噶瑪蘭族的聖樹，是族人共通的記憶，從祖先到後代，噶瑪蘭族經歷幾番流浪遷移，終於能夠安居。誠如林明理所言：「當白鴿的出現、野百合在濃蔭下歡唱的畫面，其象徵含意是族人已找到靈魂庇護之所[69]」，白鴿象徵著和平，同時意味著苦難已離去。此外，〈與流動相遇〉中的「白鴿」，是和平之鴿與警鴿的結合。須文蔚寫道：「有人為每一隻白鴿繫上監視器／宣稱和平與秩序時時盤旋在城市上空[70]」，白鴿是和平的代表，警徽中間有鴿子圖案，因此警察也被稱為鴿子，詩人將這兩種象徵意義，搭配鴿子的飛行，讓白鴿成為掛著監視器的城市秩序維持者。

　　在兩位詩人的筆下，黑和白偶爾也會相繼出現或產生互動。比如須文蔚的〈頭條笑料〉，以「黑白」來表示是非；〈連環圖畫書〉一詩裡，「枯坐的雪人被頑童鎖在黑暗中[71]」，雪人的白對應上四周的黑，形成鮮明的對比；「緊緊相擁的白鍵與黑鍵沉默在鵝黃的光影中[72]」，則是運用鋼琴的黑鍵、白鍵，以及月亮

───────────

[68] 須文蔚，〈橄仔樹〉，《魔術方塊》（臺北：遠流，2013），頁73。

[69] 林明理，〈希望與愛：讀《橄仔樹》〉，《創世紀詩雜誌》，第160期（2009年9月），頁36。

[70] 須文蔚，〈與流動相遇〉，《魔術方塊》（臺北：遠流，2013），頁194。

[71] 須文蔚，〈連環圖畫書〉，《旅次》（臺北：創世紀，1996），頁63。

[72] 須文蔚，〈連環圖畫書〉，《旅次》（臺北：創世紀，1996），頁64。

的鵝黃色光暈，呼應德布西的月光曲。又如嚴忠政的〈放下〉，詩人以「看白雲和烏雲如何對弈[73]」，表現兩端的拉鋸；〈蕭邦的女人〉一詩寫道：「你很小心。在白鍵與黑夜之間[74]」，詩末更點出「因為唯有夢著／現實才有和弦[75]」，白與黑訴說著琴人與情人間的距離。整體來說，這樣的例子不多，顯見兩位詩人還是喜歡讓黑白各自為政，而非使其互補交融。

肆、須文蔚、嚴忠政詩作的綠藍美學

　　色彩意象的形成不僅與心理經驗相關，同時受到文化背景的影響，色彩意象存在著共通性也隱藏著歧異性，因而色彩意象並非是單一色彩對應單一意涵，更多時候是同一色彩負載著多種意涵。比方說，在中文的語境裡頭，「青色不只是藍色，也包含綠色。但是，不變的是它們都具有傳達生命感的意象。[76]」《色彩的世界地圖》一書中曾談論到「青」的語源：

> 日文中的「青」（音為ao），據說是由古代日本被當作染料的「藍」（ao，中文為「靛」）而來。日文漢字的「青」，是表現植物萌芽的「生」和井裡面蓄有清水的「井」兩字組合而成，是代表新綠、嫩芽的顏色。不過，現在日文中一般使用的「青」（ao），在藍到綠之間，範圍相當廣泛。[77]

---

[73] 嚴忠政，〈放下〉，《黑鍵拍岸》（臺中：綠可，2004），頁157。

[74] 嚴忠政，〈蕭邦的女人〉，《玫瑰的破綻》（臺北：寶瓶，2009），頁114。

[75] 嚴忠政，〈蕭邦的女人〉，《玫瑰的破綻》（臺北：寶瓶，2009），頁115。

[76] 呂月玉譯，《色彩意象世界》（臺北：漢藝色研，1987），頁122。

[77] 廿一世紀研究會原著，張明敏譯，《色彩的世界地圖》（臺北：時報，2005），

上述對「青」字的語源回溯，一來揭示了「青」與「生」的關聯，二來談到了「青」所指涉的色彩其實是相當廣義的。李蕭錕在《臺灣色》一書亦對「青色」有所論及：「藍色被稱作青色，青色代表新生、新鮮、萌芽、初生、新手、新人[78]。」雖然，「青色」的本義是「藍色」，但在「青草」、「青梅」、「青苔」等詞彙裡，「青」都用來指稱綠色，所以不少人認為「青」是綠色。誠如李蕭錕所言：「藍色和綠色常是臺灣人眼中的青色[79]」。在這樣的情況底下，我們檢視一系列須文蔚詩作中的「青」，可以發現其多以「青」來指稱綠色，因此本文採用較為寬廣的界定方式，將其詩作中的「青」、「綠」皆接納入綠色美學系統來討論。根據相應的歸納，綠色與藍色的色彩意涵如下（請參見表6）[80]：

表6　綠色、藍色的色彩意涵

顏色	情感	象徵與聯想	屬性
綠	安詳、親愛、爽快、溫順、善良	青春、和平、遙遠、生命、安全、長生、清爽、春風、新鮮、安穩、輕快、正義、健康、理性、安息、清潔、誠實、沉著、成長、安靜、安心、友人、安定、初夏、休息、永遠、自然、未熟	中性色[81]

頁104。

[78] 李蕭錕，《臺灣色》（臺北：藝術家，2003），頁54。

[79] 李蕭錕，《臺灣色》（臺北：藝術家，2003），頁57。

[80] 參見何耀宗，《色彩基礎》（臺北：東大，1984），頁71；吳東平，《色彩與中國人的生活》（北京：團結，2000），頁18-24；李銘龍編著，《應用色彩學》（臺北：藝風堂，1994），頁24-27；谷欣伍編，《色彩理論與設計表現》（臺北：武陵，1992），頁183；林昆範，《色彩原論》（臺北：全華科技，2005），頁99-101；林書堯，《色彩認識論》（臺北：三民，1986），頁163-167；林磐聳、鄭國裕編著，《色彩計劃》（臺北：藝風堂，1999），頁66。

[81] 紅、黃、藍、綠等色彩名稱，稱之為「色相」，即色彩的相貌。色相可分為暖色調、冷色調和中性色三種，暖色調帶給人溫暖、積極、興奮的感覺，如紅、橘、黃色；冷色調則給予人寒冷、消極、沉靜的感覺，藍青色系屬之。綠、紫、灰三色不暖亦不寒，讓人有種溫和、安靜的感覺，被稱為「中性色」。

顏色	情感	象徵與聯想	屬性
藍	沉著、冷漠、可憐	青春、平靜、深遠、貧寒、堅實、希望、理性、涼爽、瀟灑、爽快、清潔、正義、前進、悲傷、憂鬱、年輕、深遠、廣大、過去、憧憬、沉默、靜寂、陰氣、孤獨、疲勞、虛偽、自由、冷淡、理想、幸福	冷色調沉靜色消極色

　　通過表6，可以理解綠色與藍色在意涵上其實是有互相交疊之處的。事實上，綠色和藍色都是生命的顏色，「海水孕育了地球上的生命，但是綠色植物，供給地球上生物所需的食糧[82]。」不過，需要注意的是，相較於藍的滲透進憂鬱的色彩，綠則更令人感覺到輕快和安定，在詩作中廣泛使用這兩種趨向略有不同的顏色，自然也會呈顯出詩人不同的創作風味。

　　從整體詩創作的歷程上來看，須文蔚對「綠／青」的使用，在兩個不同的階段上略有不同。《旅次》時期的「綠／青」，是對青春的歌詠與愛情的呼喚，到了《魔術方塊》，則更加入了旅途奔忙中的對島嶼書寫，這樣的變化大抵也符合須文蔚的創作路程。他的首部詩集《旅次》結集出版於1996年，彼時詩人還是政大新聞系博士班的學生。這本詩集集結了他自大學以來1984-1995年間的早期作品，充斥著「對年少青春的穎悟，某些人物的心儀與悼念，季節風物的契刻，親情純真的披瀝，古典礦源的假借，與夫對現實未知世界的追逐與探索等等[83]」，相當能夠顯露詩人早期創作上的特色。至於《魔術方塊》出版於2013年，此時詩人已於大學任教多年，因為教學的需要在十多年間不斷穿梭於臺北與花蓮之間。因之，在這本最新的集子裡也就有著更多關於

---

[82] 賴瓊琦，《設計的色彩心理：色彩的意象與色彩文化》（臺北縣：視傳文化，1997），頁179。

[83] 張默，〈巡戈在風起雲湧的聲色裡──試探須文蔚的《旅次》〉，《旅次》（臺北：創世紀，1996），頁1。

這塊土地的行旅與思考。

在《旅次》的階段裡，須文蔚詩中的「綠／青」主要有兩個指向：一是「青綠的竹節」、「青翠誘人的綠洲」、「濃鬱的綠蔭」、「深綠的藤蔓」、「溪水湛綠著」，是大自然的色澤、是草木的外觀，更是生命的象徵；二是「青春」、「青年」，象徵年少的情感與夢想的追尋。這兩者有時也會相互連結、互有指涉。就前者而言，詩人關注於書寫大自然的美好之「綠」，無疑顯露出其雖為臺北人，卻有著一顆嚮往自然、書寫自然的心。在〈讓我們停止追逐繽紛的聲色〉中，詩人以「讓我們停止追逐繽紛的聲色／終結沙發椅上的自助旅行」作為起始，要我們學會「關上電視／以十指去辨識／稻禾與稗草的差異／以雙腳去諦聽／暴雨與泥土的媾和」，最後他說：「批倒一叢青草／安然坐下，雨后／一幅潑墨山水畫／會迤邐開展在平野之上[84]」。原來，當人進入平野、安然坐於青青草原之上，這樣的畫面本身就是一幅美麗的潑墨山水畫。

〈答友人書〉則是寫到：「陽光掀開晨霧的窗簾／庭院中青綠的竹節接引著青綠的竹節向上生長／遠方的山脈抖落了纏綿的雲，注視著／一絲瘦弱溪水引領著生靈穿過山谷重重設下的排障與傷害／航向廣闊而神秘的流域，鋪綠／無涯蔓生的草原[85]」，不只竹節是青綠色的，山脈、溪水、草原也都屬於綠色意象，重複兩次的「青綠的竹節」，成為詩中最顯目的近景，而遠方「鋪綠」的草原則是詩人的夢幻之地。最能代表詩人綠色情懷者，當推〈樹〉這首詩：

---

[84] 須文蔚，〈讓我們停止追逐繽紛的聲色〉，《旅次》（臺北：創世紀，1996），頁29。

[85] 須文蔚，〈答友人書〉，《旅次》（臺北：創世紀，1996），頁37。

綠是種渴，不需臉紅

對生的葉片若開啟的唇

吸吮著陽光

禁錮住時間的秘密

只有記憶最真實

憩息於心中的年輪

一圈又一圈擴散出

樹梢雀鳥的舞蹈

蟬的嘶鳴

在陽光的季節裡還多些莊嚴

多些莊嚴的擷取與驕傲的成長

伸展出龐大的庇蔭給大地

挺起更堅實的枝幹

負擔一個巢[86]

　　「綠是種渴」，表達了蓬勃旺盛的生命力，記載著一圈圈年輪的增長，也記憶了「雀鳥的舞蹈」、「蟬的嘶鳴」。樹不僅在陽光的季節裡莊嚴著，更庇蔭了整個大地，擔負孕育生命的重要工作。青綠的自然對年少的須文蔚來說，顯然是美好不過的事物。像是〈沈吟〉一詩裡以「火紅的木棉轉綠了[87]」的自然景觀，象徵春天過去、夏季來臨。〈枯井〉一詩中「青苔密密覆

[86]　須文蔚，〈樹〉，《旅次》（臺北：創世紀，1996），頁102-103。
[87]　須文蔚，〈沈吟〉，《旅次》（臺北：創世紀，1996），頁69。

蓋的／枯井[88]」，用生機盎然的青苔，來凸顯井的乾涸。即便在〈年少日記的火葬禮〉寫到「青苔」，也是「猶似驚見積雪下萌生的青苔[89]」，透過青苔表現生命力與希望。

綠與青的旺盛生命力，進一步帶出的就是上述第二種指向的「青春」和「青年」。在詩人的詩作中，直接採用「青春」一詞的只有少數，如〈流程〉中的「青春在露珠與草茨[90]」，但是「青年」一詞卻在不少作品裡頭都扮演了重要的角色。在〈啟程儀式的致詞〉中，詩人以「愈聚愈多的青年學者對自己的命題下定義[91]」，描繪青年學子在學院裡頭學習思辨，而在畢業之後，這些琢磨的智慧都必須在現實的考驗中獲得驗證。迎接著啟程的青年們的，是宇宙星系般無數的考驗，卻也是無限的飛行與可能。在〈迪化街〉裡，作者藉由「大稻埕的青年不再在街頭以生命與義氣狂賭[92]」，暗示著在歲月的淘洗中，迪化街走過清末民初的革命，以及日人殖民戰敗後的離去。時光荏苒，風華不再，卻依舊保留了許多令人駐足的回憶。在須文蔚的筆下，「青年」的形象似乎是更接近於「憤青」，因而不免在〈你沈默如雷〉中讀到：「衰老的國度中，青年們／等待著死亡終結絕望，每天／聆聽推陳出新的辭彙描述／一成不變的遠景，早夭的孩子[93]」；在〈旅次〉中看到：「延宕的律法被驕縱的官吏遺卻在權力的爭奪中／青年們被飢餓與慾望放逐後背棄禮法／盲動在無邊無際的滿足中，不自覺／又被真正的幸福永遠放逐[94]」。在〈自由與特

---

[88] 須文蔚，〈枯井〉，《旅次》（臺北：創世紀，1996），頁79。

[89] 須文蔚，〈年少日記的火葬禮〉，《旅次》（臺北：創世紀，1996），頁118。

[90] 須文蔚，〈流程〉，《旅次》（臺北：創世紀，1996），頁28。

[91] 須文蔚，〈啟程儀式的致詞〉，《旅次》（臺北：創世紀，1996），頁35。

[92] 須文蔚，〈迪化街〉，《旅次》（臺北：創世紀，1996），頁182。

[93] 須文蔚，〈你沈默如雷〉，《旅次》（臺北：創世紀，1996），頁192。

[94] 須文蔚，〈旅次〉，《旅次》（臺北：創世紀，1996），頁210-211。

菲爾的舞者——紀念中國土地上一場未竟的民主運動〉一詩裡，
甫起始就是這樣一段沈重的文字：

> 一次龐大的葬禮是魔咒，綑綁了
> 熾熱肉體內的尊
> 嚴，夢想和希望。
> 為了躲避死亡的恫嚇
> 青年們拋去靈魂的重量
> 卸下懷疑和與生具來的引力，比肩
> 凝結成大理石雕像[95]

　　這首發表於1992年的詩作，所寫的無疑就是1989年的六四天
安門事件。詩行中「青年們拋去靈魂的重量」，表面上似乎是意
指社會主義的洗腦成功，實際上是透過反語，直指憤怒的知識青
年們決心以死喚醒被禁錮的夢想與希望。血淚的畫面猶在，當青
年們肩並肩，成為大理石雕像般的堅守信念，一場龐大的喪禮正
震撼著表面壯盛實則虛腐的帝國，燃燒著尊嚴與愛的火花。
　　如果說在《旅次》時期，看到的是須文蔚更多情感的表露與
對青年的呼喚，那麼到了《魔術方塊》階段，從對「綠／青」的
色彩運用中，則能進一步看到他對這個島嶼細密、具體的關注。
在代表作〈魔術方塊〉裡，詩人以「我摩登了好幾座摩天大樓的
倒影／在礦泉水招牌上的綠洲小憩[96]」，描寫在如魔術方塊的都
市之中，不論怎樣翻轉總還會有一片可供小憩的餘蔭之地，幻影

95　須文蔚，〈自由與特菲爾的舞者——紀念中國土地上一場未竟的民主運動〉，
　　《旅次》（臺北：創世紀，1996），頁194。
96　須文蔚，〈魔術方塊〉，《魔術方塊》（臺北：遠流，2013），頁51-52。

的藍圖雖然總被現實所傷，但是「我」仍暗暗發誓，「當妳再次旋轉到天體的對面／隔著春日注滿綠光的水田／我會珍惜時空歪斜的一剎那／化身千萬隻白鷺衛給妳會發光的花朵[97]」。「綠光的水田」是春日的美好，而白鷺鷥則是其中不容忽視的存在。這樣的詩作既寫魔術方塊的巧妙，也將觀看的角度擺放到現實臺灣的鄉間風景。在〈苦澀——給古坑〉中，詩人同樣也以「白鷺鷥踏步在水田間／彈奏著一首碧綠色的鋼琴奏鳴曲」[98]，描繪雲林古坑存在的那些美好與生機盎然。上面曾經提及的〈橄仔樹〉，則是以「高大俊拔的樹幹不斷貼近上蒼／風與綠葉密語著翻譯出的不是遺忘／是光和作用後的哀嚎　鮮血　淚水／讓時光寬容地收納入甜美的果實中[99]」，藉由橄仔樹的綠色形象，描繪宜蘭葛瑪蘭人對馬偕醫師的紀念。

　　至於，詩人從小生長的城市臺北，也是其急欲記錄與描繪的對象。在〈與流動相遇〉中，儘管現實裡「公車是一個缺氧的魚缸／乘客是一束束漂浮的綠藻[100]」，但是總有匿藏在這個城市的、無法被遺忘的美好，一如「思念與不安在河岸天空不停輪轉／日光大作，月桂樹鋪綠了臺北的春天[101]」，以及詩人在最後一個小節所要我們懷想的這一切：

　　　　黎明時，玉蘭樹梢的青斑鳳蝶
　　　　以靈魂輪迴的力量蛻去蛹

[97] 須文蔚，〈魔術方塊〉，《魔術方塊》（臺北：遠流，2013），頁52-53。
[98] 須文蔚，〈苦澀——給古坑〉，《魔術方塊》（臺北：遠流，2013），頁86。
[99] 須文蔚，〈橄仔樹〉，《魔術方塊》（臺北：遠流，2013），頁73。
[100] 須文蔚，〈與流動相遇〉，《魔術方塊》（臺北：遠流，2013），頁178。
[101] 須文蔚，〈與流動相遇〉，《魔術方塊》（臺北：遠流，2013），頁176。

街道把昨夜行人的足印和絮語

悄悄種植在紅磚道下的春泥裡

與野兔和梅花鹿的蹤跡盤根錯節成

一條沒有盡頭的秘徑[102]

　　玉蘭樹上的綠葉、黑綠相間的蝴蝶斑紋、人行道的紅磚與泥土，這些色彩的運用讓整首詩充滿鮮明的色調與具體性。在詩的末尾，沒有盡頭的密徑究竟通往何處？詩人並沒有告訴我們。但是他要大家理解的是，這塊土地仍有許多原初的美好，以及值得記憶與追尋的過去，等待讀者邁開腳步與回顧歷史的過往。

　　與須文蔚偏好於綠與青的運用相較，嚴忠政眼中海的藍色美學，則又呈現出另一番不同的風貌。從他的第一本詩集《黑鍵拍岸》開始，詩人對於海的關注便始終沒有停過。這本詩集的首詩〈如果黑鍵拍岸〉，運用大量的海洋意象，透過恣意的想像與開闊的眼界，表達航行在詩海域的心情：

燈塔以它日常的週期

一支船隊正緩緩靠近陸地

那是一個語系，偶爾也聽德布西

而我，只是其中一艘

像海龜揹負著大海的秘密

最初，我的水手也賴以遙測的那束

他們相信會有九十九朵浪花必然在岸邊綻放

――――――――――
[102] 須文蔚，〈與流動相遇〉，《魔術方塊》（臺北：遠流，2013），頁202。

但光束未曾發現

有些水手在游完十四行之前

已經在魚骸裡壯烈多年。

後來，我開始懷疑，並演算

鷗鳥的鼓翅：一首詩或一個可以撬開遠方的弧度

在一個意象的斜角，終於

我又壓傷手指

誰用快速的琶音奏出月光的閃爍

不是我，我的詩還在海平面以下

有時像礁石，但也可以鮮活如鰻，如果

你願意傾聽

我要大海的秘密一一答數。然而

航線已修正向寶瓶的最深處

沒有光害的星野啊，文字特別嘹亮

你來論述我的詩嗎

如果暗潮可以決定洶湧，那是你

撐起海床的脊柱；譬如

如果黑鍵拍岸

那是某種音準，或斷句

擊中

我的胸腔[103]

---

[103] 嚴忠政，〈如果黑鍵拍岸〉，《黑鍵拍岸》（臺中：綠可，2004），頁12-14。

「像海龜揹負著大海的秘密」，表現而出的是詩人面對詩的虔誠——將自我比喻成海龜，讓詩成為遼闊的海。詩中，壯烈的多年表達了詩道路的執迷不悔，「要大海的祕密一一答數」則是詩人對詩藝精湛的追求。在這樣的鋪述中，「黑鍵拍岸」的意象融合了黑的神祕與海的遼闊，而末尾琴音的準確則恰似震動人心的詩句，擊中讀詩與寫詩者的胸膛。從這樣的詮釋來看，詩題「如果黑鍵拍岸」正是詩人面對創作，最企盼與凝然的告白。在《黑鍵拍岸》這本詩集中，「海」無疑扮演了關鍵性的角色。在層層疊疊的詩行中，我們總能望見海的出現。在〈奇萊碑林〉中他高呼：「和海岸公路的浪花一同抵禦喧囂[104]」，〈城鄉的末梢神經〉裡他要我們注意「漁火在巴士海峽自成星座[105]」，〈南投奏鳴曲〉則要我們傾聽「舊枝拉動海拔的高音[106]」，在〈流亡〉裡頭，「海，仍然高過我的憂鬱[107]」、「海善於畫出邊陲的弧度[108]」。嚴忠政眼中念茲在茲的「海」，無疑是臺灣的海，是這個島嶼多變而美麗的海。詩人鍾情於海的情愫來自於何處？《玫瑰的破綻》〈序　時間的後面〉裡的這段文字，或許可以提供我們一些重要的線索：

> 　　我總是在往事不散的陰天，總是在局勢不利書寫時，退回
> 到屋內，寫著我所相信的事，以及我所懷疑的瑰麗。相信
> 時間久了，祂就能在雪中，在火中，排練真理。如同相
> 信，我站在太麻里而寫下的〈屬於太平洋〉，那海藍藍的

[104] 嚴忠政，〈奇萊碑林〉，《黑鍵拍岸》（臺中：綠可，2004），頁175。
[105] 嚴忠政，〈城鄉的末梢神經〉，《黑鍵拍岸》（臺中：綠可，2004），頁71。
[106] 嚴忠政，〈南投奏鳴曲〉，《黑鍵拍岸》（臺中：綠可，2004），頁80。
[107] 嚴忠政，〈流亡〉，《黑鍵拍岸》（臺中：綠可，2004），頁160。
[108] 嚴忠政，〈流亡〉，《黑鍵拍岸》（臺中：綠可，2004），頁162。

蒙起我的眼，要我去捉四面八方的故鄉與聲音。[109]

回歸於內在的真理排練，一如「海藍藍的蒙起我的眼／要我去捉四面八方的故鄉與聲音」。這兩個句子出自詩人發表於2008年〈屬於太平洋〉。這首廣為論者所討論的詩作，從詩題就已經明確地「讓人感到與海洋的關係和感情[110]」。在詩行裡頭，詩人與海洋與自己不斷的進行著對話：

浪沒有在前方止息
我被沒有盡頭的遠方邀請

海藍藍的蒙起我的眼
要我去捉四面八方的故鄉與聲音
其中有人與我面對
像兒時玩伴單純站著
等待我觸身
但不置一語[111]

不停拍打岸邊的浪花，就像遠方傳來的呼喚，當藍藍的海包圍視線，詩人並沒有因此失去方向，而是更清晰地聽見內在的聲響。廖建華論及此詩時即言：「詩人反而看見了他不曾主動去回想的記憶，以及故鄉的聲音。[112]」落蒂也說：「作者表面寫太

---

[109] 嚴忠政，〈序　時間的後面〉，《玫瑰的破綻》（臺北：寶瓶，2009），頁14-15。
[110] 張堃，〈玄思與夢境的無限延伸——淺談嚴忠政的四首詩〉，《創世紀詩雜誌》，第162期（2010年3月），頁38。
[111] 嚴忠政，〈屬於太平洋〉，《玫瑰的破綻》（臺北：寶瓶，2009），頁32-33。
[112] 廖建華，〈淺沙底下——我讀嚴忠政四首小詩〉，《創世紀詩雜誌》，第162期

平洋，其實是藉太平洋表達精神主體的『心靈原鄉』。[113]」事實上，海之於嚴忠政不僅是心靈的原鄉，其所伴隨著的也是現實所生活、存在的島嶼故事。諸如〈未竟之書〉中，詩人以「在黑潮北上的途中狩獵／季風啊，你擒住了甚麼？擒住航海的故事了嗎[114]」作為起始，透過一個航海的故事，鋪述臺灣先民千海年來的演化史。從布農族或排灣族開創了這個島嶼的傳說，荷蘭人透過海權打造這個島嶼，到唐山過臺灣的登陸故事，這一冊的歷史伴隨著風雨，成就了現在的我們。〈作品，一九七八〉裡，小女孩的搬家讓交換文具成為過去式，被留下來的「我」以及陪伴著臺灣花東地區「東線鐵路第四月臺」的，「只有陽光和海[115]」。

　　兩首榮獲時報文學獎的作品，同樣有著「海」的蹤跡。第27屆時報文學獎評審獎作品〈前往故事的途中〉，開頭寫道：「等待的海盜還沒來／夢的侍者說服了白天，以碇泊的意志／要羊皮與珠寶全都沉入大海──[116]」創作者透過書寫，將個人的寶物藏在文字海裡，等待讀者前來打撈，大海是作品的象徵，但光有海無法構成故事，還需要海盜（即讀者）的加入，方能挖掘書寫背後的寶藏。誠如丁威仁所言：「在創作者構築故事的過程中，如何不會失控，如何不會脫落書寫的腳步，那是因為讀者的存在[117]」。得到第30屆時報文學獎評審獎的〈海外的一堂中文

（2010年3月），頁41。

[113] 落蒂，〈五味雜陳讀新詩〉，《創世紀詩雜誌》，第162期（2010年3月），頁36。

[114] 嚴忠政，〈未竟之書〉，《前往故事的途中》（臺中：中市文化局，2007），頁22。

[115] 嚴忠政，〈作品，一九七八〉，《玫瑰的破綻》（臺北：寶瓶，2009），頁34。

[116] 嚴忠政，〈前往故事的途中〉，《前往故事的途中》（臺中：中市文化局，2007），頁58。

[117] 丁威仁，〈典律的生成（下）‧兩大報文學獎新詩獎得獎主題研究〉，《戰後臺灣現代詩的演變與特質：1949-2010》（臺北：新銳文創，2012），頁290。

課〉，詩人也以「島因為被海遺棄而不再是島[118]」，點出我們生活在這個島嶼，從來就與海劃分不出關係。

最能代表這種現實／想像之海與島嶼／創作雙重關係的，當推〈內海〉一詩。「內海」的詩題指的不僅是現實中的臺灣內海，亦是詩人內在造詩所醞生的那片海。這首詩以「妳給的陸塊已經停止造山／神和神停止碰撞[119]」作為起始，鋪述文字的創造過程一如造山運動，在不為人知的曲徑中緩慢運行，最終以「未料，祂們自動回來找我／趕在髮浪退潮的第一時間／和我一起面對大海，一起踏浪／在額際[120]」，讓現實的海與意識之海相互指涉與交融，讓我們一窺嚴忠政對於海的鍾愛，也表露了他對於詩創作本身的密切關注。

伍、結語

本文嘗試以須文蔚、嚴忠政為觀察對象，說明創世紀中生代詩人在塑造自我詩學形象與色彩美學上的運用。在本文的第二小節中，首先從黑白色彩的角度切入，並挖掘兩位詩人創作上的共同性。美國人類學者布蘭特柏林和保羅凱曾針對98種語言進行色彩詞研究，他們觀察到：「沒有一種語言只具有一種色彩表現語，至少具有兩種以上。只有兩種時，通常是白色和黑色。」[121]這兩種色彩的重要性，除了是語言上的顯現，在臺灣現代詩的發展脈絡上，亦有值得我們思考之處。余欣娟在《一九六〇年代臺灣超現實詩——以洛夫、瘂弦、商禽為例》中曾經提醒我們：

[118] 嚴忠政，〈海外的一堂中文課〉，《玫瑰的破綻》（臺北：寶瓶，2009），頁102。
[119] 嚴忠政，〈內海〉，《玫瑰的破綻》（臺北：寶瓶，2009），頁106。
[120] 嚴忠政，〈內海〉，《玫瑰的破綻》（臺北：寶瓶，2009），頁107。
[121] 呂月玉譯，《色彩的發達》（臺北：漢藝色研，1986），頁14-15。

「臺灣超現實詩的色彩濃烈灰暗，主要是黑白灰與血色[122]」。常用黑、白、紅意象的特徵，在瘂弦、洛夫、商禽三位創世紀詩社前行代詩人身上確實可見。然而通過本文對須文蔚和嚴忠政兩位中生代詩人的討論，可以發現，他們雖然同樣以黑白為基調，卻也進一步借用了綠藍色調的意象塗佈，觀看、描繪所生所長的這個島嶼，並發展出與前行代詩人不同的風貌。

事實上，「色彩本身是很知性的，是人們從經驗中發揮了想像力，才加諸於它這麼多感情[123]」。在黑與白的應用之外，兩位詩人分別透過對綠（青）與藍的經營，呈顯出各自寫作上的風格和特色。這樣的色彩選擇是有其背後原因的，須文蔚之鍾情於綠，讓我們看見一位年少出發的創作者，在臺北的天空下如何勉力表達自我的情感，並思索著青山綠水的美好。以至走出學院後，他特意前往花蓮參與東華中文系的開創，而後又與志同道合的同事共同開創了東華華文系。這種來往的行旅似乎在其年輕時代的《旅次》中便已提前預告。在十多年的奔波於花蓮與臺北之中，他早養成了拋開學院思維的束縛，發掘島嶼山川美好的習慣。因此，綠色美學裡頭其實包含著詩人的人文關懷，也是他作為當代旅人的抒情之所在。至於出生於中部的嚴忠政其熱愛於海，自然也是骨子裡頭早已銘刻之事。或許海在詩人成長的過程中，曾經扮演過怎樣重要的角色，從其他周邊的史料中不得而知，但從作品中確實可以深切地體會到，詩人之於海的固著，並大量透過海的表述連結生命與創作的體驗；而其所念茲在茲的，亦是這島嶼上值得記憶與回眸的一切。

---

[122] 余欣娟，《一九六〇年代臺灣超現實詩——以洛夫、瘂弦、商禽為主》（臺中：東海大學中國文學系碩士論文，2002），頁135。

[123] 劉玨採訪，〈楊成愿——美・來自心靈的感動〉，收錄於心岱主編，《談色》（臺北：漢藝色研，1989），頁128。

黑與白、綠與藍，顏色參與我們的世界，又被這個世界以不同的意義所捕捉與詮釋。可以說，所有詩人的創作最終都需面對「回歸自我」與「面對世界」的這兩個議題。透過相應與不同的色彩表述，須文蔚與嚴忠政這兩位「創世紀詩社」中生代詩人，意欲在前人的步伐中走得更遠。在科技當道的現今，他們的思考也都不再僅是平面，而是更立體、更多元、更互動地呈顯了當代旅人抒情的表式，並且在詩路上始終懷抱著火種的浪漫與精神。

引用書目

文本

須文蔚，《旅次》（臺北：創世紀，1996）。

須文蔚，《魔術方塊》（臺北：遠流，2013）。

嚴忠政，《黑鍵拍岸》（臺中：綠可，2004）。

嚴忠政，《前往故事的途中》（臺中：中市文化局，2007）。

嚴忠政，《玫瑰的破綻》（臺北：寶瓶文化，2009）。

嚴忠政，〈七月條件〉，《聯合報》（2009年7月27日），第D3版。

嚴忠政，〈王老先生〉，《聯合報》（2009年11月23日），第D3版。

嚴忠政，〈在一些自由裡，看山〉，《聯合報》（2010年4月8日），第D3版。

嚴忠政，〈霧中航線〉，《聯合報》（2010年6月23日），第D3版。

嚴忠政，〈同溫層〉，《聯合報》（2010年10月10日），第D3版。

嚴忠政，〈備份蹤跡〉，《自由時報》（2011年1月9日），第D7版。

嚴忠政，〈妳應該被愛〉，《聯合報》（2011年2月14日），第D3版。

嚴忠政，〈海的選擇和遺忘〉，《聯合報》（2011年8月3日），第D3版。

嚴忠政，〈同學會〉，《聯合報》（2011年11月25日），第D3版。

嚴忠政，〈你和我蒐集的鎖〉，《聯合報》（2012年2月27日），第D3版。

嚴忠政，〈南華鐘聲〉，《聯合報》（2012年5月25日），第D3版。

嚴忠政，〈認識〉，《聯合報》（2012年10月4日），第D3版。

嚴忠政，〈回到直覺〉，《聯合報》（2013年3月21日），第D3版。

嚴忠政，〈履歷表〉，《聯合報》（2013年11月19日），第D3版。

專書

Kandinsky, Wassily原著，吳瑪俐譯，《藝術的精神性》（臺北：藝術家，2006）。

丁威仁，〈典律的生成（下）·兩大報文學獎新詩獎得獎主題研究〉，《戰後臺灣現代詩的演變與特質：1949-2010》（臺北：新銳文創，2012），頁271-298。

廿一世紀研究會原著，張明敏譯，《色彩的世界地圖》（臺北：時報，2005）。

何耀宗，《色彩基礎》（臺北：東大，1984）。

吳東平，《色彩與中國人的生活》（北京：團結，2000）。

呂月玉譯，《色彩的發達》（臺北：漢藝色研，1986）。

呂月玉譯，《色彩意象世界》（臺北：漢藝色研，1987）。

宋澤萊，〈論詩中的顏色〉，《宋澤萊談文學》（臺北：前衛，2004），頁32-42。

李銘龍編著，《應用色彩學》（臺北：藝風堂，1994）。

李蕭錕，《臺灣色》（臺北：藝術家，2003）。

谷欣伍編，《色彩理論與設計表現》（臺北：武陵，1992）。

孟樊，《臺灣中生代詩人論》（臺北：揚智文化事業，2012）。

林昆範，《色彩原論》（臺北：全華科技，2005）。

林書堯，《色彩認識論》（臺北：三民，1986）。

林磐聳、鄭國裕編著，《色彩計劃》（臺北：藝風堂，1999）。

洛夫、沈志方主編，〈須文蔚詩選〉，《創世紀四十年詩選：1954-1994》（臺北：創世紀詩雜誌，1994），頁333-339。

張默、蕭蕭主編，〈須文蔚（一九六六－）稻草人〉，《新詩三百首（下）》（臺北：九歌，2007），頁904-907。

莫渝，〈須文蔚●這是我們的平原〉，《新詩隨筆》（臺北縣：北縣文化局，2001），頁303-305。

莫渝，〈鋪設一條福爾摩沙詩路〉，《臺灣詩人群像》（臺北：秀威資訊科

技，2007），頁429-439。

黃仁達編撰，《中國顏色》（臺北：聯經，2011）。

黃永武，《詩與美》（臺北：洪範，1987）。

劉珏採訪，〈楊成愿——美・來自心靈的感動〉，收錄於心岱主編，《談色》（臺北：漢藝色研，1989），頁126-128。

蕭蕭，《青紅皂白》（臺北：新自然主義，2000）。

賴瓊琦，《設計的色彩心理：色彩的意象與色彩文化》（臺北縣：視傳文化，1997）。

謝欣怡，《色彩詞的文化審美性及其運用——以新詩的閱讀與寫作教學為例》（臺北：秀威資訊，2011）。

學位論文

余欣娟，《一九六〇年代臺灣超現實詩——以洛夫、瘂弦、商禽為主》（臺中：東海大學中國文學系碩士論文，2002）。

陳威宏，《臺灣戰後出生第三代詩人（1965-1974）之都市書寫》（桃園：國立中央大學中國文學研究所碩士論文，2008）

期刊

林明理，〈希望與愛：讀《橄仔樹》〉，《創世紀詩雜誌》，第160期（2009年9月），頁36。

林德俊，〈大獎詩人面對面：李進文V.S.嚴忠政〉，《乾坤詩刊》，第34期（2005年4月），頁107-111。

張堃，〈玄思與夢境的無限延伸——淺談嚴忠政的四首詩〉，《創世紀詩雜誌》，第162期（2010年3月），頁36-39。

張默，〈創發「聲、色、意」的新景〉，《創世紀詩雜誌》，第160期（2009年9月），頁39-40。

陳義芝，〈臺灣「學院詩人」的名與實——《學院詩人群年度詩集》綜論〉，《當代詩學》第3期（2007年12月），頁1-23。

楊寒，〈雙重向度的詩旅程——讀須文蔚《旅次》〉，《創世紀詩雜誌》，第170期（2012年3月），頁52-57。

落蒂，〈五味雜陳讀新詩〉，《創世紀詩雜誌》，第162期（2010年3月），頁

35-36。

解昆樺，〈隱匿的群星：八〇年代後創世紀發展史與一九五〇年世代詩人的新典
　　　律性〉，《創世紀詩雜誌》，第140、141期（2004年10月），頁68-98。

廖建華，〈淺沙底下——我讀嚴忠政四首小詩〉，《創世紀詩雜誌》，第162期
　　　（2010年3月），頁41-42。

簡政珍，〈須文蔚簡介〉，《幼獅文藝》，第468期（1992年12月），頁97。

報紙

李進文，〈意象的激進分子——評介嚴忠政《黑鍵拍岸》詩集〉，《臺灣日
　　　報》（2004年5月7日），第17版。

李瑞騰，〈「學院詩人」遊走門牆內外　結合多位「教書詩人」的作品聯手推
　　　廣新詩〉，《民生報・讀書週刊》（1997年4月3日）。

網路資料

國家文化藝術基金會／各期常態補助分享／詩集《海的選擇和遺忘》創作計
　　　畫，網址http://www.ncafroc.org.tw/Content/subsidy-online-content.asp?show_
　　　no=1&ser_no=11404

附錄

附錄1　須文蔚詩作使用「黑色」之詩例

編號	詩名	詩句	分類	詩集	頁數
1	〈那些張望著你的靈魂〉	陽光喚醒披著黑紗般的樺樹	黑	《旅次》	45
2	〈劇終〉	黑暗壓上了山坡	黑	《旅次》	46
3	〈劇終〉	紡織娘在黑夜的梧桐樹下低鳴	黑	《旅次》	47
4	〈劇終〉	並且努力學習抵抗黑暗	黑	《旅次》	47
5	〈連環圖畫書〉	枯坐的雪人被頑童鎖在黑暗中	黑	《旅次》	63

編號	詩名	詩句	分類	詩集	頁數
6	〈連環圖畫書〉	緊緊相擁的白鍵與黑鍵沉默在鵝黃的光影中	黑	《旅次》	64
7	〈連環圖畫書〉	最後凝聚成黑暗	黑	《旅次》	67
8	〈千百個夜〉	引領妳出入黑暗固守的夜晚	黑	《旅次》	85
9	〈千百個夜〉	黑暗固守的欲念的悵望的死亡中的快樂	黑	《旅次》	85
10	〈妳的沉默是我的冬天〉	孤獨和黑夜輪番觸碰下就蜷伏萎頓	黑	《旅次》	89
11	〈這是我們的平原〉	如此漆黑又漫長的隧道	黑	《旅次》	90
12	〈夜曲〉	黑夜追躡著徐徐的船行	黑	《旅次》	95
13	〈夜曲〉	黑夜覆蓋著寂寂的船行	黑	《旅次》	96
14	〈晨曦〉	氾濫在黑夜的隄防外	黑	《旅次》	97
15	〈或許〉	飢餓因為懼怕黑暗因為	黑	《旅次》	100
16	〈黑暗〉	黑暗深聚為一濃稠	黑	《旅次》	120
17	〈頭條笑料〉	顛倒黑白	黑	《旅次》	124
18	〈歌〉	當霓虹燈逐次被黑暗淹沒	黑	《旅次》	142
19	〈兩岸〉	在黑暗中	黑	《旅次》	188
20	〈你沉默如雷〉	人們躲進黑暗中	黑	《旅次》	193
21	〈自由與特菲爾的舞者〉	特菲爾的舞者們在黑暗中憩息	黑	《旅次》	196
22	〈西撒〉	當黑夜的陰謀繁衍在日光下	黑	《旅次》	197
23	〈西撒〉	一只玄鳥飛來簷間靜覷	黑	《旅次》	198
24	〈西撒〉	化成簷間玄鳥一聲嘶鳴	黑	《旅次》	199
25	〈西撒〉	驚嚇著玄鳥於是地就飛去	黑	《旅次》	200
26	〈旅次〉	一個個無夢的黑夜我懷舊地祈望彩繪宗周的智慧於天地	黑	《旅次》	207
27	〈當代繪畫回顧展〉	黑色的煙花不往天上噴散	黑	《魔術方塊》	47
28	〈當代繪畫回顧展〉	是黑夜與火藥的密謀要讓我們	黑	《魔術方塊》	47
29	〈滬寧高速公路上聞蟬聲〉	無數的車輪潑墨在黝黑的畫軸上	黑	《魔術方塊》	49

編號	詩名	詩句	分類	詩集	頁數
30	〈滬寧高速公路上聞蟬聲〉	烏雲上開始飛翔著遼遠的神話	黑	《魔術方塊》	49
31	〈滬寧高速公路上聞蟬聲〉	那是夏蟬蟄伏在黑暗中十七年後	黑	《魔術方塊》	50
32	〈解凍懷念〉	在一攤躺著烏雲的水窪裡	黑	《魔術方塊》	58
33	〈沉睡在七星潭〉	讓黑潮不斷淘洗上岸的鵝卵石上	黑	《魔術方塊》	75
34	〈沉睡在七星潭〉	一波浪頭一把將夕陽攫入黝黑中	黑	《魔術方塊》	76
35	〈蛙鳴〉	寂靜暗殺了狂風與烏雲	黑	《魔術方塊》	99
36	〈當機〉	黝黑螢幕張開一張漩渦般的深邃大嘴	黑	《魔術方塊》	104
37	〈非常性男女〉	重新面對黑夜	黑	《魔術方塊》	118
38	〈在子虛山前哭泣〉	所有的黑豬與白豬都化身山豬	黑	《魔術方塊》	141
39	〈在子虛山前哭泣〉	曲折的迷航在烏雲無止盡的迷幻中找到句點	黑	《魔術方塊》	152
40	〈木蘭辭〉	左弧面單于肩上站著黑鷹	黑	《魔術方塊》	160
41	〈煙花告別〉	我們共有的夢想穿透黑夜的屏風	黑	《魔術方塊》	165
42	〈與流動相遇〉	拍打出島民的黑心與貪婪	黑	《魔術方塊》	192
43	〈與流動相遇〉	總有亡靈在夢裡突襲黑牢	黑	《魔術方塊》	193

附錄2 嚴忠政詩作使用「黑色」之詩例

編號	詩名	詩句	分類	詩集	頁數
1	〈如果黑鍵拍岸〉	如果黑鍵拍岸	黑	《黑鍵拍岸》	14
2	〈破譯虛空〉	一切回到玄黃的母胎	黑	《黑鍵拍岸》	26
3	〈童話聽寫簿〉	黑夜在胃裡溶解	黑	《黑鍵拍岸》	40
4	〈老人與牆〉	黑夜與白天	黑	《黑鍵拍岸》	53
5	〈攝於市民廣場〉	季節在黑板樹精彩的演算	黑	《黑鍵拍岸》	59
6	〈懺情書〉	天地玄黃	黑	《黑鍵拍岸》	88
7	〈懺情書〉	那攤墨色的夜被沾染之後	黑	《黑鍵拍岸》	88

編號	詩名	詩句	分類	詩集	頁數
8	〈如果遇見古拉〉	如黑洞的邊境	黑	《黑鍵拍岸》	100
9	〈警察手記〉	不怕臺灣黑熊	黑	《黑鍵拍岸》	116
10	〈將軍的病房手記〉	盡是少年黑髮	黑	《黑鍵拍岸》	120
11	〈放下〉	看白雲和烏雲如何對弈	黑	《黑鍵拍岸》	157
12	〈放下〉	只有黑鍵沒有白鍵的鋼琴	黑	《黑鍵拍岸》	158
13	〈愉悅（II）〉	此時玄黃早已轉為蔚藍	黑	《前往故事的途中》	18
14	〈未竟之書〉	在黑潮北上的途中狩獵	黑	《前往故事的途中》	22
15	〈未竟之書〉	是湘君跋涉的黑水溝	黑	《前往故事的途中》	23
16	〈行道樹與故事的構成〉	黑板樹寫下其中的一段	黑	《前往故事的途中》	32
17	〈一場古典的雨〉	而烏雲正在下墜	黑	《前往故事的途中》	46
18	〈焚林的煙火〉	從黑板裡跳出一隻貓來	黑	《前往故事的途中》	48
19	〈雨夜花〉	要在黑夜身上射出窟窿	黑	《前往故事的途中》	52
20	〈死亡向我展示他的權力〉	其實等同烏雲的全部	黑	《前往故事的途中》	54
21	〈死亡向我展示他的權力〉	這樣的高原，烏雲	黑	《前往故事的途中》	55
22	〈白馬，不是馬〉	以及黑馬	黑	《玫瑰的破綻》	43
23	〈人質〉	黑眼睛	黑	《玫瑰的破綻》	44
24	〈星期一的聚餐〉	一張漆黑的臉	黑	《玫瑰的破綻》	72
25	〈星期一的聚餐〉	看著一塊漆黑的炭	黑	《玫瑰的破綻》	72
26	〈星期一的聚餐〉	烏雲被高樓剪接	黑	《玫瑰的破綻》	73
27	〈回到光中〉	不再是黑色石膏像	黑	《玫瑰的破綻》	89

編號	詩名	詩句	分類	詩集	頁數
28	〈回到光中〉	黑色維納斯	黑	《玫瑰的破綻》	89
29	〈回到光中〉	躺著看信仰被烏雲重抄一遍	黑	《玫瑰的破綻》	91
30	〈回到光中〉	誰在這裡抄寫黑函	黑	《玫瑰的破綻》	96
31	〈我們的晦澀〉	像黑暗盜走了火把	黑	《玫瑰的破綻》	108
32	〈蹉跎如火柴的美學姿態〉	不以電光火石磨擦黑夜	黑	《玫瑰的破綻》	111
33	〈蕭邦的女人〉	在白鍵與黑夜之間	黑	《玫瑰的破綻》	114
34	〈黑色奇萊〉	龐大的黑色身影	黑	《玫瑰的破綻》	135
35	〈大盜之行〉	牛棚蜘蛛也在構思黑暗的燦爛與	黑	《玫瑰的破綻》	139
36	〈七月條件〉	青春又瘦又黑	黑	《聯合報》2009年7月27日	D3版
37	〈七月條件〉	天這麼黑	黑	《聯合報》2009年7月27日	D3版
38	〈霧中航線〉	在黑盒子記錄過的四月天	黑	《聯合報》2010年6月23日	D3版
39	〈同學會〉	黑板	黑	《聯合報》2011年11月25日	D3版
40	〈同學會〉	認識黑板以外的牆	黑	《聯合報》2011年11月25日	D3版
41	〈回到直覺〉	用大量的黑掩飾自己的張望	黑	《聯合報》2013年3月21日	D3版

附錄3　須文蔚詩作使用「白色」之詩例

編號	詩名	詩句	分類	詩集	頁數
1	〈如果星星都不見了〉	每一個白晝中	白	《旅次》	31
2	〈劇終〉	幻想老友抱著白紗新娘涉水	白	《旅次》	47
3	〈晨星〉	晨星被太陽以白袍覆蓋	白	《旅次》	49
4	〈舞會〉	用白晝翻譯夜晚的夢境	白	《旅次》	52
5	〈燭光〉	縱使黎明在長夜與白晝間躲藏	白	《旅次》	54
6	〈連環圖畫書〉	雪一樣的白髮如飛瀑	白	《旅次》	60
7	〈連環圖畫書〉	妳畫了一樹銀白的積雪	白	《旅次》	63
8	〈連環圖畫書〉	緊緊相擁的白鍵與黑鍵沉默在鵝黃的光影中	白	《旅次》	64
9	〈沈吟〉	常喜歡看你 著一襲白衫	白	《旅次》	68
10	〈沈吟〉	你著一襲白衫 輕輕地細述	白	《旅次》	68
11	〈沈吟〉	我的雙瞳因缺少一襲白衫子而黯然	白	《旅次》	69
12	〈秋夜瑣言〉	自一片白楊枝梢的蕭瑟中	白	《旅次》	75
13	〈域外夜讀〉	李白的霜被桌燈消融在案前	白	《旅次》	121
14	〈頭條笑料〉	顛倒黑白	白	《旅次》	124
15	〈證言〉	保持史冊上緘默般的空白	白	《旅次》	150
16	〈證言〉	崔杼冷白的面容	白	《旅次》	155
17	〈證言〉	仰望微弱的晨星於星河中宣示白晝的開始	白	《旅次》	157
18	〈南陽劉子驥言〉	一渦白沫漩入湍急的溪流中	白	《旅次》	164
19	〈南陽劉子驥言〉	又一渦白沫漩入湍急的溪流中	白	《旅次》	169
20	〈酒泉街〉	遠上白雲間	白	《旅次》	177
21	〈西撒〉	風揚起一襲白布袍	白	《旅次》	197
22	〈西撒〉	他那灰白惑人的髮絲且宣示	白	《旅次》	197
23	〈旅次〉	一個個無夢的白晝我孤煢的意志與浩渺的紛亂抗爭	白	《旅次》	207

編號	詩名	詩句	分類	詩集	頁數
24	〈魔術方塊〉	不再用蒼白來博取妳的愛戀	白	《魔術方塊》	52
25	〈魔術方塊〉	化身千萬隻白鷺鷥給妳會發光的花朵	白	《魔術方塊》	53
26	〈解凍懷念〉	在人群中找不到額頭綁著白布條	白	《魔術方塊》	58
27	〈雲樣的誓言〉	一行白鷺鷥起激灩的餘音	白	《魔術方塊》	62
28	〈雲樣的誓言〉	還是白雲幻化	白	《魔術方塊》	62
29	〈雲樣的誓言〉	無數白鳥愚弄	白	《魔術方塊》	62
30	〈悄聲〉	我調皮地吹開小白傘讓妳的寂寞	白	《魔術方塊》	65
31	〈橄仔樹〉	教白鴒在枝枒間朗誦且棲止出一叢叢美夢	白	《魔術方塊》	73
32	〈懷想淡水〉	是白鷺鷥斂起雙翼	白	《魔術方塊》	80
33	〈玉山學第0章〉	白雲跳躍過稜線纏綿住視線	白	《魔術方塊》	83
34	〈苦澀〉	白鷺鷥踏步在水田間	白	《魔術方塊》	86
35	〈攔截風華的左外野手〉	注視冷氣團染白了的平原	白	《魔術方塊》	88
36	〈打嘴砲〉	練習剪輯名嘴的口白當格言	白	《魔術方塊》	101
37	〈盲夢〉	白鳥在夢的曠野上飛翔	白	《魔術方塊》	113
38	〈在子虛山前哭泣〉	所有的黑豬與白豬都化身山豬	白	《魔術方塊》	141
39	〈在子虛山前哭泣〉	高蛋白	白	《魔術方塊》	143
40	〈在子虛山前哭泣〉	高蛋白	白	《魔術方塊》	143
41	〈在子虛山前哭泣〉	檳榔樹林間懸掛著一條白銀項鍊般的公路	白	《魔術方塊》	144
42	〈木蘭辭〉	蒼白的臉孔	白	《魔術方塊》	160
43	〈與流動相遇〉	有人為每一隻白鴒繫上監視器	白	《魔術方塊》	194

附錄4　嚴忠政詩作使用「白色」之詩例

編號	詩名	詩句	分類	詩集	頁數
1	〈衣架〉	懸置暗夜的獨白	白	《黑鍵拍岸》	22
2	〈聽人說起妳〉	一頭白髮將我染成靜默	白	《黑鍵拍岸》	29
3	〈窺伺〉	海床與白沙	白	《黑鍵拍岸》	34
4	〈一隻斑馬，死在斑馬線上〉	幾枚錦幣煎熟路人翻白的魚尾紋	白	《黑鍵拍岸》	36
5	〈複製畫〉	雙臂和白色桌巾構思的三角形頂端	白	《黑鍵拍岸》	44
6	〈單腳練習〉	白鷺鷥才能單腳平衡天際線	白	《黑鍵拍岸》	51
7	〈老人與牆〉	黑夜與白天	白	《黑鍵拍岸》	53
8	〈懺情書〉	在白堊紀化石為不再暴動的血肉	白	《黑鍵拍岸》	93
9	〈時差〉	如果白幡是改革的風向指標	白	《黑鍵拍岸》	109
10	〈在和平的長廊讀畫〉	美化了插白旗子卡車經過的那一天	白	《黑鍵拍岸》	113
11	〈將軍的病房手記〉	白色小船驅逐的魚尾紋若潛若颺	白	《黑鍵拍岸》	118
12	〈住址〉	白天掛著外交辭令的衣架	白	《黑鍵拍岸》	138
13	〈單行道〉	將車泊在白白的大樓招租廣告前面	白	《黑鍵拍岸》	147
14	〈放下〉	看白雲和烏雲如何對弈	白	《黑鍵拍岸》	157
15	〈放下〉	心房一道繁殖白蟻的門檻	白	《黑鍵拍岸》	157
16	〈放下〉	只有黑鍵沒有白鍵的鋼琴	白	《黑鍵拍岸》	158
17	〈愉悅（｜）〉	蛋白色的人生	白	《前往故事的途中》	16
18	〈未竟之書〉	錫白的儀式才剛開始	白	《前往故事的途中》	24
19	〈未竟之書〉	或許大里杙的小木椿正牢牢繫住一頭白髮	白	《前往故事的途中》	24

編號	詩名	詩句	分類	詩集	頁數
20	〈復活〉	早發的白楊因為動物的走蹄	白	《前往故事的途中》	50
21	〈復活〉	比白還白	白	《前往故事的途中》	51
22	〈復活〉	比白還白	白	《前往故事的途中》	51
23	〈前往故事的途中〉	夢的侍者說服了白天	白	《前往故事的途中》	58
24	〈再致亡夫〉	白了我們的三月	白	《前往故事的途中》	61
25	〈巴別塔〉	滯留高空的二道白煙	白	《前往故事的途中》	96
26	〈臭鼬〉	釋放白天	白	《前往故事的途中》	124
27	〈南灣〉	琺瑯白的貂呼之欲出	白	《前往故事的途中》	132
28	〈海〉	奔放的白馬	白	《玫瑰的破綻》	27
29	〈白馬，不是馬〉	白馬，不是馬	白	《玫瑰的破綻》	43
30	〈玫瑰的破綻〉	從一疊詩稿裡鑽出她白皙的韻腳	白	《玫瑰的破綻》	56
31	〈狙擊手在看我，2049年11月〉	站在白內障裡我更模糊	白	《玫瑰的破綻》	62
32	〈骰子的信徒〉	一排小學生跟著白鴒踏上紀念館石階	白	《玫瑰的破綻》	82
33	〈骰子的信徒〉	一排等著公證的肋骨繫著更白皙的肩帶	白	《玫瑰的破綻》	82
34	〈回到光中〉	果醬跋涉於白吐司	白	《玫瑰的破綻》	94
35	〈她的出現〉	不讓白髮阻止花序	白	《玫瑰的破綻》	112
36	〈蕭邦的女人〉	在白鍵與黑夜之間	白	《玫瑰的破綻》	114
37	〈東遊要到琵琶湖，他說〉	在此氤氳白晝	白	《玫瑰的破綻》	116
38	〈虞兮，虞兮〉	不曾見識的雪白	白	《玫瑰的破綻》	136
39	〈大盜之行〉	以白髮助燃的速度	白	《玫瑰的破綻》	138
40	〈太歲〉	過隙白駒終於倒臥時鐘裡	白	《玫瑰的破綻》	143
41	〈王老先生〉	最白的營芒告別最紅的夕陽	白	《聯合報》2009年11月23日	D3版

編號	詩名	詩句	分類	詩集	頁數
42	〈在一些自由裡，看山〉	她不規則地撕開一張白紙	白	《聯合報》2010年4月8日	D3版
43	〈在一些自由裡，看山〉	白雲也只隨便走走	白	《聯合報》2010年4月8日	D3版
44	〈備份蹤跡〉	是我向李白索吻	白	《自由時報》2011年1月9日	D7版
45	〈海的選擇和遺忘〉	紙飛機的白色格子裡	白	《聯合報》2011年8月3日	D3版

附錄5　須文蔚詩作使用「綠／青」之詩例

編號	詩名	詩句	分類	詩集	頁數
1	〈流程〉	青春在露珠與草茨	青	《旅次》	28
2	〈讓我們停止追逐繽紛的聲色〉	批倒一叢青草	青	《旅次》	29
3	〈啟航儀式的致詞〉	愈聚愈多的青年學者對自己的命題下定義	青	《旅次》	35
4	〈答友人書〉	庭院中青綠的竹節	青	《旅次》	37
5	〈答友人書〉	庭院中青綠的竹節	綠	《旅次》	37
6	〈答友人書〉	接引著青綠的竹節向上生長	青	《旅次》	37
7	〈答友人書〉	接引著青綠的竹節向上生長	綠	《旅次》	37
8	〈答友人書〉	鋪綠	綠	《旅次》	37
9	〈連環圖畫書〉	年少黛綠便化作	綠	《旅次》	60
10	〈連環圖畫書〉	妳畫了塵沙外青翠誘人的綠洲	青	《旅次》	61
11	〈連環圖畫書〉	妳畫了塵沙外青翠誘人的綠洲	綠	《旅次》	61
12	〈沈吟〉	溪水湛綠著	綠	《旅次》	68
13	〈沈吟〉	火紅的木棉轉綠了	綠	《旅次》	69
14	〈沈吟〉	天空水藍著　溪水湛綠著	綠	《旅次》	69
15	〈秋夜瑣言〉	熒熒青燈	青	《旅次》	76
16	〈秋夜瑣言〉	一世的塵綠不也是忽忽去來	綠	《旅次》	77
17	〈枯井〉	青苔密密覆蓋的	青	《旅次》	79

編號	詩名	詩句	分類	詩集	頁數
18	〈曬太陽的詩〉	濃鬱的綠蔭密密地	綠	《旅次》	87
19	〈這是我們的平原〉	泛上河畔的蒼綠	綠	《旅次》	90
20	〈樹〉	綠是種渴	綠	《旅次》	102
21	〈春日寓言〉	新綠的葉在樹梢開展鮮嫩的胴體	綠	《旅次》	104
22	〈春日寓言〉	解開了綠樹向上生長	綠	《旅次》	105
23	〈年少日記的火葬禮〉	猶似驚見積雪下萌生的青苔	青	《旅次》	118
24	〈證言〉	去青的竹簡是孩提的夢土	青	《旅次》	153
25	〈證言〉	上蒼在南山播植綠竹	綠	《旅次》	153
26	〈證言〉	完成綠樹萌芽	綠	《旅次》	160
27	〈證言〉	上蒼在南山播植綠竹	綠	《旅次》	161
28	〈南陽劉子驥言〉	綠溪行	綠	《旅次》	164
29	〈南陽劉子驥言〉	不停嚙咬我有限的青春	青	《旅次》	169
30	〈征夫〉	輕掩上青青柳色	青	《旅次》	173
31	〈酒泉街〉	深綠的藤蔓纏住炎夏	綠	《旅次》	177
32	〈迪化街〉	大稻埕的青年不再在街頭以生命與義氣狂賭	青	《旅次》	182
33	〈你沉默如雷〉	衰老的國度中，青年們	青	《旅次》	192
34	〈自由與特菲爾的舞者〉	青年們拋去靈魂的重量	青	《旅次》	194
35	〈西撒〉	石柱下的青苔	青	《旅次》	198
36	〈旅次〉	等待煦陽敲落積雪後矗立出始終如一的蒼綠	綠	《旅次》	209
37	〈旅次〉	青年們被饑餓與慾望放逐後背棄禮法	青	《旅次》	210
38	〈料理〉	青菜正要下鍋時	青	《魔術方塊》	41
39	〈當代繪畫回顧展〉	對面牆上的酷兒綠著一張絕美的臉	綠	《魔術方塊》	47
40	〈魔術方塊〉	在礦泉水招牌上的綠洲小憩	綠	《魔術方塊》	52
41	〈魔術方塊〉	隔著春日注滿綠光的水田	綠	《魔術方塊》	52

編號	詩名	詩句	分類	詩集	頁數
42	〈解凍懷念〉	把自己坐成一片野百合花田的那群青年	青	《魔術方塊》	58
43	〈奧義〉	在新綠的芽尖挺立時	綠	《魔術方塊》	60
44	〈橄仔樹〉	風與綠葉密語著翻譯出的不是遺忘	綠	《魔術方塊》	73
45	〈苦澀〉	彈奏著一首碧綠色的鋼琴奏鳴曲	綠	《魔術方塊》	86
46	〈木頭人〉	二十年的青春歲月是大地一聲驚雷	青	《魔術方塊》	91
47	〈吾等皆是夢的產物〉	遲到的綠燈	綠	《魔術方塊》	112
48	〈在子虛山前哭泣〉	青山的脊椎骨就被滾滾滔滔的洪水折	青	《魔術方塊》	145
49	〈在子虛山前哭泣〉	青澀的檳榔種子灑在草原上	青	《魔術方塊》	145
50	〈在子虛山前哭泣〉	翠綠	綠	《魔術方塊》	150
51	〈煙花告別〉	綠光　炸射出我無法供給你索求的情感	綠	《魔術方塊》	166
52	〈與流動相遇〉	月桂葉鋪綠了臺北的春天	綠	《魔術方塊》	176
53	〈與流動相遇〉	乘客是一束束漂浮的綠藻	綠	《魔術方塊》	178
54	〈與流動相遇〉	玉蘭樹梢的青斑鳳蝶	青	《魔術方塊》	202
55	〈鑄風於銅〉	你可以把風鑄進青銅	青	《魔術方塊》	203

附錄6　嚴忠政詩作使用「海」之詩例

編號	詩名	詩句	分類	詩集	頁數
1	〈如果黑鍵拍岸〉	像海龜揹負著	海	《黑鍵拍岸》	12
2	〈如果黑鍵拍岸〉	大海的秘密	海	《黑鍵拍岸》	12
3	〈如果黑鍵拍岸〉	我的詩還在海平面以下	海	《黑鍵拍岸》	13
4	〈如果黑鍵拍岸〉	我要大海的秘密——答數	海	《黑鍵拍岸》	13
5	〈如果黑鍵拍岸〉	撐起海床的脊柱	海	《黑鍵拍岸》	14

編號	詩名	詩句	分類	詩集	頁數
6	〈玉山薄雪草〉	不是高海拔	海	《黑鍵拍岸》	18
7	〈破譯虛空〉	如谷壑坼之為江海	海	《黑鍵拍岸》	26
8	〈破譯虛空〉	海倒退	海	《黑鍵拍岸》	26
9	〈窺伺〉	海床與白沙	海	《黑鍵拍岸》	34
10	〈一尾游離梵音的木魚〉	指間如海豚戲球般律動	海	《黑鍵拍岸》	64
11	〈一尾游離梵音的木魚〉	沒有自己的海域	海	《黑鍵拍岸》	65
12	〈一尾游離梵音的木魚〉	界定自己的海域	海	《黑鍵拍岸》	66
13	〈城鄉的末梢神經〉	漁火在巴士海峽自成星座	海	《黑鍵拍岸》	71
14	〈奇萊碑林〉	和海岸公路的浪花一同抵禦喧囂	海	《黑鍵拍岸》	75
15	〈南投奏鳴曲〉	管他誰先渡海來臺	海	《黑鍵拍岸》	78
16	〈南投奏鳴曲〉	是舊枝拉動海拔的高音	海	《黑鍵拍岸》	80
17	〈遙遠的抵達〉	在摩梭族歌聲拉高的海拔	海	《黑鍵拍岸》	84
18	〈遙遠的抵達〉	海角背著天涯	海	《黑鍵拍岸》	85
19	〈警察手記〉	我到雲海掬水	海	《黑鍵拍岸》	116
20	〈流亡〉	海，仍然高過我的憂鬱	海	《黑鍵拍岸》	160
21	〈流亡〉	海善於畫出邊陲的弧度	海	《黑鍵拍岸》	162
22	〈未竟之書〉	擒住航海的故事了嗎	海	《前往故事的途中》	22
23	〈未竟之書〉	海盜亮出潮汐	海	《前往故事的途中》	22
24	〈未竟之書〉	海權打造的島嶼啊	海	《前往故事的途中》	23
25	〈未竟之書〉	從北海道到南洋	海	《前往故事的途中》	23
26	〈未竟之書〉	臺江內海變成陸灣	海	《前往故事的途中》	23
27	〈死亡向我展示他的權力〉	想像中的私人海灘	海	《前往故事的途中》	54

編號	詩名	詩句	分類	詩集	頁數
28	〈你為海洋命名的時候〉	你為海洋命名的時候	海	《前往故事的途中》	56
29	〈你為海洋命名的時候〉	我不知道這樣的海	海	《前往故事的途中》	56
30	〈前往故事的途中〉	等待的海盜還沒來	海	《前往故事的途中》	58
31	〈前往故事的途中〉	要羊皮與珠寶全都沉入大海	海	《前往故事的途中》	58
32	〈前往故事的途中〉	等待的海盜還沒來	海	《前往故事的途中》	59
33	〈再致亡夫〉	導覽海誓與山盟的原址	海	《前往故事的途中》	60
34	〈寫給遠離〉	而妳和他歡喜擱淺於人工海岸	海	《前往故事的途中》	72
35	〈一枚核彈在胸前投下〉	被另一個海洋澆溉	海	《前往故事的途中》	81
36	〈一枚核彈在胸前投下〉	隔海的抗議聲爆破一臺軍車	海	《前往故事的途中》	81
37	〈鞋帶或者蚯蚓〉	午后的南法國海	海	《前往故事的途中》	98
38	〈鞋帶或者蚯蚓〉	矽膠是我們的海灘假期	海	《前往故事的途中》	98
39	〈鞋帶或者蚯蚓〉	隔海才有真相	海	《前往故事的途中》	98
40	〈讀者反應理論〉	怎麼不是想像中的海鮮	海	《前往故事的途中》	114
41	〈南灣〉	只有海浪打著相同節奏	海	《前往故事的途中》	132
42	〈水晶音樂〉	於星河的海埔新生地	海	《前往故事的途中》	136
43	〈海〉	有豐腴的海	海	《玫瑰的破綻》	26
44	〈海〉	海怎麼不讓人讚美她	海	《玫瑰的破綻》	27
45	〈屬於太平洋〉	海藍藍的蒙起我的眼	海	《玫瑰的破綻》	32
46	〈作品，一九七八〉	只有陽光和海	海	《玫瑰的破綻》	34
47	〈三十年〉	在體外緩緩拉高海拔	海	《玫瑰的破綻》	39
48	〈人質〉	你加工過的海的氣味	海	《玫瑰的破綻》	44

編號	詩名	詩句	分類	詩集	頁數
49	〈地下化運動〉	四海搬家	海	《玫瑰的破綻》	59
50	〈狙擊手在看我，2049年11月〉	狙擊手爬上一座被海報廢的燈塔	海	《玫瑰的破綻》	62
51	〈狙擊手在看我，2049年11月〉	槍膛和胸膛都回到有海風吹拂的日子	海	《玫瑰的破綻》	62
52	〈狙擊手在看我，2049年11月〉	這裡已經沒有海岸線	海	《玫瑰的破綻》	62
53	〈星期一的聚餐〉	魚翅保有海洋的壯闊	海	《玫瑰的破綻》	72
54	〈新本土論〉	意識中必然瞭望的海洋性格	海	《玫瑰的破綻》	76
55	〈回到光中〉	在海權高漲的時／代	海	《玫瑰的破綻》	88
56	〈回到光中〉	它們一個個陳列為人權的海圖	海	《玫瑰的破綻》	90
57	〈回到光中〉	在海權高漲的時代	海	《玫瑰的破綻》	90
58	〈回到光中〉	在飛魚和海鳥都譴責詩人的時代	海	《玫瑰的破綻》	91
59	〈回到光中〉	航海家不知道	海	《玫瑰的破綻》	94
60	〈海外的一堂中文課〉	島因為被海遺棄而不再是島	海	《玫瑰的破綻》	102
61	〈內海〉	和我一起面對大海	海	《玫瑰的破綻》	107
62	〈東遊要到琵琶湖，他說〉	海將距離說成遙遠	海	《玫瑰的破綻》	116
63	〈東遊要到琵琶湖，他說〉	海岸線確實在這裡打了一個毛線球	海	《玫瑰的破綻》	116
64	〈海角的海角〉	前方是七星潭的海	海	《玫瑰的破綻》	118
65	〈海角的海角〉	在這個曾經我們過的海角	海	《玫瑰的破綻》	118
66	〈有時我也聽簡單的歌〉	走到一個有木麻黃的海邊	海	《玫瑰的破綻》	120
67	〈七月條件〉	海把天空搬到墾丁大街	海	《聯合報》2009年7月27日	D3版
68	〈七月條件〉	迷信海和七月	海	《聯合報》2009年7月27日	D3版

旅人的當代抒情──須文蔚與嚴忠政詩作色彩美學析論

2
5
1

編號	詩名	詩句	分類	詩集	頁數
69	〈備份蹤跡〉	浪漫在一個有體溫的海	海	《自由時報》2011年1月9日	D7版
70	〈妳應該被愛〉	我在妳額前劉海拋錨	海	《聯合報》2011年2月14日	D3版
71	〈認識〉	比被航行的海洋浩瀚	海	《聯合報》2012年10月4日	D3版

▌論文出處

- 〈賴和新詩的紅色美學〉，原發表於明道大學「2014彰化研究學術研討會——賴和‧臺灣魂的迴盪」（2014年12月5日），後收錄於吳蘭梅總編輯《賴和‧臺灣魂的迴盪：2014彰化研究學術研討會論文集》（彰化：彰縣文化局，2015年），頁189-223；《當代詩學》第10期（2015年1月），頁39-72。
- 〈黑暗有光——論王白淵新詩的黑白美學〉，發表於明道大學「踏破荊棘，締造桂冠：王白淵逝世五十週年紀念學術研討會」（2015年11月3日），後收錄於謝瑞隆、羅文玲、蕭蕭主編《踏破荊棘，締造桂冠——王白淵文學研究論集》（臺北：萬卷樓，2016年），頁315-359。
- 〈青之所寄與色之所調——試論楊熾昌詩作的青色美學〉，《臺灣詩學學刊》27期（2016年5月），頁97-130。
- 〈向陽現代詩的黑色意象〉，《文史臺灣學報》14期（2020年10月），頁165-204。
- 〈旅人的當代抒情——須文蔚與嚴忠政詩作色彩美學析論〉，收錄於蕭蕭主編，《創世紀60社慶論文集》（臺北：萬卷樓，2014年），頁401-471。

作者簡介

李桂媚

　　彰化縣人，中國文化大學印刷傳播學系工學士，國立臺北教育大學臺灣文化研究所文學碩士，曾任《吹鼓吹詩論壇》主編，現服務於大葉大學。榮獲106年教育部閩客語文學獎閩南語現代詩社會組第二名，著有報導文學集《詩人本事》、《詩路尋光：詩人本事》，詩集《自然有詩》、《月光情批：李桂媚臺語詩集》，論文集《色彩‧符號‧圖象的詩重奏》；編有《在現實的裂縫萌芽：岩上學術研討會論文集》。發表有學術論文〈論向陽現代詩的四季意象〉等十餘篇，並曾為《逗陣來唱囡仔歌I、IV》、《向課本作家學習寫作：用超強心智圖解析作文》、《愛上寫作的11種方法》等書繪畫插圖。

王文仁

　　筆名王厚森，府城人，國立東華大學中國語文學系博士，現任國立虎尾科大通識中心教授。「創世紀詩社」同仁，著有詩集《搭訕主義》、《隔夜有雨》、《讀後：王厚森「論詩詩」集》，論著《現代與後現代的游移者：林燿德詩論》、《啟蒙與迷魅：近現代視野下的中國文學進化史觀》、《日治時期臺人畫家與作家的文藝合盟：以《臺灣文藝》（1934-36）為中心的考察》、《想像、凝視與追尋：1960世代臺灣詩人研究集》，編有

《現代文學閱讀與寫作：散文篇》、《島與島飛翔：陳謙詩選
（1987-2009）》等。

語言文學類　PG2607　文學視界132

臺灣新詩色彩美學六家論

作　　者/李桂媚、王文仁
責任編輯/陳彥儒
圖文排版/蔡忠翰
封面設計/蔡瑋筠

發 行 人/宋政坤
法律顧問/毛國樑　律師
出版發行/秀威資訊科技股份有限公司
　　　　114台北市內湖區瑞光路76巷65號1樓
　　　　電話：+886-2-2796-3638　傳真：+886-2-2796-1377
　　　　http://www.showwe.com.tw
劃撥帳號/19563868　戶名：秀威資訊科技股份有限公司
　　　　讀者服務信箱：service@showwe.com.tw
展售門市/國家書店（松江門市）
　　　　104台北市中山區松江路209號1樓
　　　　電話：+886-2-2518-0207　傳真：+886-2-2518-0778
網路訂購/秀威網路書店：https://store.showwe.tw
　　　　國家網路書店：https://www.govbooks.com.tw

2021年10月　BOD一版
定價：330元
版權所有　翻印必究
本書如有缺頁、破損或裝訂錯誤，請寄回更換

讀者回函卡

國家圖書館出版品預行編目

臺灣新詩色彩美學六家論/李桂媚, 王文仁著. -- 一版. --
　臺北市：秀威資訊科技股份有限公司, 2021.10
　　面；　公分. -- (語言文學類；PG2607)(文學視界；
132)
　BOD版
　ISBN 978-986-326-966-3(平裝)

　1.臺灣詩 2.新詩 3.詩評

863.21　　　　　　　　　　　　　　110014448